Gardiens des éléments

Patrice Lawrence est une autrice anglaise. Elle est née à Brighton et a grandi dans un foyer italo-trinidadien du Sussex. Patrice Lawrence a reçu le titre de membre de l'ordre de l'Empire britannique pour services rendus à la littérature.

Pour les rêveurs et rêveuses

Ouvrage initialement publié au Royaume-Uni par Scholastic Inc.
sous le titre : *The Elemental Detectives*

15 bd Gabriel Péri 92240 Malakoff
ISBN : 979-1-0363-5450-2
Dépôt légal : mars 2025

Loi n° 49-956 du 16 juillet 1949 sur les publications destinées à la jeunesse.

PATRICE LAWRENCE

Gardiens des éléments

Traduit de l'anglais (Royaume-Uni)
par Sidonie Van den Dries

Bayard Jeunesse

6
BRITISH MUSEUM
8
HOSPICE DES ENFANTS TROUVÉS
5
LA SERPENTINE
7
SALLE DES POMPES DE MADAME BLACKWELL
4
GIBET DE TYBURN
3
CHICK LANE
2
HYDE PARK
1
LEICESTER FIELDS

13
PUITS DE SADLER
14
BLACK MARY'S HOLE
16
CRYPTE DE L'ÉGLISE SAINT-BARTHÉLEMY
15
14
13
7
PUITS DE BAGNIGGE
15
3
16
19
17
9
MANSION HOUSE
17
18
12
18
12
ÉGLISE SAINT-STEPHEN
9
FLEET BRIDGE
MITHRAEUM DE WALBROOK
11
10
19
ÉGLISE SAINT-GEORGE DE BLOOMSBURY
MANOIR DES HIBBERT
CATHÉDRALE SAINT-PAUL

Les élémentaires de l'eau, alias les Chads

Qui sont-ils ?

Des esprits de l'eau capables de changer d'apparence. Leur forme solide correspond généralement à leur emplacement et à son histoire.

Leur royaume

Les rivières et les ruisseaux de Londres, de surface ou souterrains – même si certains préfèrent attendre Madame Blackwell ou Maricée au fond d'un puits.

Leur quartier général

La Cour sous les Puits, bien que Lady Walbrook laisse certains Chads de son choix pénétrer dans son domaine personnel, le Mithraeum.

Langues

Le nom humain de leur langue officielle est « fluenta », mais en langue des Chads, c'est une succession d'éclaboussures et de remous. Les Chads parlent aussi l'argot anglais, le cheval de Londres, ainsi que l'humain ancien et contemporain.

Pouvoirs

Avez-vous vu la taille des meules en pierre d'un moulin à eau ? Lady Turnmill les a actionnées pendant des siècles. Les Chads peuvent manipuler l'eau des rivières et possèdent également le pouvoir d'emprisonner leurs ennemis dans des fils d'argent gluants.

Point faible

Ils se croyaient immortels, mais la pollution les affaiblit. Pourront-ils survivre si la ville continue de les considérer comme un moyen d'éliminer ses déchets ?

Ennemis

Les humains de Londres, qui ont déversé des immondices dans les cours d'eau. Les Magogs, qui ont perdu la Liberté de Londres. Les Dragons, qui protègent les marchands qui construisent au-dessus des rivières pour créer de nouveaux halls et manoirs. Les Fumis, au seul motif que ce sont des têtes brulées.

Les élémentaires du feu, alias les Dragons

Qui sont-ils ?

De minuscules créatures indestructibles qui s'assemblent sous la forme de dragons et veillent sur les richesses de la City. Ils dévorent volontiers les humains.

Leur royaume

La City, le quartier financier de Londres. La cave de Mansion House, l'hôtel particulier du lord-maire de Londres. Les fissures des murs des cafés et des banques. On les trouve aussi parfois au sommet des clochers des églises, d'où ils surveillent leur domaine.

Leur quartier général

Le sommet du monument au Grand Incendie de Londres. Leur taille minuscule leur permet de s'y regrouper.

Langues

Le nom officiel de leur langue se traduit par « clic » en écriture humaine, bien qu'elle prenne la forme d'étincelles et de fumée chez les Dragons. Ils maitrisent aussi couramment le jargon du commerce et de l'argent, dans toutes les langues humaines.

Pouvoirs

La force du nombre. Ils sont plus d'un million à constituer un dragon de taille standard. Grâce à la télépathie, ils peuvent se désagréger et se reconstituer à volonté. Comme les abeilles, ils ont des rôles interchangeables. C'est une qualité particulièrement importante lorsqu'ils s'expriment, car ils doivent être plusieurs milliers à dire la même chose en même temps pour être entendus. Ils adorent les énigmes.

Point faible

La suffisance. Les Dragons se croient indestructibles et risquent de ne pas voir venir le danger. Ils ne quitteront jamais la ville de Londres de leur plein gré.

Ennemis

Les Dragons n'ont pas pardonné aux Fumis l'incident de 1666. Les Fumis, qui ont pourtant soufflé le feu vers la cargaison inflammable d'un navire, n'ont jamais été officiellement accusés du Grand Incendie de Londres.
Les Dragons vouent une rancune tenace à Richard Whittington, à l'origine de la trêve des élémentaires. Ils estiment qu'ils ne devraient pas avoir à suivre les règles des humains.
Considérant tous les autres comme des inférieurs, ils ne s'abaissent pas à leur adresser des reproches.

Les élémentaires de l'air, alias les Fumis

Qui sont-ils ?

Des esprits de l'air, plus souvent constitués de fumée que d'air pur. Ils dissipent la pollution, ou seraient censés le faire.

Leur royaume

Le ciel de Londres, sous les nuages. (Selon la rumeur, un Fumi solitaire aurait élu domicile dans un moulin à vent retiré, sur l'île aux Chiens.)

Leur quartier général

La galerie des murmures de la cathédrale Saint-Paul.

Langues

Le nom de leur langue officielle n'a pas de traduction précise. La plus proche serait « des taches de couleur dans un courant d'air ». La girouette est la deuxième langue de la plupart des Fumis. Ils parlent également le moineau de Londres, la cheminée traditionnelle et l'anglais humain.

Pouvoirs

Ils peuvent déclencher un ouragan et probablement aussi une tornade, s'ils y sont contraints. Ils déplacent les nuages et les notes de musique. Ils peuvent attiser un feu, ou bien l'éteindre.

Point faible

Étant constitués d'air, ils absorbent tout ce qui les entoure, y compris la fumée nauséabonde rejetée par les cheminées de Londres.

Ennemis

Les humains qui s'obstinent à polluer l'air de Londres.
Les Dragons parce que… disons que l'épisode de 1666 n'était qu'une vengeance contre un méfait de leur part. Les Fumis aiment échanger des faveurs, et n'oubliez pas de respecter votre part du contrat, sinon gare !

Les élémentaires de la terre, alias les Magogs

Qui sont-ils ?

Gog et Magog sont deux géants qui sommeillent au fond de la Tamise. On ne sait pas grand-chose sur eux, hormis qu'ils se sont entourés d'un réseau d'espions. Ces derniers montent la garde dans toute la ville de Londres.

Leur royaume

Les sous-sols d'argile, de gravier et de boue de Londres.

Leur quartier général

On dit que les espions se réunissent dans un vieil amphithéâtre romain, sous la halle des guildes.

Langues

La langue de la terre, un mélange de grognements, de grondements et de frottements que Gog et Magog sont les seuls à connaitre et à parler. Les espions parlent couramment l'anglais et les autres langues humaines.

Pouvoirs

Une patience infinie. Les Magogs ont aussi le pouvoir de faire trembler le sol et d'engloutir Londres.

Aucun point faible

Les autres élémentaires vont-ils élaborer des plans secrets contre eux ?

Ennemis

Les rivières creusent la terre. Les feux la brulent. L'air y dépose de la suie. Les humains y creusent les fondations de leurs bâtiments et y tracent des routes. Peut-être est-il préférable de se demander : contre qui les Magogs n'ont-ils aucun grief ?

1

Le pigeon

Le pigeon tomba du ciel un dimanche. Son corps endormi gisait sous une haie, à l'abri des calèches qui roulaient vers l'église en cahotant. Quand le soleil se leva, aux alentours de midi, une chatte s'approcha de lui d'un pas trainant. Elle n'avait pas attrapé une seule souris. Elle était trop faible, trop maladroite. Et voilà qu'on lui servait son repas sur un plateau.

Elle poussa l'oiseau dodu de la patte. Son cœur battait. Il était vivant et n'en serait que plus savoureux. Quand elle le poussa de nouveau, il roula sur le côté sans se réveiller.

Décidant qu'elle avait assez joué, la chatte se pencha pour flairer le pigeon et se figea aussitôt.

Une brume jaune, épaisse comme du beurre, s'échappait de la créature assoupie. La chatte la vit trop tard ; le brouillard était déjà entré dans sa tête. Sa faim disparut comme par enchantement et elle se rappela sa mère, ses frères et sa sœur. Elle ne les avait pas vus depuis si longtemps… Elle n'eut qu'à fermer les yeux pour se retrouver pelotonnée contre le ventre de sa mère, sentir sa chaleur réconfortante. Ses moustaches tressaillirent. Sa sœur lui mordillait le cou. Pas pour lui faire mal, juste pour lui signaler qu'elle était là aussi. Dans un instant, elles s'éloigneraient du cocon maternel pour aller jouer.

Un humain cria. Un cheval s'ébroua. La roue cerclée de métal d'une charrette racla une pierre près d'elle. Trop près.

La chatte rouvrit brusquement les yeux. Ce n'était plus un chaton. Elle était vieille, seule, et affamée. Elle s'éloigna de l'oiseau en quelques bonds pour aller se nourrir ailleurs.

Le mardi, le pigeon dormait toujours. Il n'était pas le seul. Alors que la calèche de Lady Hibbert paradait dans Hyde Park, Robert Strong ôta deux autres oiseaux du chemin. Il se hâta de les ramasser, avant que les chevaux les piétinent sous leurs sabots. Ayant vu leurs ailes se contracter, Robert savait qu'ils n'étaient pas morts. Pourtant, les pigeons ne se réveillèrent pas lorsqu'il les prit dans ses mains pour les déposer au bord de l'allée.

Plus au nord, à Clerkenwell, Maricée Blackwell n'avait rien remarqué. La maladie n'était pas arrivée jusqu'à elle. Pas encore.

Dans le ciel obscur de Londres, les Fumis se rassemblaient en chuchotant. Ces élémentaires de l'air étaient incommodés par une étrange lourdeur qui s'était diffusée dans l'atmosphère viciée de la ville. C'était différent de la crasse que les Solides, c'est-à-dire les humains, expulsaient dans le ciel à travers leurs cheminées. Plus puissant. Les Fumis auraient pu soulever un ouragan afin de la chasser au loin, mais ils avaient signé la trêve. Si Londres était à nouveau dévastée, on ne pourrait rien leur reprocher.

Les Chads, les élémentaires de l'eau, avaient eux aussi senti cette étrange langueur s'infiltrer dans les puits et les rivières souterraines. Ils s'en inquiétaient. Depuis longtemps déjà, les Solides polluaient les cours d'eau avec les déchets de leurs abattoirs et de leurs usines. Mais là, c'était nouveau. Malsain, et vaguement familier. Il faudrait convoquer une assemblée pour en discuter.

Les Dragons, les élémentaires du feu qui patrouillaient dans la ville de Londres, avaient remarqué les pigeons rêveurs et les chevaux anxieux. Ils entendaient les marchands se plaindre de leurs serviteurs paresseux. Ils auraient pu éradiquer cette maladie d'un souffle ardent, mais on ne leur avait toujours pas pardonné le malheureux incident de 1666. Ils se contenteraient de veiller sur leurs guildes et leurs marchands, tout en restant vigilants.

Les élémentaires du quatrième et dernier groupe, les Magogs liés à la terre, sommeillaient dans les couches souterraines de Londres, sous la Tamise. Leurs agents savaient ce qui se jouait dehors, mais la patience était leur force. À la fin, tout leur revenait.

Le vendredi, le pigeon gisait toujours sous la haie. Son cœur s'était arrêté trois jours plus tôt. Mais ses derniers rêves avaient été heureux.

2

Le puits de Mary Blackwell

La grand-mère de Maricée Blackwell ressemblait à une oie. Maricée ne le lui avait jamais dit, bien sûr. Surtout que ce n'était pas toujours le cas. Mais ce matin, dans l'aube grise de Clerkenwell, la ressemblance était frappante. Était-ce à cause de son cou long et fin, de sa délicate tête ronde, ou de la casquette à visière qu'elle rabattait sur son front ? Dans la pénombre, on aurait pu la confondre avec un bec. La vieille femme portait aussi une cape, et quand elle levait les bras, on aurait dit des ailes. À la lueur des chandelles, sa doublure de soie noire avait les reflets de l'eau profonde. Car Mamie n'était pas n'importe quelle oie. C'était la reine des Oies, majestueuse, fière et sublime.

Maricée s'accroupit sur son lit et jeta un coup d'œil par la fenêtre. Sa grand-mère se tenait au-dessus du puits, les bras tendus. Elle resta un long moment immobile. Dehors, le silence était de plomb.

Habituellement, le village était tout sauf silencieux. Quand ce n'était pas le petit Joseph qui pleurait dans son berceau, au-dessus de la boutique du fabricant de chandelles, c'était une calèche matinale qui faisait le trajet entre Hampstead et Londres, au risque d'être interceptée par des bandits. Au moins deux fois par semaine, une querelle éclatait devant l'auberge du Renard. Et c'était souvent plus qu'une simple dispute. Le fracas des épées et les cris des hommes arrachaient Maricée au sommeil. Elle regardait alors par cette même fenêtre et voyait des lanternes flotter dans la brume, au-dessus du champ qui s'étendait derrière le puits. Sa grand-mère sortait à la hâte pour raisonner les belligérants. Elle ne voulait pas que du sang soit versé sur ses terres et pollue l'eau.

Mamie arriverait bientôt à la partie du rituel que Maricée préférait. La raison pour laquelle la jeune fille attendait le vendredi avec impatience. Certes, les gens venaient s'approvisionner en eau spéciale de Blackwell tous les jours, sauf le dimanche. Mais les vendredis n'étaient pas des journées comme les autres.

La vieille femme laissa lentement ses mains retomber contre ses cuisses, puis grimpa sur la margelle du puits. Elle leva à nouveau les bras, fit un pas en avant et… tomba.

Ce n'était pas une chute fracassante, comme le jour où la cloche était tombée de la tour de Saint-Chad. Une gerbe d'eau jaillit du puits, éteignit les bougies alentour et enveloppa la vieille femme d'une nuée de brume avant de l'emporter délicatement dans le puits.

Toutes les grands-mères ne descendent pas au fond d'un puits le vendredi matin. Maricée, qui voyait la sienne se livrer à cet exercice depuis qu'elle était petite, savait que son aïeule n'était pas tout à fait comme les autres. Dans la famille Blackwell, on grandissait sur cette terre de mère en fille. Mamie, prénommée Mary-Ah, y avait donné naissance à Mary-Bé, qui était à son tour devenue la mère de Maricée. Et ce n'étaient que les dernières d'une longue série de Mary.

D'après Mamie, la mère de Maricée aussi se postait derrière cette fenêtre pour regarder dehors. Et, bien des années plus tôt, Mamie elle-même avait observé sa grand-mère à travers ces carreaux. Maricée essaya de se représenter les mains de Maman sur la vitre froide, la tache de buée que son souffle formait sur le verre. C'était difficile. Elle n'avait aucun souvenir de sa mère.

Mary-Bé avait toujours eu la bougeotte, affirmait Mamie. Quand Maricée avait deux ans, sa mère avait pris un bateau pour l'Europe, en quête de plantes pour purifier l'eau. Elle avait promis de revenir au bout de six mois… mais dix ans avaient passé, et elle n'avait toujours pas donné de nouvelles. Mamie n'en parlait guère, car cela la rendait triste. Si Maricée espérait secrètement revoir un jour sa mère, elle n'avait aucun espoir concernant son père. Ce dernier avait été enrôlé dans l'armée de mer avant sa naissance, et son bateau avait sombré dans une tempête alors qu'il faisait route vers la Virginie.

D'aussi loin qu'elle se souvenait, Maricée avait donc toujours vécu avec sa grand-mère. D'autres enfants étaient dans son cas, bien sûr, mais leur aïeule n'était pas la Gardienne des Puits de Londres. Selon Mamie, cette fonction s'accompagnait de grandes responsabilités. Pourtant, à douze ans, Maricée ignorait toujours en quoi elles consistaient. Elle implorait régulièrement sa grand-mère de la laisser descendre dans le puits avec elle. Celle-ci refusait, prétextant que Maricée était trop jeune pour se soucier de ces affaires ennuyeuses.

La jeune fille savait seulement que Mamie veillait sur les Chads, les élémentaires de l'eau qui forment les cours d'eau de Londres, s'assurent que les puits sont pleins et que les bains anciens, cachés, débordent d'eau claire. Apparemment, son travail consistait surtout à empêcher les Chads de semer la pagaille.

Si la plupart d'entre eux étaient des êtres paisibles, certains des fleuves anciens détestaient le monde moderne – et plus particulièrement les Solides. Ils envoyaient sans cesse Mamie chez le lord-maire, réclamer de nouvelles lois contre la pollution des eaux. La vieille femme passait le reste de son temps à apaiser les querelles entre les Chads et les autres élémentaires de Londres.

Maricée se demandait souvent qui d'autre connaissait l'existence des élémentaires. Si Mamie ne lui en avait pas parlé, elle n'en aurait rien su. Pourtant, ils étaient là, tout autour d'elle.

Les Fumis étaient censés purifier l'atmosphère, mais ils y avaient renoncé depuis belle lurette alors que les cheminées de Londres crachaient jour et nuit une fumée noire nauséabonde. Mamie se plaignait de ces élémentaires de l'air, qui se bornaient à souffler entre les édifices, faire sonner les cloches des églises et tordre les girouettes. Ils avaient eu un gardien, autrefois. Le pauvre homme, qui vivait dans un moulin à vent sur l'ile aux Chiens, avait connu une fin tragique, et nul ne souhaitait le remplacer. Une chose était sûre : personne ne voulait vivre dans ce moulin, dont Mamie disait qu'il ne se limitait pas à moudre le blé.

Les Dragons, les élémentaires du feu, avaient élu domicile dans le quartier de la City de Londres et veillaient sur les pièces d'or que s'échangeaient les guildes et les marchands. Petite, Maricée avait demandé à sa grand-mère si les marchands n'étaient pas fatigués d'enjamber en permanence ces encombrants lézards de feu. Mamie l'avait détrompée, expliquant que les Dragons ne ressemblaient plus à ces créatures de bronze dont les statues délimitaient le périmètre de la City. Lassés d'être traqués par des chevaliers en quête d'exploits, ils avaient abandonné leur ancienne forme depuis des siècles. Aujourd'hui, ils étaient plus petits. *Beaucoup* plus petits. Ils n'avaient conservé que leurs grosses voix d'autrefois, et encore… Depuis le Grand Incendie de 1666, on ne les entendait guère. Convaincus d'être les véritables maitres de Londres, ils restaient entre eux et haïssaient les Fumis avec ardeur. Si les Dragons avaient – involontairement – déclenché la catastrophe, c'étaient les Fumis, en soufflant, qui avaient propagé l'incendie jusqu'au quai où stationnaient des navires chargés de barils de poix et d'huile. C'étaient les mêmes qui avaient fait courir le feu dans des rues bordées de maisons en bois. Les avait-on accablés de reproches ? Pas du tout ! Mamie affirmait que les Dragons continueraient de bouder jusqu'au prochain millénaire.

Alors que ces derniers se vantaient de n'obéir qu'aux guildes, les élémentaires de la terre, les Magogs, ne rendaient de comptes à personne. Ils ne parlaient à personne. Ils tenaient leur nom des statues géantes en bois de Gog et Magog, qui se dressaient dans la halle des guildes. Selon la rumeur, les véritables géants sommeillaient dans la vase, au fond de la Tamise, et se réveilleraient le moment venu. Le moment de quoi ? Mamie l'ignorait. Quelques années avant la naissance de Maricée, la terre avait tremblé, et le sol s'était fissuré. Une foule de Londoniens avait envahi les routes pour fuir vers la campagne. Mamie avait admis un jour que c'était l'œuvre des Magogs. Ils s'étaient manifestés pour rappeler aux autres élémentaires qu'ils restaient vigilants et attendaient leur heure. Ils avaient des yeux partout dans Londres.

Les Chads reprochaient aux Magogs d'avoir encombré leurs ruisseaux de vase, aux Fumis d'avoir déversé de la suie dans leurs étangs et aux Dragons d'avoir encouragé les guildes à recouvrir les rivières pour construire halles et entrepôts. Mamie se plaignait d'avoir les mollets d'un hercule de foire à force de faire des allées et venues entre les maitres des guildes, les architectes et les ingénieurs. Il était temps que le lord-maire s'occupe des élémentaires de Londres, au lieu de se décharger sur elle. « Enfin, soupirait-elle, si toutes ces courses peuvent éviter que la trêve soit rompue, je continuerai de cavaler. »

La dernière bataille élémentaire remontait à l'époque romaine. Les Romains avaient dû abandonner Londres, dévastée. Des siècles durant, plus personne n'avait pu vivre entre ses murs. La rage brulante des élémentaires s'était infiltrée jusqu'au cœur des pierres et en avait extrait une chose étrange.

Quelle était cette chose ? Là encore, Mamie ne voulait pas – ou ne pouvait pas – le dire. La réponse à cette question figurait sur la très longue liste de ce que sa grand-mère révèlerait un jour à Maricée. L'important, pour l'heure, c'était que la trêve soit respectée. Les élémentaires avaient accepté de mettre fin à leur guerre et de laisser en paix les Solides de Londres. Maricée tentait parfois d'imaginer ce qui se passerait si cette trêve était rompue. Ce serait comme le Grand Incendie, en pire, car attisé par les Fumis furieux. Les routes s'ouvriraient en deux pour engloutir les Londoniens en fuite. Les rivières sortiraient de leur lit et emporteraient tout sur leur passage. Et si Gog et Magog dormaient vraiment dans le fleuve…

La jeune fille soupira. Aujourd'hui, on était vendredi. Elle devait chasser ces pensées de son esprit et se préparer. Le puits des Blackwell était le meilleur de Londres, et son eau avait un véritable pouvoir de guérison. Mamie ne prétendait pas, comme certains, que son eau réparait les os brisés, désinfectait les plaies purulentes et les cicatrisait en un éclair. Non, la sienne guérissait les yeux. Les yeux douloureux, les yeux qui démangent, les yeux collés, les kystes aux paupières, les orgelets et les cataractes. Les femmes à la mode en achetaient pour faire briller leur regard, mais elles ne venaient pas s'approvisionner elles-mêmes. Elles envoyaient leurs valets de pied faire la queue devant la salle des pompes.

Les clients étaient probablement en route, en ce moment même. Maricée bâilla. Elle devait se lever pour disposer les flacons sur sa petite table. Elle aurait besoin d'une plume, d'encre et de papier, ainsi que de ficelle pour attacher les étiquettes. Une épidémie d'yeux rouges sévissait à l'hospice des enfants trouvés. Mamie et elle n'auraient pas une minute à elles.

La jeune fille s'étira et repoussa lentement la couverture. Waouh ! Quel froid ! Son souffle formait de la vapeur devant son nez. Il était temps d'allumer le feu. Mamie n'était jamais mouillée à son retour, mais elle était gelée. Elle disait que l'argile, au fond du puits, n'avait pas vu la lumière du soleil depuis des milliers d'années, et que le froid s'infiltrait dans ses vieux os.

Maricée s'extirpa du lit et fouilla dans le tiroir, en quête de chaussettes et de gants en laine épaisse. Elle ne pourrait pas remplir des dizaines de flacons et griffonner sur autant d'étiquettes avec les doigts engourdis. Qu'écrirait-elle aujourd'hui ?

« Le remède pour les yeux
extrêmement efficace
de Madame Blackwell. »

Ou

« Chez Madame Mary Blackwell,
l'eau pour les yeux douloureux. »

Les jours de grande affluence, elle se contentait de noter « Eau » sur l'étiquette et indiquait aux clients le nombre de gorgées à avaler, ou le nombre de gouttes à appliquer sur la zone malade.

Maricée jeta un dernier coup d'œil par la fenêtre. Le jour était levé. Même cet idiot de coq, près du poste de péage, s'était tu.

La jeune fille descendit à la cuisine en prenant soin de ne pas glisser sur l'escalier de pierre avec ses chaussettes. Mamie avait déjà disposé du bois dans l'âtre. Maricée n'avait plus qu'à allumer le feu. Pour le petit déjeuner, elle ferait des tartines avec le pain de la veille, du beurre et de la confiture de prunes. La bouilloire devait être pleine d'eau pour le thé, comme toujours. Disposer d'eau fraiche en permanence, à volonté, était un privilège de la Gardienne.

Maricée décrocha deux chiffons suspendus derrière la porte. Elle plia le jaune en triangle, s'en couvrit le nez et la bouche, et le noua à l'arrière de sa tête. Puis elle enroula le bleu autour de sa main et l'attacha soigneusement, pour éviter qu'il glisse. Ainsi protégée, elle alla prendre le bocal rouge luisant dans le buffet. Une fois de plus, elle s'étonna de son poids. Comment pouvait-il être aussi lourd, alors qu'il était à peine plus gros que sa main ? Mamie affirmait que son contenu durerait toute une année. « Économise-le, lui recommandait-elle. Crois-moi, le faire remplir n'est pas de tout repos ! »

Maricée se pencha au-dessus du petit bois et secoua vigoureusement le bocal. De froid comme la pierre, il devint brusquement si chaud qu'il la brulait presque à travers le tissu. Elle inspira profondément et retint son souffle. Son foulard improvisé filtrait une partie de l'odeur, mais pas tout. Elle compta jusqu'à trois, ôta le couvercle et secoua le pot à deux reprises.

Le feu de Dragon jaillit du bocal et éclaboussa le bois. Les brindilles s'embrasèrent aussitôt. Maricée referma le pot sans attendre. Elle expira lentement, mais inspira trop vite. La puanteur du soufre envahit ses narines et descendit dans sa gorge. La jeune fille pesta intérieurement. Elle devait absolument s'exercer à retenir son souffle. Se préparer pour le jour où sa grand-mère accepterait enfin de l'emmener au fond du puits. Mamie affirmait qu'on pouvait y respirer normalement, mais Maricée préférait être prudente.

Elle alla ranger le pot de feu de Dragon, puis ôta les linges qui couvraient sa main et son visage. Comment les autres allumaient-ils leur feu ? Elle ne pouvait pas leur poser la question, de crainte de dévoiler ses secrets. Les gens savaient que sa grand-mère était différente, mais ils préféraient faire comme si de rien n'était.

La porte s'ouvrit. Le courant d'air coucha les flammes, qui redoublèrent de vigueur.

– Brrr ! Il fait bigrement froid, en bas, ce matin !

Mamie entra et referma la porte derrière elle.

– Enfin, c'est le fond d'un puits, pas une prairie ensoleillée.

Maricée courut aider sa grand-mère à retirer sa cape. Quand elle la suspendit au portemanteau, l'étoffe cessa de scintiller. Maculée de terre dans le dos, elle ressemblait au vêtement d'un banal vendeur de rue. Le chapeau de Mamie prit le même chemin. La vieille femme passa les mains dans ses cheveux pour défaire ses tresses. Une croute d'argile recouvrait les lourdes bottes de soldat qu'elle portait sous sa robe.

– Je t'aide à te déchausser ? proposa Maricée.

Mamie s'affala sur une chaise.

– Plus tard, ma chérie. Pour l'instant, j'ai faim.

Maricée alla chercher le beurrier dans le garde-manger. Malgré le froid, le beurre avait la consistance idéale. Elle le posa sur la table, à côté du pain et de la confiture de prunes.

– Comment vont les Chads aujourd'hui ? s'enquit-elle.

– Ils sont effrayés, répondit la vieille femme en fixant les flammes.

– Effrayés ? s'étonna Maricée. Ont-ils peur qu'on recouvre de nouvelles rivières ?

– Ça arrivera forcément, même si certains sont prêts à lutter jusqu'au bout.

Mamie empoigna le couteau à pain.

– Ou ils me feront combattre à leur place, poursuivit-elle. Les Chads détestent le changement, mais il faudra bien qu'ils s'adaptent au monde moderne, s'ils veulent survivre.

Maricée déposa quelques cuillérées de confiture de prunes dans un ramequin. Sa grand-mère s'attaqua au pain avec plus de vigueur que nécessaire. Une tranche épaisse et irrégulière tomba dans l'assiette. Maricée la considéra avec surprise. Mamie aimait les tranches fines et régulières. La visite du puits avait dû engourdir ses doigts. Maricée lui conseillait souvent de porter des gants, mais Mamie voulait sentir la mousse et les fissures entre les briques lorsqu'elle descendait dans son puits. Elle s'assurait ainsi qu'il était en bonne santé.

– Alors, de quoi ont-ils peur ?

La vieille femme continua de couper le pain sans répondre. Puis elle piqua une fourchette à griller dans une tranche.

– Mamie ? insista Maricée.

– Ils sont convaincus que quelque chose a changé à Londres. D'après eux, c'est une chose malfaisante.

– Une « chose » ? Les Chads ne t'ont pas dit quoi ?

– Ils prétendent qu'ils l'ignorent.

Mamie parut pensive.

– Mais ils en savent certainement plus qu'ils ne veulent l'avouer.

– Ce n'est pas comme… Ça n'a rien à voir avec ce qui s'est passé avant la trêve, n'est-ce pas ? demanda Maricée.

Sa grand-mère tendit la fourchette au-dessus du feu. Le pain brula aussitôt sur les bords. Elle l'éloigna des flammes.

– Non. Ils ne sont pas en conflit avec les autres élémentaires. J'en aurais entendu parler. Mais ils ont raison : quelque chose cloche. J'avais un mauvais pressentiment, mais je n'y ai pas prêté attention. J'aurais dû remarquer les pigeons.

Les pigeons ? Maricée détestait ces gros oiseaux sans gêne qui profitaient de sa distraction pour lui voler son casse-croute.

– Qu'est-ce qu'ils ont ?

– Les pigeons imitent les humains. Ils préfèrent chaparder leur nourriture en ville, plutôt que de voler le maïs dans les champs. Ils pourraient vivre n'importe où, mais trainent dans nos rues et dorment dans les maisons en ruine. Si les pigeons vont mal, il faut nous inquiéter. En as-tu vu dernièrement, Maricée ?

La jeune fille fronça les sourcils.

– Je ne crois pas. Ont-ils disparu ?

– Pas vraiment. Ils sont partout, sauf dans les airs. Lundi, j'en ai vu trois dans le caniveau au pied de la boutique du cartographe, derrière Saint-Paul.

– Ils étaient morts ? Bon débarras !

Mamie retourna la tranche de pain et y planta à nouveau la fourchette.

– Pas morts. Immobiles. Même quand un prêtre leur a lancé une poignée de grains de maïs.

– Étaient-ils malades ? Empoisonnés ?

– Je ne sais pas. Plus tard, j'ai vu un chiffonnier allongé sur la pelouse de Lincoln's Inn Fields. J'ai pensé qu'il était soul ou fiévreux, car son haleine était jaune. Mais je crois maintenant que ce n'était ni l'un ni l'autre. Je connais un forgeron près de la place. Nous avons trainé le pauvre homme jusqu'à son échoppe et l'avons allongé dans un coin, sur des couvertures. Il ne s'est toujours pas réveillé.

Mamie confia la fourchette à griller à Maricée et coupa une autre tranche de pain.

– Le plus étrange, c'était son visage. Il était si maigre qu'on apercevait ses os sous sa peau, mais il souriait comme s'il était plus riche que le roi George.

La vieille femme secoua la tête.

– Je ne suis pas près de l'oublier.

Au lieu de beurrer son pain et de le tartiner de confiture, comme à son habitude, Mamie continua de fixer le feu.

– Tu es sûre que ce n'est pas un autre élémentaire qui sème la pagaille ? demanda Maricée.

L'inquiétude lui serrait la gorge. Elle imagina les rues se crevasser, les rivières sortir de leur lit. Des murs de feu, des ouragans. Des gens fuyant sans savoir où aller.

– Je ne pense pas, mais je n'en suis pas certaine. Ils n'aiment pas les humains. Ils refusent de me parler et ne communiquent pas entre eux.

La vieille femme se frotta les tempes en bâillant. Puis elle ouvrit de grands yeux.

– Tu as entendu ?

– Quoi ?

Mamie s'était figée, telle une statue de pierre. Même le feu cessa un instant de crépiter. Maricée s'immobilisa à son tour et tendit l'oreille. Son cœur battait dans ses tempes, comme une grosse caisse résonnant entre ses oreilles. Une femme chantait au loin. Peut-être à l'entrée du village. Trop loin pour qu'elle puisse distinguer les paroles.

Au même instant, on frappa à la porte. Maricée et sa grand-mère échangèrent un regard surpris.

– Tu attends de la visite, Mamie ?

– Non, je ne crois pas...

– C'est peut-être une des femmes de la maison de travail[1], suggéra Maricée.

Sa grand-mère offrait de l'eau gratuitement aux filles-mères employées là-bas, mais la plupart étaient trop timides pour se présenter à la salle des pompes.

– Je vais voir.

La vieille femme se leva dans un raclement de chaise. Elle décrocha sa cape du portemanteau, la noua autour de son cou, puis remit son chapeau.

– Sais-tu de quoi j'ai envie, Maricée ? De marmelade de Séville. Sois gentille, sors le pot, mais attends mon retour pour l'ouvrir.

– Avec plaisir ! répondit la jeune fille, tout sourire.

Sa grand-mère lui déposa un baiser sur le front.

– Sois prudente, ma belle enfant !

– Ne t'inquiète pas ! s'esclaffa Maricée. Je ne suis jamais tombée de l'échelle.

Mamie ouvrit la bouche pour ajouter quelque chose, mais se contenta de lui adresser un petit sourire. Les flammes se couchèrent quand elle ouvrit et referma la porte. Maricée

---

1. Au Royaume-Uni, les personnes incapables de subvenir à leurs besoins, tels les filles-mères, les personnes âgées ou en situation de handicap, les « faibles d'esprit », étaient autrefois enfermées dans des « *workhouses* », des « maisons de travail », où elles étaient maltraitées et contraintes de travailler en échange d'un salaire de misère. (Toutes les notes sont de la traductrice.)

s'approcha du garde-manger où étaient stockées les confitures et les conserves, cadeaux de clients reconnaissants. La marmelade de Séville trônait sur la plus haute étagère, à l'abri de la tentation. Maricée et sa grand-mère la dégustaient habituellement le jour de la Saint-Chad.

Maricée empoigna l'échelle, que Mamie avait équipée de roulettes pour qu'elle coulisse facilement le long de l'étagère. Elle monta sur le premier et unique barreau, tapa du pied gauche et attendit. Dans un souffle d'air, le barreau s'éleva lentement, en glissant dans les rainures des montants. Il fit une pause avec un déclic à chaque tablette, puis poursuivit son ascension jusqu'en haut. Maricée se demanda pourquoi sa grand-mère lui avait recommandé d'être prudente. Elle utilisait cette échelle depuis ses neuf ans.

Le pot en terre cuite qui contenait la marmelade était étonnamment léger. Il faudrait bientôt en racheter. Elle le fourra dans la poche de son tablier et tapa du pied droit sur l'échelon pour descendre. Les Fumis avaient leurs défauts, mais on ne pouvait pas se plaindre des services qu'ils rendaient à Mamie. Cette échelle à air était une belle invention.

Maricée regagna la cuisine à la hâte et posa la marmelade au centre de la table. Elle ne l'ouvrirait pas avant le retour de Mamie. Si elle y goutait, même du bout des lèvres, elle serait tentée d'en prendre une cuillérée, puis une autre. Puis d'en tartiner une grosse tranche de pain grillé.

– Allez, Mamie, dépêche-toi ! murmura-t-elle.

La marmelade de Séville se mariait aussi très bien avec le pain frais. Du pain beurré, sur lequel on déposait les tranches d'orange amère, nappées de sirop épais.

– Mamie…

Quel mal y aurait-il à soulever le couvercle ? Maricée n'était pas obligée d'y gouter. Mais pourrait-elle résister à la gourmandise ?

– Mamie ! Qu'est-ce que tu fabriques ?

La jeune fille en voulait un peu à sa grand-mère de la soumettre à ce supplice. Ce n'était pas très charitable.

Elle entrouvrit la porte et jeta un coup d'œil dehors. Le champ qui séparait la maison du village était désert. Mamie n'était pas dans les parages. On ne voyait que l'empreinte de botte qu'elle avait laissée sur la marche en sortant. La vieille femme avait dû descendre à la salle des pompes. Elle était probablement en train de remplir quelques flacons pour les rapporter à la maison.

Maricée referma la porte avec un soupir. Elle s'assit à la table de la cuisine et fit glisser le pot de marmelade d'un côté, puis de l'autre. Le couvercle cliquetait doucement, comme pour l'implorer de le soulever : « Juste une cuillérée, Maricée. »

– Allez, une seule ! décida-t-elle.

Elle choisit une cuillère dans le pot posé sur l'armoire. Pas la plus petite, car elle serait trop tentée d'y revenir. Une cuillère de taille raisonnable, qui lui permettrait de patienter jusqu'au retour de Mamie.

Maricée attendit encore quelques minutes, l'oreille aux aguets. Aucun bruit de pas ne troubla le silence. C'était un vendredi étrangement calme.

Armée de la cuillère, elle ôta le couvercle et scruta l'intérieur du pot avec stupeur. Il ne contenait pas de confiture, mais une feuille de papier roulé. Était-ce une plaisanterie de Mamie ? Si oui, ce n'était pas drôle.

Maricée prit le papier et le lissa sur la table.

Ma belle enfant,

Si tu lis ceci, c'est que j'ai dû partir en catastrophe. Je suis navrée que tu l'apprennes ainsi. Depuis longtemps, je songe à te parler de tes devoirs, mais je ne voulais pas te faire porter ce poids trop tôt. Si tu trouves ce mot, c'est que j'ai trop tardé. L'urgence m'appelle.

Maricée, sache que je veille sur une chose encore plus importante que les puits : la Liberté de Londres. Si elle tombe entre de mauvaises mains, la ville sera à nouveau dévastée. Je dois l'empêcher à tout prix. Le danger m'accompagnera dans ma quête, et je crains qu'il ne t'accompagne aussi. Sois courageuse, forte, et surtout, réfléchis avant d'agir. Je vais affronter l'adversité, et tu devras l'affronter aussi. Nous écarterons cette menace ensemble, afin de protéger Londres.

Tu ne seras pas seule. Si tu as besoin d'aide, demande au puits.

Affectueusement,

Mamie

Non, ce n'était pas une plaisanterie. Plutôt un test. Sa grand-mère la mettait à l'épreuve. Si elle élucidait le mystère, Mamie accepterait qu'elle l'aide à accomplir ses tâches de Gardienne des Puits.

Mais quelle était cette « Liberté de Londres » ? Mamie n'en avait jamais parlé. Était-ce une chose réelle, ou cela signifiait-il que Mamie pouvait aller et venir à sa guise dans la ville ? Et pourquoi devait-elle veiller dessus ? C'était incompréhensible.

Maricée relut la lettre. Peut-être qu'un indice lui avait échappé… Elle s'arrêta à : « Si elle tombe entre de mauvaises mains, la ville sera à nouveau dévastée. »

C'était trop sérieux pour être un test. Surtout après ce que Mamie lui avait raconté le matin même. Sans oublier la frayeur des Chads.

La jeune fille courut ouvrir la porte.

– Mamie ! cria-t-elle. Mamie !

Pas de réponse.

Tout comme sa mère, sa grand-mère l'avait quittée.

3

La tourte de ses rêves

Robert Strong était assis sur une tourte géante. La pâte s'affaissait sous son poids, mais elle était assez épaisse pour le supporter. Il en était sûr, même s'il manquait d'expérience en la matière. Il huma avec délice la bonne odeur de viande. Du poulet, du mouton, du bœuf... et des pommes de terre, bien sûr ! La tourte était tiède, tout juste sortie du four.

Il effleura du bout du doigt les fentes dans la pâte, destinées à empêcher qu'elle enfle et éclate dans le four. Robert avait souvent vu Mrs Wandle, la cuisinière des Hibbert, poignarder ainsi la tourte qu'elle préparait chaque jeudi. Il mourait d'envie de déguster l'épaisse sauce à la viande dont elle nappait la garniture. Mrs Wandle le mettait au supplice quand elle essuyait la lame de son couteau d'un doigt avant de le lécher soigneusement. Puis elle lui souriait, découvrant ses dents pleines de sauce. Si Robert s'avisait de gouter une miette de nourriture sans sa permission, la cuisinière le battait. Et elle n'accordait jamais sa permission.

Mrs Wandle conservait une baguette de saule sur l'étagère, au-dessus du baril de farine, pour administrer ses corrections. Un jour, elle avait menacé Robert avec le tisonnier, mais Lady Hibbert l'avait surprise. La maitresse de maison ne voulait pas que Robert soit blessé, car elle organisait un diner ce soir-là et souhaitait qu'il se tienne bien droit derrière sa chaise.

Aujourd'hui, Robert ne se souciait pas le moins du monde de Mrs Wandle ni de Lady Hibbert. Cette tourte était à lui. Personne ne la lui prendrait. Il tendit une jambe. En coinçant le pied entre la croute du haut et celle du bas, il pourrait faire levier pour l'ouvrir… Il suffirait alors qu'il se rapproche du bord, se retourne et plonge directement dans…

La tourte tressauta soudain. Essayait-elle de s'enfuir ? Impossible : Robert n'y avait pas encore gouté ! Pas question de lâcher prise. Il était affamé, et c'était la plus grosse tourte qu'il eût jamais vue. Elle était pour lui. Il planta les ongles dans la pâte et sentit la croute céder. Un dernier effort et il passerait au travers…

La tourte s'agita de plus belle. Robert ferma les yeux et accentua la pression. La viande était là, tout près…

Une nouvelle secousse faillit désarçonner le garçon, comme si une main géante essayait de libérer la tourte de son plat. Il se retint de justesse tandis que la boutique tanguait comme un bateau dans la tempête.

– Robert ! Réveille-toi !

Il atterrit sur un sol dur et froid. Il aurait dû s'habituer à cette sensation, depuis plus d'un an qu'il dormait dans ce recoin. Pourtant, chaque matin, il se réveillait le corps endolori.

– Lève-toi, Robert ! Personne n'a allumé le feu !

C'était la voix de Lizzie. S'il gardait les yeux fermés, peut-être pourrait-il regagner son rêve avec elle. La tourte était assez grosse pour deux. Pas plus tard que la semaine précédente, il avait rêvé qu'ils dégustaient ensemble un panier de gâteaux, à Bloomsbury Square.

Elle le poussa.

– Je n'ai pas le temps, Robert !

Alerté par son intonation, le jeune garçon ouvrit les yeux. Il faisait plus sombre dans le monde réel que dans son rêve. Lizzie tenait une chandelle devant son visage. Elle portait déjà son tablier et son bonnet de servante. La puanteur du suif chassa des pensées de Robert les derniers arômes de la tourte. Il s'assit à contrecœur.

– Enfin ! murmura Lizzie.

– Ce n'est pas mon travail d'allumer le feu.

– Quelle importance ? Si Mrs Wandle découvre que ça n'a pas été fait, à qui crois-tu qu'elle s'en prendra ?

Robert étira son dos douloureux. Mrs Wandle lui avait infligé une sacrée correction quand il avait renversé du café sur l'étole de Lady Harbinger, la semaine passée. Ce n'était que quelques gouttes, et l'étole était si velue qu'elle aurait absorbé le café ni vu ni connu. Mais Lady Hibbert s'en était aperçue, et elle était impitoyable. Le jeune garçon n'avait pas envie de sortir de sa couverture. Il faisait toujours froid dans ce coin de la cuisine, même quand le soleil brillait dehors. À cette période de l'année, c'était pire. Il n'y avait pas de soleil, et aujourd'hui pas de feu. Il frotta ses orteils nus pour les réchauffer.

– Où est Percy ?

D'habitude, à cette heure-ci, le marmiton avait déjà mis le feu au petit bois et disposait les premières buches dans l'âtre.

– Je ne sais pas, répondit Lizzie. Mais tu dois te lever, Robert. Mrs Wandle t'a laissé des casseroles à récurer.

– Je l'ai fait hier soir.

– Elle en a trouvé d'autres. J'essaierai de t'aider plus tard, mais il y a aussi des assiettes à laver.

Robert fit la grimace. Les plats en étain devaient être récurés avec du sable, puis rincés abondamment. Cela faisait mal aux doigts.

– La duchesse de Bedford a annoncé sa visite cet après-midi, ajouta Lizzie. Il faut que tu tailles les bougies dans le salon de la maitresse. Elle voudra aussi que tu leur serves le thé, j'imagine.

Robert repoussa enfin sa couverture. Il avait l'impression de s'arracher à son rêve. Ses songes étaient toujours si réels. Savoir qu'il pouvait rêver de nourriture lui permettait de mieux supporter la faim et les mauvais traitements dans la journée.

– J'ai eu un mal fou à te réveiller, lui confia Lizzie, avant de bâiller à s'en décrocher la mâchoire. À force, j'ai failli me rendormir.

– Je faisais un rêve fantastique.

– Moi aussi. J'ai rêvé que je tombais dans la cheminée.

– Dans une cheminée ?

– Pas *une* cheminée. *La* cheminée !

La bougie faisait briller les yeux de la jeune fille, et la fumée teintait l'air en jaune pâle.

– Si j'ai froid quand je m'endors, je tombe dans la cheminée et j'atterris dans le foyer. Je n'ai pas peur. Il n'y a pas de feu, mais c'est tiède. Comme si la cheminée me réchauffait.

– C'est toujours la même ?

Quand Robert s'endormait affamé, ses rêves le conduisaient rarement au même endroit. Il se faufilait dans une boulangerie, ou rampait sous l'étal d'un vendeur de soupe. Une nuit, il s'était même retrouvé sur l'étagère d'un garde-manger géant.

Lizzie sourit.

– Toi et tes questions ! Oui, c'est toujours la même cheminée au départ. Et après, je vais ailleurs. Une fois, je suis entrée dans la boutique d'une couturière, et j'ai essayé des vestes. On m'a laissé faire. Et elles m'allaient toutes à ravir, tu sais ! Il y en avait une bleu foncé, avec une longue cape assortie.

Le sourire de la jeune fille s'effaça. Elle releva l'ourlet de son tablier effiloché.

– J'aurais pu l'avoir, si j'avais voulu. Puis je me suis réveillée, et j'ai vu de la glace à l'intérieur de la fenêtre.

Mon nez était rouge vif et mes doigts changés en glaçons. J'ai cru qu'ils allaient se casser. Mais quand je dors, ça me parait tellement réel. Je suis sûre de ne plus jamais avoir froid.

Robert fléchit ses propres doigts. Ils lui semblèrent raides, maladroits.

– Tu as rêvé de vestes, la nuit dernière ?

– Non.

Lizzie avait parlé si bas que, même dans la cuisine déserte, il dut se pencher pour l'entendre.

– J'ai rêvé de ma petite sœur Nelly. Nous étions dans les champs, près de Hockley. On faisait des guirlandes de marguerites. J'avais déjà essayé de lui apprendre, mais elle n'y arrivait pas avec ses petits doigts potelés. Cette fois, elle a fait une chaine si longue qu'on pouvait s'enrouler dedans.

– Pourquoi ne demandes-tu pas un dimanche de congé à la maitresse pour lui rendre visite ?

Lizzie inspira profondément. Robert comprit sa bêtise et regretta aussitôt ses paroles.

– Elle est morte. Emportée par la variole à l'âge de trois ans. Je rêvais souvent d'elle, avant, et cela me comblait de joie. Depuis que je suis à Londres, ça ne m'est plus arrivé, jusqu'à la nuit dernière. Mais ce n'était pas un songe. Elle était vraiment avec moi.

Lizzie donna une petite tape sur l'épaule de Robert.

– Pourtant, je me suis quand même réveillée à l'heure.

– Je suis désolé pour ta sœur, répondit-il, même s'il savait qu'aucun mot ne peut consoler de la perte d'un être cher. Parle-moi d'elle…

Lizzie s'essuya les yeux.

– Deux de mes frères et sœurs sont morts avant ma naissance. Nelly, je l'ai aimée dès le premier jour, même si ce n'était pas ce qu'on peut appeler un joli bébé.

La jeune fille inspira, puis expira une longue bouffée d'air jaune vif.

– Je ne serai plus jamais triste si je recommence à rêver d'elle. Mais assez lambiné ! Je vais ouvrir les volets et réveiller les autres.

– Les autres ?

– Kate et Margaret dorment à poings fermés, comme toi tout à l'heure. La petite Annie s'est étirée et elle a commencé à attacher son tablier, mais elle était ailleurs. Je suis venue te voir parce que c'est toi qui risques d'avoir le plus d'ennuis. Attends-moi, je reviens !

Lizzie emporta la chandelle, mais Robert était assez réveillé pour trouver ses affaires dans le noir. Il récupéra ses pantoufles derrière le tonneau de cornichons. Il prenait soin de les cacher chaque soir depuis qu'on lui avait volé sa première paire, la nuit même où Lady Hibbert la lui avait donnée. Pour cela, Mrs Wandle l'avait battu avec la branche de saule. Robert avait reçu des châtiments bien pires à la plantation, mais le saule avait rouvert de vieilles blessures et fait surgir une nouvelle douleur. Le jeune garçon avait ravalé ses larmes, soupçonnant la cuisinière d'être coupable du larcin.

Heureusement, une pile de bois trônait déjà près de la cheminée. Robert n'était pas contraint de sortir dans le froid afin de sélectionner des buches assez légères pour lui. Depuis qu'il vivait en Angleterre, il se sentait faible. Ces longs mois passés en mer, dans une cabine froide et sombre, l'avaient rendu fragile. Avant le voyage, Robert était une force de la nature. Il supportait sans difficulté les journées interminables à la plantation, les surveillants qui le houspillaient pour qu'il travaille plus dur, plus vite. Ses tantes le nourrissaient bien et veillaient sur sa santé. Alors qu'ici...

Son estomac gargouilla. Après avoir allumé le feu, il irait rejoindre Lizzie. Ils pourraient peut-être casser la croute ensemble, avant que la journée commence vraiment. La jeune fille avait chapardé un reste de confiture de framboises dans le garde-manger.

Et ensuite... on était vendredi, le jour de l'eau. Après avoir terminé ses corvées de cuisine, Robert devrait enfiler sa tenue ridicule et se jucher sur le marchepied de la voiture de Lady Hibbert. Cette toilette prétentieuse prouvait qu'il avait déjà une propriétaire, riche de surcroit, et devait dissuader quiconque de le voler. Il détestait cette veste rouge, ce col en velours orné de lourdes perles qui s'enfonçaient dans son cou. Il détestait encore plus le pantalon rouge bouffant, qui lui donnait l'allure d'une tomate. Il était si serré à la taille qu'il laissait des marques sur sa peau.

Arrivé à destination, il patienterait près de la calèche, raide comme un piquet, pendant que John, le valet de pied, irait remplir les bouteilles dans la salle des pompes. Robert ignorait pourquoi ils allaient chercher de l'eau à Clerkenwell, alors qu'il y avait de nombreux puits beaucoup plus proches. Mais cela faisait plaisir à Lady Hibbert, et il est plus facile pour tout le monde d'avoir une maitresse satisfaite.

Robert balaya les cendres de la veille et prépara le feu. Il se garda de l'allumer, car la salle était toujours déserte. Mrs Wandle pourrait bien lui faire tâter de sa baguette s'il gaspillait du bois.

Lorsqu'il se leva, son estomac se mit à gargouiller. Le bruit était si fort qu'il aurait pu réveiller la maitresse, là-haut, dans ses luxueux appartements.

– Lizzie…, appela-t-il doucement. As-tu caché une partie du pain qui restait du souper d'hier soir ?

Le pain dur n'était pas aussi délicieux qu'une part de tourte épaisse et juteuse. Mais, tartiné de confiture, ce ne serait pas si mal.

– Lizzie, appela-t-il plus fort.

Il ne l'entendait pas bouger. Les volets étaient toujours fermés. Était-elle sortie chercher Percy ? Le marmiton dormait dans le grenier à foin pour profiter de la chaleur des chevaux.

Ou bien Lizzie était montée au grenier, réveiller les deux autres servantes…

En traversant l'âtre, Robert se cogna le pied dans quelque chose de mou. Il sursauta violemment.

– Lizzie ?

Son amie était étendue par terre, sur la pierre froide. Ses paupières étaient closes et elle ne bougeait pas. Était-elle… ?

Le cœur du jeune garçon s'affola. Lizzie ne pouvait pas être morte. Un instant plus tôt, elle parlait avec animation, pleine de vie. Il se pencha vers elle. Robert savait à quoi ressemblait un mort. Il en avait vu assez souvent à la plantation, et dans le bateau qui l'avait mené en Angleterre. Il prit une main de la jeune fille dans les siennes. Elle était tiède. Son amie était vivante.

– Lizzie ! chuchota-t-il.

Il ne voulait pas élever la voix de crainte d'alerter Mrs Wandle, au fond de la cuisine. Elle n'avait encore jamais battu Lizzie, mais il lui aurait suffi d'un prétexte pour se déchainer.

– Lizzie !

Il la secoua plus fort.

L'air autour d'elle était jaunâtre. Était-elle malade ? Qu'avait dit le vieux médecin qui avait rendu visite à la cousine de Lady Hibbert, à Pâques ? Ses évanouissements étaient dus à un excès de bile jaune. Était-ce la bile qui teintait l'haleine de Lizzie ?

La jeune fille laissa échapper un petit ronflement, et un immense sourire éclaira son visage.

– Nelly ! chuchota-t-elle. On va fabriquer une cape avec toutes ces marguerites. Et une couronne pour tes cheveux.

Robert la rallongea. Comment aurait-il pu la réveiller alors qu'elle rêvait de sa sœur disparue ? Il attendrait encore un peu. La cuisine était si calme qu'il entendait une femme chanter au loin. On aurait dit une berceuse. Probablement une nourrice qui traversait Bloomsbury Square avec un bébé.

Le jeune garçon ferma les yeux, épuisé. Soudain, ses pensées lui semblaient trop épaisses pour traverser sa tête. Il n'y avait personne dans cette cuisine. Qui le saurait s'il grappillait quelques minutes de sommeil supplémentaires ? Avec un peu de chance, il retrouverait quelqu'un dans ses rêves, lui aussi. Quelqu'un qui lui manquait terriblement.

Soudain, un cri déchira le silence.

4

La cuisine silencieuse

– Robert ! Viens ici tout de suite, ou tu vas sentir la morsure de mon fouet !

La voix de Lady Hibbert s'attaquait aux franges de son rêve, tel un chien enragé. Elle le poursuivait jusque dans les moindres recoins de son cerveau. Robert se força à ouvrir les yeux. Près de lui, Lizzie dormait toujours profondément.

– Robert ! Mistress Wandle ! hurla encore Lady Hibbert. Qu'est-ce que vous fabriquez, bande de fainéants ?

– Un instant, madame !

Robert trouvait difficile de rester poli tout en élevant la voix. Et surtout, il trouvait difficile d'être poli avec Lady Hibbert. Il donna un petit coup de coude à Lizzie, qui demeura sans réaction. La maitresse était au sommet de l'escalier. Si elle faisait irruption dans la cuisine et trouvait la jeune fille endormie, elle prendrait la baguette de Mrs Wandle pour la battre. Robert devait absolument déplacer son amie. Il la saisit sous les aisselles. Elle n'était pas seulement alourdie par le sommeil. C'était un véritable bloc de pierre.

– Lizzie ! lui siffla-t-il à l'oreille. Reviens parmi nous !

L'intéressée gloussa et renifla, mais garda les yeux résolument fermés.

– Robert ! Mistress Wandle ! Gare à vous si je dois faire un pas de plus ! menaça Lady Hibbert.

Le garçon fit la sourde oreille. « Où cacher une servante ronflante ? » se demandait-il.

Décidant que l'arrière-cuisine ferait l'affaire, il traina Lizzie à travers la pièce. Les pieds de son amie raclaient le sol irrégulier. Quand il la reposa pour ouvrir la porte, sa tête heurta les dalles avec un bruit sourd. Robert grimaça. Lizzie ne s'était toujours pas réveillée. Il la souleva à nouveau, la tira près de l'évier, puis regagna la cuisine en prenant soin de refermer la porte derrière lui.

Le spectacle qui l'attendait l'emplit d'effroi.

Lady Hibbert était debout près de la table. Son visage était un masque pâle et rigide, où luisaient des yeux cerclés de rouge. Il n'avait pas de sourcils. Ses lèvres étaient grises et encroutées. Des mèches de cheveux, semblables à des queues de rats morts, dépassaient de son bonnet de nuit et tombaient devant ses oreilles. On aurait dit… un fantôme.

Robert voulut battre en retraite, mais ses jambes refusèrent de lui obéir. La seule chose qui bougeait était son cœur. Il cognait dans sa poitrine comme le maillet que Mrs Wandle utilisait pour attendrir les pièces de bœuf.

Puis le fantôme parla. Ou plutôt, il cria :

– Approche, garçon !

Le spectre avait conservé la voix de chien enragé de Lady Hibbert. Robert avait entendu parler d'esprits revenus d'outre-tombe. Ils gémissaient, marmonnaient, mais ne s'énervaient pas. Celui-ci glissa jusqu'à l'étagère où se trouvait la baguette de saule. Il s'en empara et la fit courir sur sa paume d'apparence humaine.

– Si tu penses que cette baguette fait mal, garçon, tu n'as encore rien senti. Mon époux m'a fait envoyer la cravache qu'il utilise à la plantation. Celle en peau de lamantin. Tu vois de quoi je parle, n'est-ce pas ?

Les battements de cœur de Robert résonnèrent dans sa tête. Bien sûr qu'il connaissait ce fouet. On ne l'avait jamais utilisé pour le punir, mais sa mère ainsi que son frère Zeke et plusieurs de ses tantes avaient senti sa morsure cruelle. Un fantôme pouvait-il savoir cela ?

Il se força à regarder plus attentivement l'apparition et comprit son erreur. Comment avait-il pu être aussi stupide ? Ce n'était pas un spectre, mais Lady Hibbert en chair et en os, le visage couvert d'un de ces masques de beauté que l'apothicaire préparait dans son laboratoire.

Robert baissa la tête. Sa mère lui avait enseigné qu'il était terriblement dangereux de regarder un Blanc en face. Les maitres considéraient cela comme un manque de respect impardonnable. Tout bas, elle avait ajouté : « Et ils ont peur s'ils voient la colère dans tes yeux. »

Les aboiements de Lady Hibbert résonnèrent dans la cuisine vide :

– Où sont-ils tous ? Le feu n'est pas allumé dans ma chambre et je n'avais pas de thé à mon réveil. Où donc est passée Jane ? J'ai besoin d'elle pour m'habiller ! À croire que j'ai les domestiques les plus paresseux et les plus stupides de Bloomsbury !

– Je suis désolé, maitresse.

À force de reculer contre la porte de l'arrière-cuisine, Robert sentit le montant s'enfoncer dans son dos. Il se redressa. Il n'aurait plus manqué que la porte s'ouvre derrière lui, et que Lady Hibbert aperçoive Lizzie endormie, avec son sourire béat.

– J'allais les chercher, affirma-t-il.

Robert crut voir Lady Hibbert froncer les sourcils. Avec son masque, c'était difficile d'en être sûr.

– As-tu pratiqué une espèce de sorcellerie sauvage, Robert ?

Elle se rapprocha du jeune garçon, qui recula contre la porte.

– Mon mari m'a conseillé de me méfier de toi. Si tu manges à ta faim, tu vas devenir ingrat. Vous avez la fourberie dans le sang, toi et ton peuple.

Elle tapota la baguette de saule contre sa paume.

– J'en toucherai deux mots à Mrs Wandle. Vous êtes trop bien nourris.

– Madame ? Madame ?

La cuisinière surgit en courant des quartiers des domestiques, de l'autre côté de la cour, les pieds nus et le bonnet de travers. Elle avait le visage chiffonné de quelqu'un qui vient de se réveiller et plaquait son tablier détaché contre sa robe. Elle fusilla Robert du regard, comme s'il était responsable de son retard, et promena un regard autour d'elle. L'air qui s'échappait de sa bouche paraissait jaune dans la grisaille ambiante.

– Où sont…

– C'est la question que je me pose ! l'interrompit Lady Hibbert. Où sont-ils tous, en effet ? Allumez ces feux, faites infuser mon thé et mettez immédiatement un bol d'eau chaude sur ma table de nuit !

Elle abattit la baguette sur la table.

– Sinon…

Mrs Wandle fit une courbette et faillit perdre son bonnet. Elle le rattrapa *in extremis*, se redressa et se tourna vers Robert.

– Toi ! Va chercher le…

– Non, non, non !

Le front plâtreux de Lady Hibbert se fendilla lorsqu'elle plissa les yeux.

– Avez-vous oublié quel jour nous sommes ? Il faut aller chercher mon eau. Mes yeux…

Elle se frotta le visage. Sa main se couvrit d'une pâte blanche graisseuse.

– J'ai besoin du remède pour mes yeux délicats.

– Oui, madame ! Bien sûr, madame !

Mrs Wandle pivota sur elle-même, agrippant toujours son bonnet et son tablier. Elle semblait complètement déboussolée, mais Lady Hibbert n'y prit pas garde. Elle agita la baguette de saule, qui fouetta l'air tout près de la jambe de Robert.

– Qu'est-ce que tu attends, toi ? Va te préparer !

Sur ces mots, elle abandonna la baguette sur la table et disparut dans l'escalier.

Mrs Wandle regarda tour à tour la baguette et Robert. Puis elle bâilla, laissant échapper une bouffée de brume jaunâtre. Souffrait-elle du même mal que Lizzie ?

– Tu l'as entendue ! File ! gronda-t-elle.

Avant d'obtempérer, Robert jeta un coup d'œil inquiet derrière lui. Et si Mrs Wandle allait dans l'arrière-cuisine et trouvait Lizzie ? Elle aimait commencer sa matinée en houspillant les bonnes. La cuisinière se dirigea vers la pièce, fixa la porte pendant quelques secondes, puis se ravisa et partit en titubant vers l'écurie.

Même si le danger était écarté pour l'instant, n'importe qui pouvait entrer et voir les jambes de Lizzie dépasser derrière l'évier. Robert devait la déplacer. Il décida d'y réfléchir tout en s'habillant. Sa tenue d'apparat était rangée dans une boîte, derrière le tonneau de saumure. Il n'avait jamais possédé d'habits neufs avant que la couturière de Lady Hibbert lui confectionne ce costume. Dans la plantation, il portait des vêtements qui avaient appartenu à son frère, Zeke, ou à d'autres garçons. Maman les reprisait tant bien que mal. Après avoir usé jusqu'à la corde les chemises de son frère, Robert les avait portées la nuit, en guise de pyjama. Il avait réussi à garder la dernière durant tout le voyage qui l'avait conduit en Angleterre, mais Lady Hibbert avait commandé à Mrs Wandle de la bruler dès qu'il avait mis les pieds dans la maison. La cuisinière avait souri en l'arrosant d'huile et obligé Robert à regarder les flammes la dévorer. Elle avait prétendu que le vêtement grouillait de vermine, mais c'était faux.

Cette chemise était la dernière chose qu'il lui restait de son frère.

Son pantalon de soie le faisait souffrir lorsqu'il marchait vite, et encore plus quand il s'asseyait. Finalement, Robert n'était pas fâché de devoir rester debout la plupart du temps. Quant à la veste, elle comprimait sa poitrine et l'empêchait de respirer. Un bouton s'était détaché la semaine précédente, et Lizzie avait « emprunté » des aiguilles et du fil à la maitresse pour le recoudre. Son amie savait qu'il était puni lorsqu'il salissait ses vêtements.

Robert hésita à mettre son turban. Il avait découvert l'existence de cet accessoire quand la couturière avait enroulé la bande de tissu autour de sa tête. Par ce froid, la coiffure aurait l'avantage de lui tenir chaud. Il faudrait juste qu'il pense à se baisser quand les enfants de la rue lui jetteraient des pierres. Il avait entendu un jour le poissonnier promettre un penny à un garnement s'il parvenait à le faire tomber. L'étoffe était fixée par une grosse broche en verre taillé, si lourde qu'elle faisait glisser le turban devant ses yeux. C'était sûrement elle que visaient les enfants des rues. Peut-être voulaient-ils la lui dérober, en pensant qu'elle avait de la valeur ? Il se serait fait une joie de la leur offrir. Ou mieux : de l'arracher et de la piétiner.

Robert ferma les yeux un bref instant, imaginant le verre brisé sous ses pantoufles.

Puis il se contorsionna pour enfiler la culotte. Elle était vraiment très ajustée, mais cela ne signifiait pas qu'il était trop bien nourri, loin de là. À son arrivée en Angleterre, il avait été incapable de manger et de dormir pendant de longs jours. Dieu sait s'il avait détesté la plantation et le dur labeur dans les champs de cacao, sous un soleil brulant. Mais là-bas, il était auprès de sa famille : sa mère, ses jeunes sœurs jumelles... et Zeke, son meilleur ami au monde. À Londres, il avait refusé le pain dur et les restes de jambon que lui donnait Mrs Wandle. Au bout d'une semaine, la cuisinière l'avait emmené au fond du jardin, sous le saule qui poussait près de l'étang. Puis elle avait demandé au jardinier de scier une branche tordue.

– Lady Hibbert m'en voudra si tu meurs de faim, avait-elle dit simplement, avant de lui asséner un coup sur l'oreille. Tu as intérêt à manger, à partir de maintenant.

Robert avait ignoré la mise en garde. Il avait continué à effectuer ses corvées pour Lady Hibbert, de plus en plus faible, toujours plus maladroit. Plus il était maladroit, plus il tâtait de la baguette de saule. Lizzie avait tenté de le faire manger chaque fois qu'elle le pouvait, en lui apportant un morceau de viande, ou un muffin tiède. Une fois, elle lui avait offert deux quartiers d'orange, mais leur parfum lui avait rappelé Zeke, qui ouvrait des oranges vertes pour étancher leur soif. Il avait fondu en larmes, et la jeune servante l'avait serré dans ses bras jusqu'à ce qu'il se calme. C'est grâce à sa gentillesse qu'il était resté en vie. Il lui était redevable. Si elle avait attrapé une espèce de maladie du sommeil, il devait la protéger. Par chance, il devait se rendre au puits de Madame Blackwell. Peut-être que son eau avait un véritable pouvoir de guérison... Il tâcherait d'en prélever une petite gorgée pour la faire boire à Lizzie, si elle dormait encore à son retour.

Robert acheva de boutonner sa veste en soie. Il enroulait le turban ridicule autour de sa tête, quand la porte de l'office s'ouvrit. Mrs Wandle se tenait dans l'embrasure, les yeux rouges et le visage chiffonné.

– Je ne trouve pas Mr Ropeton ! gémit-elle. Il n'est pas dans l'écurie. Il n'y a personne pour conduire la calèche de la maitresse ! Et pas de valets de pied pour son carrosse !

Robert s'aperçut qu'elle ne le regardait pas. Ses yeux étaient rouges et mi-clos. Elle n'arrêtait pas de cligner des paupières, et un brouillard jaunâtre flottait toujours autour de sa bouche. Elle s'immobilisa brusquement.

– Oh, Jack, soupira-t-elle.

– Jack ?

Mr Ropeton se prénommait Robert. C'était d'ailleurs de lui que le jeune garçon tenait son prénom. À sa naissance, Lord Hibbert l'avait baptisé ainsi en hommage à son serviteur préféré, resté auprès de son épouse en Angleterre. Maman devait lui en être reconnaissante, disait le maitre. C'était un grand honneur qu'il avait fait à son fils.

Mrs Wandle écarquilla les yeux, puis fronça les sourcils.

– Jack ? Qui a parlé de Jack ?

Son visage s'empourpra.

– Tu m'espionnes ? aboya-t-elle.

Robert recula prestement.

– C'est vous qui avez dit « Jack », Mistress Wandle.

– Vraiment ?

Le regard de la cuisinière se perdit dans le vague.

– C'était comme s'il m'était revenu, aussi jeune que le jour de notre mariage, dit-elle en souriant.

Robert recula encore. Les sourires de Mrs Wandle étaient toujours de mauvais augure.

– Tu dois aller chercher l'eau de la maitresse, lui rappela-t-elle. Ne traine pas, sinon…

Elle prit la baguette sur la table, mais la laissa retomber dans sa main toute molle et finit par la lâcher.

– Je vais me reposer, marmonna-t-elle, avant de partir en titubant vers le quartier des domestiques.

Une porte claqua.

Tout le monde souffrait-il d'un excès de bile jaune ? Tout le monde, sauf Lady Hibbert, bien sûr. Cette dernière en était d'ordinaire si pleine qu'un petit supplément passait inaperçu. Robert expira. Son souffle forma un nuage de vapeur dans la cuisine glaciale. Il loucha pour l'examiner. La brume n'était pas jaune. Lady Hibbert avait-elle raison ? Avait-il réellement pratiqué de la magie dans son sommeil ? Il aurait préféré le faire consciemment, selon ses désirs. Et surtout, il n'aurait jamais jeté de sort à Lizzie.

Robert retourna dans l'arrière-cuisine d'un pas lourd. La jeune servante était dans la position où il l'avait laissée. Il se pencha, prit une profonde inspiration, puis la hissa sur son épaule.

– Si tu ne m'avais pas apporté à manger, je ne serais pas capable de faire ça, lui chuchota-t-il à l'oreille.

C'était trop risqué de l'emmener dans sa chambre, au grenier, même s'il pouvait la porter jusque-là. Il s'assura à nouveau que la cour était vide et la transporta jusqu'au placard à balais. Le réduit était juste assez grand pour l'accueillir. Il y allongea son amie, alla récupérer sa couverture dans la cuisine et la borda soigneusement.

– Je reviens bientôt, lui promit-il.

Les flacons destinés à l'eau médicinale étaient rangés dans un tiroir, dans l'arrière-cuisine. Robert en sortit trois, en verre bleu dépoli. Lady Hibbert rappelait constamment aux valets qu'ils lui avaient couté une fortune et les menaçait des pires châtiments s'ils les ébréchaient. Robert enveloppa les flacons dans un tissu et les posa délicatement dans un panier.

Quand il ouvrit la porte de la cour, le bruit des écuries déchira le silence. Toute la semaine, les palefreniers s'étaient plaints que les chevaux étaient agités, mais ce n'était rien en comparaison du vacarme actuel. Ils donnaient des ruades contre les portes de leurs stalles, et le chœur de leurs hennissements grondait comme un orage de la Barbade. Où donc étaient passés les palefreniers et les garçons d'écurie ? À cette heure-ci, ils auraient dû courir d'une stalle à l'autre avec leurs seaux, leurs balais et leurs instruments brillants. Mrs Wandle avait raison : il n'y avait personne.

Peut-être que les chevaux avaient faim. Ce serait cruel de les laisser ainsi, mais Robert détestait ces animaux. Il avait essayé de l'expliquer à Lizzie, en lui racontant comment

Mr Soothing faisait cabrer son étalon devant les enfants de la plantation. Un jour, le sabot du cheval avait frappé la tête de Moïse, le cousin de Robert. Mr Soothing était parti en riant, laissant l'enfant en sang étendu sous un buisson.

Lizzie avait répondu que ce n'était pas le cheval le coupable, mais son cavalier. Robert n'était pas convaincu. Il lui avait toujours semblé que l'étalon prenait du plaisir à les effrayer.

– Hé ! Toi !

Un palefrenier prénommé Benjamin traversait la cour à grands pas, un seau dans chaque main. Derrière lui, son petit frère, Daniel, faisait rouler des balles de foin. Un chiot courait sur ses talons – le seul qui avait un comportement normal. Benjamin s'arrêta devant Robert et posa ses seaux.

– Qu'est-ce que tu leur as fait ?

– Quoi ?

– Tu es réveillé, alors que tous les autres dorment. Tu leur as fait quelque chose ?

Robert lui sourit aimablement.

– Lady Hibbert est réveillée, Benjamin. Je peux aller vous la chercher, si vous voulez. Elle est furieuse que son attelage ne soit pas encore prêt.

Daniel se frotta les yeux.

– Fiche-lui la paix, Ben. Allons nourrir les chevaux, et...

Il clignait des paupières, comme Mrs Wandle.

– Je veux revoir Maman.

– Tais-toi. Ce n'est pas possible !

Benjamin prit son frère par les épaules et le secoua. Le chiot se mit à grogner, les chevaux multiplièrent leurs ruades.

– Elle n'était pas réelle ! Tu l'as vue en rêve !

– Qu'est-ce que tu en sais ? Tu n'étais pas là !

– Tu n'as jamais su à quoi elle ressemblait !

– Si ! Je me souviens de plus de choses que tu crois.

Benjamin ramassa les seaux, décocha un regard furieux à Robert et courut vers la stalle la plus proche.

– J'arrive ! cria-t-il en ouvrant la porte.

Daniel le suivit. Ses jambes bougeaient comme celles d'une marionnette à fils. Son souffle avait la couleur des boutons d'or.

Les rues de Londres fourmillaient de bruit. Ce vacarme avait terrifié Robert quand il était arrivé en ville, la première fois. La plantation était bruyante aussi, mais à la Barbade, le ciel paraissait plus haut, plus vaste. Le son s'y dispersait. Ici, on entendait les cloches des églises. Les chiffonniers et les colporteurs vantaient leurs marchandises, les sabots des chevaux frappaient les pavés, les musiciens jouaient des airs au coin des rues, à grand renfort de tambours et de trompettes. Robert s'était peu à peu habitué au brouhaha ambiant, mais il continuait de le trouver oppressant.

Il sortit dans la rue et attendit que le bruit le frappe. Les cloches de Saint-George sonnèrent la demie, mais leur son était étouffé. Il cligna les paupières. Ses yeux refusaient de rester ouverts. L'odeur de la tourte était entêtante.

Il se vit entrer dans une échoppe près de Fleet Market. La chaleur du four lui picotait les joues. Une pince géante reposait contre le comptoir. Il allait enfin pouvoir déguster cette délicieuse tourte à la viande. Il n'avait qu'à prendre cette pince, s'approcher du four et en sortir...

Un cheval hennit. Des roues cliquetèrent. Un homme cria. Robert quitta son rêve comme on dégringole d'une échelle. Il fit un bond en arrière juste à temps pour éviter d'être renversé par un fiacre lancé à toute allure. Peu après, la voiture s'arrêta en tremblant dans la cour de l'église et les deux chevaux s'ébrouèrent en tirant sur leur harnais. Le passager ouvrit la porte et se précipita vers le conducteur. Ce dernier était affalé sur le côté. Son fouet, en équilibre sur son genou, tomba sur les pavés. Un instant, Robert s'attendit à voir l'objet se dresser tel un serpent et fondre sur lui. Le fouet resta immobile, mais Robert continua de le guetter avec méfiance.

Le gentleman secoua le chauffeur si fort que sa perruque s'envola comme un oiseau. La brume autour de sa tête tourbillonna. Le monsieur se pencha vers l'oreille du conducteur et cria très fort, puis se redressa et s'essuya le front. Il secoua la tête à l'intention de Robert avant de s'éloigner.

Robert s'approcha du chauffeur. Si le gentleman était aussi éveillé que Lady Hibbert, en revanche, son employé dormait profondément... À moins qu'il soit mort. Robert souleva la main de l'homme. Elle était chaude, mais son corps, comme celui de Lizzie, avait la lourdeur d'un cadavre. Il arborait un sourire si large qu'on aurait dit un crâne hilare, et il ronflait en laissant échapper des bouffées de vapeur jaune. Robert lâcha sa main, qui retomba contre le côté de la voiture. Tous les habitants de Londres souffraient-ils de la même maladie ? Elle avait dû les infecter pendant la nuit, se diffuser dans les rues et les immeubles, entrer par les cheminées et les fentes autour des fenêtres. Elle avait atteint Lizzie, le petit Daniel et même Mrs Wandle, les plongeant dans un sommeil de mort. Elle risquait de l'infecter lui aussi. Il s'écroulerait en pleine rue et ne se réveillerait jamais. Six mois plus tôt, ça ne l'aurait pas dérangé, tant il était seul et triste. Mais Lizzie était devenue son amie – sa seule amie – et si elle était malade, il devait l'aider. Pour cela, il comptait sur l'eau du puits de Madame Blackwell.

Mais il avait tellement sommeil ! Il se frotta les yeux et se concentra sur une image mentale de Lizzie. Petit, il s'obligeait à rester éveillé pour éviter de faire des cauchemars. C'est ce qu'il devait faire aujourd'hui. Il n'avait pas le droit de s'assoupir.

– Je ne dormirai pas !

Ses jambes refusaient d'avancer. Sa tête ne voulait plus penser. Son corps menaçait de s'affaler. Robert s'agrippa à la grille du square. Quelle importance s'il fermait les yeux quelques secondes, du moment qu'il restait debout ?

Fshhhh !

Un brusque courant d'air le gifla tandis qu'une vive douleur lui transperçait le front, à la lisière de son turban. Robert rouvrit brusquement les paupières. Un œil blanc, gros comme une soucoupe, était fixé sur lui.

Son propriétaire recula et s'ébroua. C'était un cheval. Une créature de pierre au museau orné d'une corne torsadée ! La licorne baissa la tête et enfonça à nouveau sa corne dans le front de Robert. Un centimètre plus haut, elle aurait brisé la broche et enfoncé des tessons de verre dans la peau du garçon. Puis l'animal souffla, fit volteface et s'éloigna dans un bruit de cavalcade.

Robert cligna les yeux et regarda autour de lui. Il avait dû rêver. Pourtant, la douleur était réelle. Il toucha son front. La goutte de sang sur son doigt était réelle aussi. Il était bien réveillé. Cet énorme cheval… non, cette *licorne* de pierre avait surgi comme par enchantement et l'avait frappé à la tête. Les demeures des environs possédaient presque toutes une écurie. La maladie du sommeil affectait-elle aussi les animaux ?

Le garçon scruta la brume qui l'enveloppait et imagina des rats gros comme des chiens surgir des recoins les plus sombres. Il voulut décamper, mais se ravisa soudain et recula contre la grille. Un cri muet déforma sa bouche.

Un lion de pierre fonçait sur lui. Sa tête géante oscillait sur son cou épais, et sa crinière étincelante ondulait dans la pénombre. Le monstre ouvrit la gueule, laissant échapper un rugissement féroce. Derrière ses dents, semblables à des silex taillés, Robert vit un trou noir béant, assez large pour l'engloutir tout entier.

– *Weg sein !* cria une voix.

Le lion s'arrêta net et esquissa un mouvement de recul, avant de détaler. Presque aussitôt, une grande main glacée s'abattit sur la poitrine de Robert, le plaquant contre les barreaux.

– S'il vous plait, arrêtez ! implora-t-il, le souffle coupé.

Un visage géant apparut dans le brouillard fétide. Il appartenait à un homme de pierre au front large et aux cheveux bouclés, deux fois plus grand que Robert. Son nez pointu toucha celui du garçon. Ses yeux étaient larges et gris. Ses lèvres minces remuaient.

– Je te vois ! articula-t-il.

L'instant d'après, la main retomba et le visage disparut.

Robert se décolla de la grille et se frotta la poitrine. Son cœur était tout près d'exploser.

– Je dois m'enfuir ! lança-t-il avec le peu de souffle qu'il lui restait, comme pour inciter ses pieds à bouger.

Un rugissement s'éleva au loin, suivi d'un crépitement de sabots. Robert se retourna vers l'église Saint-George et vit des silhouettes escalader le portique, en direction du clocher. Le lion et la licorne en pierre s'installèrent à sa base, tandis que la statue de l'homme poursuivait son ascension vers la flèche.

– Je dois m'enfuir ! répéta-t-il, avant de filer à toutes jambes.

5

Les somnambules

Maricée plia lentement la lettre de sa grand-mère.

... je veille sur une chose encore plus importante que les puits : la Liberté de Londres. Si elle tombe entre de mauvaises mains, la ville sera à nouveau dévastée.

... Le danger m'accompagnera dans ma quête, et je crains qu'il ne t'accompagne aussi. Sois courageuse.

*

* *

L'estomac de la jeune fille se contracta. Comment pouvait-elle être courageuse, alors qu'elle ignorait ce qu'elle devait faire ? Et c'était quoi, cette Liberté de Londres ? Mamie aurait dû lui en parler avant qu'il soit trop tard. Maintenant, Maricée allait devoir le découvrir par elle-même.

Elle y réfléchirait plus tard. Avant toute chose, il lui fallait installer sa table dans la salle des pompes et se préparer à accueillir les clients, comme de coutume. On était vendredi matin, et il était presque sept heures. Elle aurait déjà dû être à son poste.

Maricée emballa le pain et empila la vaisselle près de l'évier. Puis elle prit une boîte de flacons vides, quelques registres, sortit de la maison et traversa le champ.

Cinq voyages ne furent pas de trop pour tout descendre. À chaque pas, elle sentait sa tension se relâcher un peu.

La salle des pompes des Blackwell était située dans une vieille grange. Quand elle était petite, Maricée s'allongeait par terre et contemplait l'entrelacs de poutres de la charpente, en s'imaginant qu'elle était dans le ventre d'un poisson géant. L'édifice abritait autrefois des stalles où les vaches se réfugiaient les jours de mauvais temps. Maricée avait parfois l'impression que les animaux étaient encore là. Les murs avaient absorbé leur chaleur, et, quand elle inspirait profondément, elle sentait l'odeur de la paille et des veaux.

Un peu plus loin sur la route, au niveau du puits de Bagnigge, Camilla, l'amie de Maricée, s'occupait de vraies vaches. Mr Hughes, leur propriétaire, les élevait pour pouvoir servir des thés à la crème et offrir des litres de lait frais avec ses eaux. Mamie n'avait pas besoin de cheesecake, d'orchestre, ni de funambules ou d'étangs aux cygnes pour attirer les clients. Elle était la Gardienne des Puits. Son eau serait toujours la meilleure. Et c'était le vendredi, quand elle revenait de sa visite hebdomadaire aux Chads, que celle-ci était la plus puissante. Les clients faisaient la queue pendant des heures pour s'en procurer.

Mamie n'avait pas non plus besoin d'une pompe sophistiquée. Un simple tuyau, un levier et un robinet faisaient l'affaire. Les Chads veillaient à maintenir une pression parfaite. Quand Maricée s'approchait de la pompe, elle sentait le frémissement de l'eau sous ses pieds. Il suffisait d'appuyer légèrement sur le levier pour qu'elle jaillisse.

Malgré cela, Mamie tenait à soigner les apparences. Sans quoi, disait-elle, leurs clients ne croiraient pas aux vertus de l'eau. La pompe avait donc été encastrée dans une pierre gris pâle, aussi fraiche que l'eau elle-même. Une mosaïque aux différentes nuances de vert ornait sa base. Le levier, une barre de fer recourbée, se terminait par une sorte de grosse goutte en verre qui épousait la forme de la main de Maricée et de sa grand-mère. Même dans la pénombre du matin, elle brillait comme le reflet du soleil sur le ruisseau de Turnmill. L'arrière-grand-mère de Mamie avait extrait la larme des berges de la Fleet. Des siècles plus tôt, on fabriquait du verre dans des fours, au bord de la rivière. Aujourd'hui, ses rives étaient colonisées par des tanneries et des abattoirs, qui jetaient des carcasses et d'autres déchets infects dans l'eau paresseuse.

Le silence régnait dans la salle des pompes. D'habitude, on entendait le chien du gardien du péage aboyer après les voitures. Aujourd'hui, il se taisait. L'air était lourd, comme si une couverture flottait au-dessus des nuages, prête à s'abattre sur les champs.

Maricée prit le premier livre de comptes sur la pile des clients réguliers, ceux qui venaient trois ou quatre fois par mois. Ce n'était sans doute pas un hasard si Mamie l'avait placé tout en haut. Peut-être contenait-il une information qu'elle voulait lui transmettre.

Le registre était celui de Mr Jonas Hanway, un des directeurs de l'hospice des enfants trouvés. Mamie avait indiqué qu'il devait payer sa précommande mensuelle de trois litres, mais en réclamerait peut-être le double ce mois-ci, à cause de l'épidémie d'yeux rouges. Cela n'avait rien de suspect. Maricée posa le livre à l'écart. Le suivant était celui de la maison de travail de Clerkenwell. La matrone ne venait pas toutes les semaines, mais Mamie avait prévu qu'elle lui rendrait visite aujourd'hui. Sans doute pour la même raison. Maricée plaça le registre en soupirant sur celui de Jonas Hanway.

Venaient ensuite les livres des jumeaux Chudley de Hoxton. Ils n'avaient pas payé depuis trois mois, mais envoyaient quand même un valet de pied chercher de l'eau un vendredi sur deux. Ils ne rendaient pas non plus les flacons vides. Mamie avait prévu d'en toucher un mot aux Chads de l'est de Londres, pour leur proposer de faire jaillir un geyser dans le jardin des Chudley, en plein milieu d'un de leurs déjeuners chics. Les jumeaux étaient-ils responsables de sa disparition ? Maricée jeta un coup d'œil aux colonnes de chiffres et aux gribouillages de sa grand-mère. Dans la marge, Mamie avait noté en grosses lettres rouges :

Fais-les patienter jusqu'aux dernières gouttes !

Les jumeaux étaient agaçants, certes, mais cela n'expliquait pas la disparition de sa grand-mère. Et surtout, rien n'indiquait qu'ils avaient un lien avec la Liberté.

Sous le registre des Chudley, Maricée trouva celui de Lady Hibbert. Un long frisson la parcourut. Elle n'avait rencontré Lady Hibbert en personne qu'une seule fois, quand celle-ci avait fait irruption dans la salle des pompes pour houspiller son valet de pied, qu'elle trouvait trop lent. Elle avait employé des mots que Maricée entendait pour la première fois, et sa fureur l'avait sidérée. Sans se laisser impressionner, Mamie avait immédiatement escorté la femme dehors et lui avait interdit de remettre les pieds dans la salle des pompes.

Maricée lut le registre de bout en bout. Arrivée à la fin, elle fut prise d'une terrible envie de jeter la pile de livres par terre. Il n'y avait rien d'utile là-dedans.

Elle jeta un coup d'œil par la fenêtre. Le soleil était levé, mais où étaient les clients ? Une file d'attente aurait dû s'étirer devant la grange à cette heure-ci. Pourquoi n'y avait-il personne ?

La jeune fille se redressa soudain, alertée par un bruit de sabots. Enfin quelqu'un ! Enfin quelque chose de normal !

Après réflexion, Maricée décida de se méfier. Tout était si bizarre ce matin. Elle s'accroupit derrière sa chaise et prit une grande inspiration pour tenter de dompter les battements de son cœur.

Les sabots s'immobilisèrent et le cheval s'ébroua tandis que son cavalier l'attachait au poteau. L'instant d'après, la porte de la salle des pompes s'ouvrit.

– Bonjour ! Il y a quelqu'un ?

Maricée connaissait cette voix. Elle risqua un coup d'œil derrière la chaise et reconnut aussi les bottes.

– Il n'y a personne ? insista la voix.

Maricée se leva. Mr Jonas Hanway se tenait dans l'embrasure de la porte, les sourcils froncés, l'air méfiant.

– Maricée ! Comment vas-tu ? s'exclama-t-il. As-tu été épargnée par cette monstrueuse maladie ?

– Quelle maladie, Mister Hanway ?

– Hélas, Miss Blackwell, j'ai bien peur que nous soyons maudits, dit-il en s'éloignant à reculons. Je suis venu t'avertir. Sauve-toi pendant que c'est encore possible !

Maricée s'élança pour le retenir.

– Mister Hanway ? Que voulez-vous dire ?

L'homme monta en selle et lui lança un dernier conseil avant d'éperonner sa monture :

– Sauve-toi, mon enfant ! Un nouveau fléau s'est abattu sur nous. Je dois retourner auprès des enfants trouvés. Je prie pour ne pas succomber aussi.

– S'il vous plait, monsieur ! Je ne comprends pas !

Le cheval partit au galop. Maricée le regarda disparaitre sur le chemin désert. Aucun carrosse, aucun valet de pied ne l'empruntait aujourd'hui… Et soudain, elle vit son amie accourir vers elle à travers champs.

– Camilla ! la héla-t-elle. Je suis tellement contente de te voir ! Que se pa… ?

Les mots de Maricée moururent dans sa gorge. La silhouette qui venait vers elle ressemblait à celle de son amie Camilla du puits de Bagnigge, mais sa démarche était étrange. On aurait dit qu'elle pataugeait dans l'eau. Maricée se frotta les tempes. Des cymbales s'entrechoquaient dans son crâne.

Camilla s'arrêta devant elle. En apparence, c'était bien la jeune fille trapue que Maricée connaissait, avec son visage rond et son bonnet en dentelle d'où s'échappaient des mèches de cheveux bruns. Mais où était passé son sourire espiègle ? Camilla, toujours prête à raconter les frasques des dames et des messieurs qui avaient visité Bagnigge durant la semaine, regardait autour d'elle d'un air ahuri, comme si Maricée n'était pas là. Son bonnet était à l'envers, et un ruban s'enroulait autour de son oreille, semblable à un bâton de berger. Des brins de paille étaient collés à sa robe et à son tablier, comme si elle avait dormi dans l'étable.

– Je dois voir Madame Blackwell, déclara-t-elle d'une voix morne, en clignant les yeux.

Une brume jaune s'échappa de sa bouche en tourbillonnant.

– Camilla ? Tu es malade ? s'inquiéta Maricée.

– Je dois voir Madame Blackwell, répéta-t-elle.

– Mamie n'est pas là.

Dans la tête de Maricée, les cymbales s'entrechoquaient de plus belle, au rythme des mots de Camilla. Elle rentra dans la salle des pompes et posa sa main sur le levier. La douleur s'atténua et ses idées s'éclaircirent. Camilla la suivit à l'intérieur.

– Qu'est-ce qui t'arrive ? lui demanda Maricée. Tu n'es pas… comme d'habitude.

– Elle me l'a promis !

L'intonation de Camilla était si désespérée, si triste que Maricée s'accrocha à la pompe.

– Elle m'a dit que je pourrais revoir mon père seulement si je trouvais Madame Blackwell !

– Je ne sais pas où est Mamie ! Et qui t'a dit ça ?

– J'ai besoin de la Liberté ! La Gardienne possède la Liberté. Je dois la lui prendre !

« La Liberté » ? Maricée avala sa salive et tenta de dompter son effroi.

« Le danger m'accompagnera dans ma quête, et je crains qu'il ne t'accompagne aussi », avait écrit sa grand-mère.

Camilla, toujours si drôle et si gentille, pouvait-elle représenter un danger ? En apparence, cette fille ressemblait à son amie. Mais à l'intérieur, c'était quelqu'un – ou quelque chose – d'autre.

Maricée s'efforça de parler d'une voix calme :

– Tu es malade, Camilla. Rentre te reposer. Dès que je verrai Mamie, je lui dirai que tu la cherches.

– Non !

Camilla poussa Maricée si fort qu'elle bascula contre la table. La pile de registres tomba par terre.

– J'ai besoin de la Liberté maintenant !

Maricée se redressa. La peur se diffusait en elle à chaque battement de cœur. Elle était en colère, elle aussi. Comment cette pseudo-Camilla osait-elle la brutaliser dans la salle des pompes de sa grand-mère ? Elle lui saisit le bras et l'entraina dehors.

– Qu'est-ce qui te prend ? Tu n'es pas toi-même. Va-t'en !

– Je dois voir Madame Blackwell, fit une nouvelle voix.

Mr Browbridge, le vieux meunier, surgit à l'angle du bâtiment. Il serrait un pied-de-biche dans ses doigts tremblants.

– J'ai besoin de la Liberté.

Des volutes jaunâtres ondulaient devant sa bouche. Maricée recula.

– Mister… Mister Browbridge ? bredouilla-t-elle.

Alors que le meunier levait son pied-de-biche, deux filles surgirent derrière lui et le bousculèrent.

– Nous devons voir Madame Blackwell ! annoncèrent-elles d'une seule voix.

C'étaient les jumelles Whitby, Cicely et Angelica. Elles avaient trois ans de plus que Maricée et étaient beaucoup plus grandes. Leur père possédait les vergers près du poste de péage. Cicely trainait derrière elle un râteau garni de feuilles mortes. Angelica avait un maillet dans une main, un bâton dans l'autre.

– On veut la Liberté.

Leurs paupières papillotaient et leur souffle coloré se mêlait devant elles.

– Elle nous a promis !

– Qui t'a promis quoi, Cicely ? demanda Maricée d'une voix enrouée.

Elle s'éclaircit la gorge.

– Que vous a-t-on promis ?

Cicely lui saisit la manche.

– Nous devons voir Madame Blackwell !

Maricée tenta de se dégager, mais la fille avait planté les ongles dans l'étoffe. Maricée la repoussa brutalement, et Cicely se cogna contre sa sœur.

Le maillet atterrit par terre dans un bruit sourd. Angelica se pencha lentement pour le ramasser. Il oscilla dans sa main molle, tandis qu'elle avançait d'un pas. Les cymbales faisaient un bruit assourdissant dans la tête de Maricée. Elle avait de plus en plus peur.

– Nous devons voir Madame Blackwell.

Par-dessus l'épaule d'Angelica, Maricée aperçut une lueur argentée. Un jeune homme s'approchait en titubant, une épée au poing. Sa tête était rasée, et il ne portait pas de perruque. Sa chemise était bizarrement boutonnée. Il portait une culotte de dandy en soie orange vif, mais il lui manquait une chaussure, et ses bas troués laissaient apparaitre son gros orteil.

Un page marchait loin derrière lui, vêtu d'un pantalon et d'une veste rouge vif, et coiffé d'un turban. Lui aussi se mit à courir vers Maricée. Il remuait les lèvres, mais ses mots étaient inaudibles.

Le jeune homme à l'épée accéléra.

– Je dois voir Madame Blackwell !

Il trébucha sur une touffe d'herbe, et son épée lui échappa des mains. Il la chercha à tâtons, comme aveuglé. Mr Browbridge brandit le pied-de-biche à deux mains. Les jumelles aussi levèrent leurs armes. Maricée se figea, pétrifiée par l'effroi.

Un instant, les villageois restèrent immobiles. Puis ils retroussèrent les lèvres et se mirent à articuler des mots. Un nuage jaune se forma devant leurs bouches. Ils parlaient tous d'une même voix, qui n'était pas la leur. C'était une voix de femme qui chantait une berceuse :

« Marchez, mes agneaux, marchez,
Suivez le troupeau,
Ouvrez les paupières, refermez les yeux,
Dormez, mes agneaux, d'un profond sommeil.
Réveillez-vous, respirez fort, redressez-vous, dormeurs.
Dix ans, dix larmes, qui coulent de mes yeux. »

Dans la tête de Maricée, le vacarme des cymbales était insoutenable. Les villageois se turent soudain et se tournèrent vers elle.

Le page courait toujours. Maricée aurait dû l'imiter, mais ses jambes étaient de plomb.

Elle entendait enfin les paroles du garçon :

– J'ai besoin de Madame Blackwell ! braillait-il.

Les villageois levèrent leurs armes. Le pieu, le maillet, le pied-de-biche. Le jeune homme saisit la poignée de son épée...

– Nous devons voir Madame Blackwell ! Nous avons besoin de la Liberté !

Ils convergeaient vers elle en titubant. Le page courait toujours ; il était tout près de les rattraper.

– Elle a promis !

Angelica leva son bâton. Une main saisit le bras de Maricée.

– Non ! hurla-t-elle. Lâchez-moi !

Elle tenta de résister tandis qu'on la trainait vers la salle des pompes. Les doigts qui emprisonnaient son poignet avaient la même couleur brune que les siens. C'étaient ceux du page.

– Dépêche-toi ! cria-t-il. Rentrons !

Son souffle était clair. Il n'était pas malade. Pas encore, du moins.

Maricée ordonna à ses jambes d'avancer. Le garçon la tira dans la salle des pompes, attrapant le battant gauche de la porte et le souleva pour le fermer.

– Aide-moi ! cria-t-il.

Sa voix arracha Maricée à sa torpeur. Elle empoigna le battant de droite et le rabattit. Le garçon les maintint ensemble pendant que Maricée poussait le lourd verrou. Un bruit sourd retentit de l'autre côté, puis un autre, comme si des corps se précipitaient contre le battant. La porte était assez solide pour résister aux assauts des villageois, mais Maricée n'était pas rassurée pour autant. Elle était enfermée avec cet étranger, peut-être aussi dangereux que les autres.

Ils se dévisagèrent. Le garçon avait à peu près l'âge de Maricée, et sa peau était du même brun que la sienne. Il était vêtu comme un prince, avec une culotte de soie rouge, une veste assortie brodée de perles, et sa tête était coiffée d'un turban orné d'un énorme bijou. La coiffe semblait affreusement lourde, elle devait lui faire mal à la nuque. Ses pantoufles en cuir souple n'étaient pas faites pour marcher sur la route.

– Qui es-tu, et que veux-tu ? lui demanda-t-elle.

Sa voix était forte et audacieuse, malgré sa peur.

– Je m'appelle Robert Strong, répondit le garçon.

Il lui présenta un panier plein de flacons en verre bleu, soigneusement emballés.

– Je viens chercher de l'eau.

Maricée secoua la tête, perplexe.

– C'est la première fois que je te vois. Tu n'es pas un client régulier.

– Tu ne m'as jamais vu parce que Lady Hibbert m'oblige à rester près de son fiacre pendant que son valet de pied va chercher l'eau.

Maricée grimaça.

– Tu es de la maison de Lady Hibbert ?

– Oui, répondit Robert d'une voix atone. Mon amie est malade. J'essaie de l'aider.

Il fronça les sourcils.

– C'est *toi*, Madame Blackwell ? Je te croyais plus âgée.

– Madame Blackwell est ma grand-mère. Elle… elle n'est pas là.

Un nouveau bruit retentit. Robert lorgna la porte, puis reporta son attention sur Maricée.

– Je ne comprends pas ce qui se passe, avoua-t-il d'une voix teintée de panique. Tout est… détraqué aujourd'hui.

Maricée aurait aimé pouvoir rire. Sa grand-mère avait disparu. Le village entier voulait la tuer…

– Oui, admit-elle. « Détraqué », c'est le mot.

– Ces gens, dehors… Pourquoi te veulent-ils du mal ?

– Ils cherchent ma grand-mère. Comme toi. Qui es-tu ?

– Je te l'ai déjà dit. Je m'appelle Robert Strong.

Maricée le dévisagea. Et si ce Robert Strong était un excellent comédien qui avait simplement fait semblant de la sauver ?

« Sois courageuse, forte, et surtout, réfléchis avant d'agir », lui avait écrit sa grand-mère. Elle devait suivre son conseil et se méfier de cet étrange garçon vêtu comme un prince. Elle se dirigea vers la table où étaient disposés les flacons. Sans quitter le garçon des yeux, elle tendit une main derrière elle et s'empara d'une petite fiole en terre cuite. Ce n'était pas vraiment une arme, mais si elle la lançait assez fort, elle pourrait déstabiliser son agresseur et s'enfuir.

Mais s'enfuir où ? Comment ?

Le maillet s'abattit de nouveau sur le bois. La porte trembla sur ses gonds.

– Qu'est-ce qui me garantit que tu n'es pas leur chef ? demanda Maricée.

Boum ! Boum ! Boum !

On aurait dit que des dizaines de marteaux frappaient la porte. Les villageois devaient être de plus en plus nombreux. Maricée imagina les maisons se vider et une foule hagarde se trainer à travers champs, les paupières lourdes, l'haleine jaune, les armes au poing. Elle crispa la main sur la fiole.

– Moi ?

Robert éclata d'un rire sinistre.

– Je n'ai pas le pouvoir de commander qui que ce soit. Mais Londres est malade. Chez les Hibbert, tout le monde dormait, ou presque. Les domestiques ont le souffle jaune, mais ils ne sont pas… comme ces gens, dehors.

Il montra la porte.

– Ceux-là ressemblent à des somnambules.

– Et Lady Hibbert ?

– Elle est réveillée.

– Même les maladies la craignent, marmonna Maricée.

Robert sourit. Elle décrispa un peu sa main qui tenait le flacon.

– Que sais-tu d'autre ? demanda-t-elle.

Le garçon plissa le front.

– Tout le monde ne tombe pas malade. Toi et moi, on n'est pas touchés. Lady Hibbert non plus. Et j'ai vu un gentleman dans un carrosse. Il était éveillé, mais son chauffeur dormait. Et… je crois que ce n'est pas une simple maladie du sommeil. Elle transforme les gens.

Un fracas retentit, un craquement de bois. Une fissure traversa la porte. La lame d'une épée apparut dans la fente et s'agita, comme pour achever de scier le battant. Maricée songea qu'elle connaissait ces gens depuis toujours, ou presque. Ils étaient tous déjà venus chercher de l'eau. Mamie avait rempli leur gourde gratuitement. Et aujourd'hui, ils ne la reconnaissaient même pas ! Comment était-ce arrivé ? Redeviendraient-ils un jour eux-mêmes ?

– Oui, approuva-t-elle. Ça les transforme.

L'épée s'abattit à nouveau sur la porte. La fente était large comme un poing, à présent. Un visage apparut derrière. Maricée reconnut les traits de Cicely.

– On a besoin de la Liberté ! pleurnicha cette dernière. Elle a promis !

Le visage disparut, remplacé par une main qui chercha le loquet à tâtons. Il était toujours hors d'atteinte, mais pas pour longtemps. Il suffirait de quelques coups pour détruire la planche entière.

Un bruit de verre brisé alerta Maricée, qui leva la tête. L'instant d'après, une pierre atterrit à ses pieds. Quelqu'un l'avait jetée depuis une fenêtre, tout là-haut, sous la charpente. Les somnambules avaient dû se procurer une échelle. Ou plusieurs. Pendant qu'une moitié du village tentait d'enfoncer la porte, les autres essaieraient bientôt de s'introduire par la fenêtre, ou casseraient les ardoises pour entrer par le toit.

Une deuxième fenêtre vola en éclats. La porte trembla, et la planche tomba. Le pied-de-biche s'attaqua à la suivante. Dans quelques minutes, les villageois seraient là.

– Il faut sortir d'ici ! cria Maricée.

Robert scruta la pièce de la porte à la charpente.

– Comment ?

S'il y avait des tunnels secrets sous la salle des pompes, Mamie n'en avait rien dit à Maricée. Elle se tenait sur une ancienne aire de battage, où on séparait les grains de maïs des épis.

– Là !

Maricée montra un petit panneau de bois derrière le robinet.

– La porte de vannage.

Elle s'y précipita, Robert sur ses talons. La porte était fermée par un crochet et un anneau. Maricée glissa les doigts sous l'attache, qui refusa de bouger, soudée par la rouille. Personne n'avait dû ouvrir cette porte depuis la naissance de sa grand-mère !

– Il nous faut un levier ! s'écria Robert.

– Tu en vois un dans les parages ?

Le garçon secoua la tête.

– J'essaie une autre méthode, alors.

Maricée prit son élan et donna un grand coup de pied dans le panneau, qui se fissura. Ce n'était pas suffisant. S'ils se mettaient à deux, peut-être ? Elle lorgna les pieds de Robert et soupira. Avec ses pantoufles, il ne pourrait même pas frapper un bouton d'or.

Un craquement sinistre résonna derrière eux. Les villageois avaient arraché une deuxième planche de la porte d'entrée.

– Je dois voir Madame Blackwell ! siffla Mr Browbridge dans l'ouverture.

La foule des assaillants répéta sa phrase en écho.

Une chaussette surgit alors entre les planches déchiquetées. La culotte de soie orange s'accrocha aux échardes. Puis une main empoigna le panneau brisé et une épée atterrit sur le sol de la salle des pompes. Maricée donna un nouveau coup de pied dans la porte de vannage. Elle craqua de plus belle, mais ne céda pas.

– Je sais ce qu'il faut faire, dit Robert.

Maricée se retourna. Le garçon avait ramassé la pierre tombée de la fenêtre.

– Robert ? Qu'est-ce que tu… ?

Il l'abattit contre le loquet, qui s'arracha et vola par terre. La petite porte s'ouvrit.

– Passe la première, proposa-t-il.

Maricée hocha la tête. Sa poitrine était si contractée qu'elle était incapable de parler. C'était à peine si elle parvenait à respirer. Elle s'accroupit et sortit en rampant.

– J'ai besoin de la Liberté.

Camilla montait la garde devant la porte de vannage, les mains jointes, les paupières lourdes.

– Elle a promis.

– Camilla ? fit Maricée d'une voix calme. Si tu me laisses passer, j'irai chercher Madame Blackwell.

La jeune fille ouvrit grand les yeux et sourit. Des tourbillons de vapeur jaune s'échappèrent de sa bouche lorsqu'elle se mit à chanter :

– *Marchez, mes agneaux, marchez. Suivez le troupeau.*

Au même instant, un grincement retentit dans la salle des pompes. Maricée sentit qu'on tirait sur sa jupe.

– Ils arrivent ! cria Robert. Laisse-moi passer !

– *Ouvrez les paupières, refermez les yeux. Dormez, mes agneaux, d'un profond sommeil.*

– Camilla, s'il te plait, implora Maricée.

Elle se remit péniblement debout. Les deux filles se retrouvèrent face à face.

– *Dix ans, dix larmes, qui coulent de mes yeux...*

La jeune fille fixa Maricée de ses yeux vides. Mais il y avait dans son regard une étincelle de profonde tristesse. La vraie Camilla était-elle encore là, quelque part ?

– *Réveillez-vous, respirez fort...*

– Camilla ! S'il te plait !

– Pousse-toi ! cria Robert.

– ... *redressez-vous, dormeurs ! REDRESSEZ-VOUS !*

Le chant s'acheva dans un hurlement. Les cymbales faisaient un vacarme de tous les diables entre les tempes de Maricée. Quand elles se turent enfin, la jeune fille entendit les pas. Une vingtaine de villageois – non, trente, ou plus encore – traversaient le champ d'un pas lourd, telle une armée fatiguée. Ils étaient armés de manches à balai, de bâtons de teinturier, de pelles et de crochets à viande. Mr Rand, le charron, portait la jante métallique brisée d'une roue de charriot.

– Nous voulons Madame Blackwell ! Nous voulons la Liberté ! scandaient-ils.

Cicely, Angelica, Mr Browbridge et des villageois que Maricée n'avait encore jamais vus entrèrent dans la salle d'un pas trainant.

Soudain, elle sentit des mains puissantes la saisir aux épaules ; des pouces s'enfoncèrent dans sa trachée. Camilla approcha son visage si près du sien que Maricée crut sentir la maladie. Son odeur douce et âcre lui évoquait des fleurs pourries dans l'eau d'un fossé.

– Elle m'a promis, Maricée !

La jeune fille ressemblait à nouveau à la vraie Camilla. Maricée lui effleura le visage.

– Camilla ?

L'intéressée remua les lèvres, mais aucun son n'en sortit. Elle referma brusquement la bouche, retrouva son air absent et recommença à étrangler sa victime.

– Arrête !

Maricée tenta de se libérer, mais les forces lui manquaient. L'instant d'après, une boîte de flacons vides s'écrasa sur la tête de Camilla, qui grogna et relâcha son étreinte. Robert apparut derrière elle.

– Merci ! hoqueta Maricée.

– Où est Madame Blackwell ? demanda le garçon, qui se faufilait par la porte de vannage.

– Nous avons besoin de la Liberté !

À quelques mètres de là, Cicely secoua son râteau. Les feuilles mortes s'envolèrent, et les pointes étincelèrent, menaçantes.

Maricée se creusa désespérément la cervelle. Que pouvait-elle faire contre tous ces villageois malades ?

Elle se rappela les mots de sa grand-mère.

– Suis-moi ! lança-t-elle à Robert.

Elle partit en courant, suivie par le garçon. Ça pouvait marcher, elle en était sûre ! Il suffisait qu'elle accélère un peu. La poitrine lui brulait quand Robert la rejoignit. Un manche à balai atteignit le garçon dans le dos.

– Aïe !

– Tiens bon ! souffla-t-elle. On est presque arrivés.

– Où ça ?

Maricée s'arrêta contre la margelle du puits et se pencha entre les morceaux de chandelles fondues pour jeter un coup d'œil à l'intérieur. Il y faisait noir comme dans un four.

– Ici.

Sur ces mots, elle grimpa sur le muret et sauta dans le vide.

6

Au fond du puits

Trois questions jaillirent en même temps dans la tête de Robert : « Cette fille s'est-elle vraiment jetée dans un puits ? Est-ce que je dois le faire aussi ? » Et enfin : « Pourquoi suis-je en train de fondre ? »

Alors que la foule des villageois se ruait vers lui, une brume l'enveloppa. Ce n'était pas la brume jaune de la maladie, mais un nuage de gouttelettes fraiches et limpides. Robert passa une main sur sa joue trempée. Une fraction de seconde plus tard, il tombait. Il voulut crier, mais il n'avait plus de visage, plus de bouche, plus d'air.

Il entrevit des murs couverts de mousse. Des briques tachetées.

Il tombait toujours.

Quand il atterrit sur le sol de pierre, il avait repris sa forme solide, mais il avait l'impression que son cerveau avait été écrasé, et qu'on avait piqué ses oreilles avec des fourchettes. Il ferma les yeux. « J'ai rêvé, se dit-il. Ce n'est pas réel. » Il se frotta les tempes et rouvrit les paupières. Il était allongé sur le sol, et là-haut, au-dessus de lui, la bouche du puits formait une tache de lumière pâle. La fille était assise en face de lui, appuyée contre la paroi, à l'entrée d'un tunnel. Robert se redressa tant bien que mal et se racla plusieurs fois la gorge avant de retrouver sa voix.

– On est vraiment au fond du puits ? demanda-t-il.

La fille hocha la tête.

– On est tombés dans un puits et on n'est pas morts ? insista-t-il.

Elle acquiesça de nouveau.

– Tu as une explication ?

– Je… euh, oui. Je crois.

– Ça fait partie de la maladie ?

– Non.

Comment pouvait-elle être aussi catégorique ? Cela dit, il était lui-même convaincu d'avoir été attaqué par une grande licorne de pierre. Il se toucha le front et constata qu'il était toujours douloureux. Puis il jeta un coup d'œil dans le tunnel, mais ne distingua qu'un filet d'eau brillant.

– Comment ton puits peut-il être à sec ? demanda-t-il, l'air méfiant.

La fille lui décocha un sourire fatigué.

– Tu poses toujours autant de questions ?

La réponse était « non », même si se taire lui demandait de gros efforts. Les questions bouillonnaient en lui comme la sauce de la tourte de Mrs Wandle, mais il ne s'autorisait pas à les poser, de crainte d'être puni. Il avait retenu la leçon de Maman, à la plantation : « Les garçons comme toi doivent jouer les idiots, Robert. Si tu veux survivre, garde tes questions pour toi. S'ils te croient intelligent, ils auront peur que tu essaies de te venger et te battront. »

Lady Hibbert le trouvait idiot. Mrs Wandle aussi. Il n'y avait qu'avec Lizzie qu'il se permettait d'être lui-même.

– J'avais tout un village à mes trousses, je suis tombé dans un puits asséché, et je ne suis pas mort, dit-il. Je trouve ça normal de poser des questions.

Une pierre tomba près de lui. Maricée leva la tête.

– Ce n'est pas le moment, décida-t-elle. Allons-y avant que les somnambules trouvent comment descendre à l'intérieur.

Robert croisa les bras.

– Où veux-tu aller ? Et si le puits se remplit pendant qu'on est dedans ?

– Ce serait vraiment grossier de sa part, fit une voix grave et vaguement amusée.

Robert scruta le tunnel, mais ne vit personne.

– On n'est pas seuls ? chuchota-t-il.

– J'espère, dit la fille.

– Mais qui...

– Nous discuterons plus tard, reprit la voix. Je ne peux pas retenir mon flux plus longtemps.

« Retenir son flux ? » Robert ne voyait toujours pas leur interlocutrice, mais ses mots n'étaient pas rassurants.

Comme pour confirmer ses craintes, de l'eau jaillit du tunnel. Robert s'agrippa au mur. La fille l'imita.

– C'est moi ! cria-t-elle dans le tunnel. Mamie m'a dit que je pouvais compter sur votre aide !

Pas de réponse. L'eau léchait les chevilles de Robert, imbibait ses bas et clapotait autour de ses mollets. Il enfonça les ongles dans le mortier qui s'effrita. Son cœur battait à tout rompre.

– Tu sais s'il y a une sortie ?

Le grondement des flots étouffa sa voix.

– On ne risque rien, dit la fille. J'en suis sûre.

Elle n'avait pas répondu à sa question. Le tunnel était la seule issue, et il était submergé. Robert ne voyait pas d'échelle sur le mur. Et, même s'il y en avait eu une, les villageois les attendaient là-haut, armés jusqu'aux dents.

C'était préférable à la noyade, sans doute.

Robert explora le mur de brique à tâtons. Il y avait forcément un espace, un petit rebord, un trou où glisser le pied, n'importe quoi. L'eau clapotait autour de l'ourlet de sa culotte, collant la soie contre sa peau. Une aiguille et du fil ne suffiraient pas à raccommoder ses vêtements, s'il sortait d'ici vivant.

Robert regarda la fille, puis l'ouverture du puits, là-haut. Ils ne pourraient survivre tous les deux, mais l'un d'eux, peut-être… Pas nécessairement lui.

– Monte sur mes épaules ! cria-t-il à la fille.

Elle continua de fixer le tunnel en flottant au gré du courant. Le niveau de l'eau montait toujours. Il engloutit sa jupe, puis ses épaules. Qu'attendait-elle ?

Il lui tendit une main.

– Vite ! Avant qu'il soit trop tard !

Elle agita les bras et ouvrit la bouche pour crier, puis bascula en arrière dans le torrent.

– Non !

Robert se précipita vers elle, mais il était trop loin. Trop lent. Le courant l'emporta.

Il essaya de la suivre. De l'eau entra dans sa bouche et dans ses narines. Il renversa la tête, inspira une grande goulée d'air et s'efforça de la garder en lui. Il expira par à-coups. Une fois, une autre. La dernière, peut-être.

– À ton tour ! fit la voix.

Elle était si proche que sa propriétaire devait flotter devant lui. Pourtant, il ne voyait toujours personne.

– Qui...

Sa bouche s'emplit d'un liquide étonnamment doux et sucré semblable à de l'eau. Puis quelque chose le fit basculer en arrière. Ses oreilles se mirent à bourdonner, comme si chaque goutte d'eau chantait. Il battit des bras, en vain. L'eau emplit sa gorge. Il toussa.

– Détends-toi, lui conseilla la voix. Ce sera plus facile pour nous deux.

Se détendre ? Mais il se noyait ! Robert s'efforça pourtant d'obéir. Il relâcha ses épaules, ses bras et ses jambes, et remonta aussitôt à la surface. Il expira longuement. Il était toujours en vie ! Le courant le portait dans le tunnel, comme des milliers de mains se passant un ballot.

– Attention ! fit la voix.

Robert s'aplatit et son nez passa à quelques millimètres du plafond. Son turban flottait à côté de lui. Il s'y agrippa.

– Attention au tournant !

Le ruisseau obliqua brusquement vers la droite. Robert s'égratigna le coude au bord d'une alcôve en brique. Des mains brillantes, aqueuses l'éloignèrent de la paroi.

– J'ai dit : « Attention ! » Vous n'écoutez donc jamais, vous, les Solides ?

– Je n'ai pas eu le temps ! protesta le garçon en se frottant le coude. Et c'est quoi, un Solide ? Où m'emmenez-vous ? Où est la fille ? Et vous, qui êtes-vous ?

– J'ai rencontré de jeunes ruisseaux qui posaient moins de questions que toi.

C'était l'eau ! L'eau lui parlait ! Avait-il la berlue ?

– Est-ce que je suis mort ? murmura-t-il. Je me suis noyé ? Vous m'emportez vers l'au-delà ?

– Bien sûr que non ! s'esclaffa la voix. Si tu étais mort, je ne m'approcherais pas de toi. Je te laisserais aux Magogs.

– À qui ?

Robert savait que certains individus peu scrupuleux déterraient les morts et les apportaient aux chirurgiens, qui les utilisaient pour s'entrainer. Il n'avait jamais entendu dire qu'on les appelait des « Magogs », mais beaucoup de mots londoniens étaient nouveaux pour lui.

– Quel ignorant tu fais ! Les Magogs sont nos frères de la terre. Ils seraient heureux de prendre ton cadavre. Tu serais enseveli dans la boue de Londres.

– Vos frères de la terre ?

– Patience. Tu en sauras plus bientôt.

Robert passa sous une grande arche de brique. L'instant d'après, il glissa sur le sol humide et s'immobilisa. Alors qu'il se redressait, luttant contre une vague de nausée, il aperçut la fille étendue dans une flaque, à quelques mètres de lui.

– Alors, qu'est-ce qu'on dit ? demanda une voix derrière lui.

Robert pivota brusquement et découvrit une étrange femme qui le regardait en souriant. Elle étincelait, tel un millier de gouttes d'eau reflétant la lumière. Ses cheveux vert sombre, enroulés autour de sa tête, étaient maintenus en place par un fragment de céramique. Sa peau chatoyante était plus foncée que celle de Robert. Elle portait un pantalon, une chemise et un gilet, et sa silhouette clignotait, tantôt ombre, tantôt lumière. Elle se campa devant lui, les mains sur les hanches.

– Merci ? suggéra la fille en se redressant à son tour.

Elle grimaça avant d'ajouter :

– J'ai un peu mal au dos.

– On ne vous apprend pas la politesse, chez les Solides ? s'insurgea la femme. Je vous transporte jusqu'ici sains et saufs, et c'est tout ce que j'ai comme remerciements ? C'est moi qui devrais me plaindre de mon dos ! Deux Solides ! Je n'ai pas l'habitude de charrier un tel poids.

Sa physionomie s'adoucit, et elle fit une petite révérence.

– Bienvenue, Maricée Blackwell. Ravie d'avoir pu te rendre service.

« La fille s'appelle Maricée Blackwell », enregistra Robert. Cela répondait à l'une de ses questions. Mais elles étaient si nombreuses à se bousculer dans sa tête. Où était-il ? Et qui était cette femme ?

Il voulut se mettre debout, mais son vertige s'accentua.

– Qu'est-ce que je fais ici ?

L'inconnue le dévisagea.

– Je croyais t'avoir évité d'être battu par des villageois en colère. Mais je peux te ramener, si tu veux.

– Non ! s'écria-t-il. Je reste !

Elle hocha la tête.

– Sage décision.

Robert regarda autour de lui. Ce n'était pas ainsi qu'il avait imaginé le fond d'un puits. Ils étaient dans une vaste caverne au plafond vouté. S'il criait son nom, l'écho s'y perdrait à l'infini. Un rond de lumière luisait comme un soleil pâle au-dessus de sa tête. Le tunnel qu'ils avaient emprunté était encadré par une voute en brique. Robert en compta une bonne dizaine de semblables, qui s'ouvraient à différentes hauteurs dans la paroi de la grotte.

Soudain, comme si ses oreilles s'étaient brusquement débouchées, le bruit de l'eau devint omniprésent.

Tel un boulet de canon, un torrent jaillit d'un tunnel en hauteur et tomba en cascade, dans un brouillard d'embruns. Plus bas, un autre tunnel s'achevait par une volée de marches de pierre, où l'eau déferlait en mini-cascades qui se tarissaient avant d'atteindre le sol.

Des fragments de verre sombre incrustés dans le sol dessinaient un motif partiellement recouvert de sable. Un visage, peut-être. Robert distingua des narines, l'arête d'un nez... Était-ce un sourcil, sous son pied ?

– Ils arrivent, chuchota Maricée.

– Qui ?

– Les Chads !

– Les quoi ?

Des rubans de brume tourbillonnaient dans la caverne, se mêlant et se démêlant pour former d'étranges silhouettes. Certaines avaient une forme humaine, d'autres ressemblaient à des animaux. D'autres encore, plus mystérieuses, évoquaient des taches de soleil à travers une fenêtre sale. Robert se rappela les histoires que Zeke lui racontait dans la pénombre de leur case. Sa préférée était celle de Mama Wata, qui veillait sur les rivières, dans la patrie de leurs ancêtres. Petit, il s'était convaincu qu'elle existait vraiment. Et si c'était elle, là-bas ?

Le garçon s'aperçut qu'il souriait.

– Je crois que je connais la réponse, murmura-t-il. Ce sont des esprits de l'eau.

Maricée lui lança un regard étonné.

– Comment le sais-tu ?

– On m'a raconté des histoires à leur sujet. J'ai toujours espéré qu'elles étaient réelles. Je voulais y croire, en tout cas... Ils existent, n'est-ce pas ?

– Oui, confirma Maricée.

Robert eut un soupir satisfait. Enfin quelque chose qu'il connaissait.

– Le procès va bientôt commencer, annonça la femme-ruisseau. Laissez-moi vous présenter mes camarades Chads…

Elle indiqua d'un geste les embruns de la cascade, où une silhouette se matérialisait.

– Vous voyez ce cochon, là-bas ?

Robert acquiesça. Quand les brumes se dissipèrent, le garçon distingua son corps épais, sa fourrure hirsute. On aurait dit un sanglier géant.

La créature tourna vers eux son visage aplati, où luisaient des yeux sombres et furibonds. Une de ses oreilles était déchirée, et de longues défenses incurvées jaillissaient de sa mâchoire inférieure. Il était étonnamment solide pour une créature faite de gouttelettes d'eau.

– Il garde Fleet Ditch, un des affluents de la rivière Fleet, et prend son rôle très au sérieux, dit la femme. Vous verrez probablement quelques autres affluents de Lady Fleet, mais elle-même est trop faible pour nous rejoindre.

Elle soupira.

– Lady Walbrook en est extrêmement contrariée, mais ce n'est pas nouveau. Londres change, et nous devons nous adapter. Ah, regardez !

Elle pointa à nouveau un doigt devant elle. Une petite femme trapue sortit des embruns, vêtue d'une jupe et d'un tablier. Elle portait un bonnet et un panier plein de parchemins pendait à son bras. Tout en marchant, elle changeait d'apparence, se transformant en une jeune femme vêtue d'une longue robe noire, la tête coiffée d'une étoffe blanche.

– Elle garde la Tyburn, expliqua la femme-ruisseau. Ou la Westbourne. C'est tantôt une chanteuse de ballades, tantôt une nonne. Une rivière très confuse. Depuis quelque temps, elle reste autour de Hyde Park pour surveiller les travaux d'adduction d'eau et le… Ma foi, moins on en dit, mieux c'est.

« Moins on en dit sur quoi ? » se demanda Robert.

Il sentit que Maricée le regardait et opta pour une autre question :

– Comment s'appelle votre rivière ?

– Comme je viens de vous faire traverser Londres, les présentations sont un peu tardives, s'excusa-t-elle. Je possède Turnmill Brook.

– C'est tout près de chez moi ! s'exclama Maricée.

Lady Turnmill lui fit une nouvelle révérence.

– En effet, Maricée. Ta famille et moi nous connaissons depuis longtemps. Mais chut ! Ça va commencer.

La foule chatoyante se tut. Le bruit des cascades n'était plus qu'un bourdonnement diffus.

– La voici ! souffla Lady Turnmill. Je vous présente notre cheffe, Lady Walbrook…

Les esprits de l'eau se séparèrent pour laisser passer une femme de grande taille. Comme Lady Turnmill, elle avait une apparence presque solide, pas tout à fait humaine. La couleur de sa robe, semblable à celle de sa peau, changeait au gré de la lumière, passant du gris à l'argent, puis au brun velouté. Son front était large et haut, l'arête de son nez ébréchée comme de la porcelaine. « Le même que celui de la mosaïque sous mes pieds », songea Robert. Il eut un pincement au cœur en voyant la coiffure de la femme, ses cheveux savamment tressés, entortillés au sommet de sa tête. Sa mère coiffait ses sœurs de la même manière.

Un poney gris maculé de boue trottait derrière elle. Il s'immobilisa soudain et se cabra en hennissant. Robert plissa les yeux et s'aperçut que la pauvre bête était prisonnière d'une toile de fils argentés. Ceux-ci se rejoignaient pour former deux bandes presque transparentes attachées à des bracelets d'argent aux bras de Lady Walbrook.

– Pauvre Sadler ! soupira Lady Turnmill.

Robert et Maricée échangèrent un regard inquiet. Il aurait voulu parler, mais il était incapable de traduire ses pensées en mots. Le froid humide qui avait empli la caverne le transperçait jusqu'à l'os. Lady Walbrook s'immobilisa dans le rayon de lumière sous l'orifice du puits. Le poney s'arrêta aussi. Tout le reste se figea, comme si le temps s'était arrêté. Lady Walbrook scruta la caverne et posa son regard sur Maricée, puis sur Robert. Le garçon avait l'impression que son corps était un amas de poussière : il aurait suffi d'une pichenette pour qu'il se répande sur le sol. Puis Lady Walbrook cligna des paupières, et la tension retomba. Robert entendit Maricée expirer près de lui. Il aurait voulu lui crier : « C'est quoi, ça ? Tu m'avais dit qu'on ne risquait rien ! », mais se retint de crainte d'attirer l'attention. Il se contenta d'effleurer sa main, et elle pressa la sienne en retour. Un geste si furtif et si léger qu'il le sentit à peine.

– Je suis prête ! annonça Lady Walbrook.

Sa voix fit surgir dans la tête de Robert des souvenirs oubliés de bateau. Le poney se cabra à nouveau. Son hennissement ressemblait à un cri.

– Silence, Sadler ! ordonna Lady Walbrook.

L'animal continua de se tortiller en hennissant. Les liens se resserrèrent autour de lui. Il semblait saigner… du sable. Robert serra les poings.

– Garde ton calme, lui conseilla Lady Turnmill.

Comment aurait-il pu obéir, alors qu'une pauvre créature se tordait de douleur sous ses yeux ? Il regarda Maricée et vit une larme rouler sur sa joue.

– Il faut l'aider, Lady Turnmill, dit-il.

– C'est impossible, Robert. Pas maintenant.

Lady Walbrook promena son regard froid sur l'assemblée des esprits de l'eau.

– Aujourd'hui, nous devons faire nos adieux à cet esprit, articula-t-elle.

Le poney voulut bouger la tête. Des nuages de sable noir fleurirent autour de ses naseaux et sur ses flancs.

– S'il vous plait, Lady Turnmill. Empêchez-la de lui faire du mal ! implora Maricée.

– Il est trop tard, Maricée. Je suis désolée.

Lady Walbrook reporta son attention sur Sadler.

– Nous subissons des attaques quotidiennes. Nos cours d'eau sont pleins de boue et de détritus. On nous a canalisés, recouverts…

Des murmures d'approbation lui répondirent.

– La seule chose qui peut nous sauver est menacée.

Des exclamations de colère fusèrent. Lady Walbrook inclina la tête vers le poney.

– Cet esprit était trop occupé à regarder les danseurs de ballet et les funambules dans la maison de musique pour veiller sur la Gardienne, comme il aurait dû le faire.

Le poney tomba à genoux et ses yeux roulèrent sauvagement. Robert détesterait toujours les chevaux, quoi qu'en dise Lizzie. Pourtant, il avait de la peine pour cette créature. La pauvre bête était réduite au silence, mais des vagues de douleur faisaient tressauter ses flancs. Robert s'avança d'un pas tandis que Maricée s'écriait :

– Ne faites pas ça, Lady Walbrook !

Tous les esprits de l'eau se tournèrent vers la jeune fille. Des femmes, des hommes, des enfants, ainsi que des créatures étranges que Robert était incapable de nommer. Lady Walbrook ferma les yeux et pinça les lèvres, comme pour siffler. Un enchevêtrement de fils sortit alors de sa bouche et emprisonna les poignets de Maricée, qui poussa un cri.

– Arrêtez ! s'écria Robert. Vous lui faites mal !

Lady Walbrook le regarda fixement. Il s'attendait à ce qu'elle l'emprisonne dans un de ses filets d'argent, ou change son corps en sable, mais elle n'en fit rien. Robert lui tourna le dos et tenta de libérer les poignets de Maricée, qui se laissa faire en silence, les yeux écarquillés par la surprise. Les fils glissèrent, se desserrèrent et se tendirent à nouveau.

Lady Turnmill posa une main fraiche sur l'épaule du garçon.

– Maricée est la petite-fille de la Gardienne, Robert. Un jour, elle deviendra Gardienne à son tour. Elle n'a rien à craindre. Lady Walbrook n'aime pas qu'on la défie en public. Elle doit prouver que c'est elle qui commande. Comprends-tu ?

Robert acquiesça. Il comprenait, oui. Il connaissait une autre « lady » du même genre.

– Mais toi, Robert, tu cours un grand danger. Alors tiens-toi tranquille.

Comment obéir alors que Maricée tremblait de tout son corps ?

Lady Turnmill passa un bras sur les épaules de la jeune fille et lui murmura quelque chose à l'oreille. Maricée acquiesça et baissa ses poignets entravés.

– Madame Blackwell a disparu, reprit Lady Walbrook.

Tout en parlant, elle s'éleva dans les airs. L'ourlet de sa robe effleurait le sol.

– Elle a emporté la Liberté. Tu aurais dû être plus vigilant, Sadler. Le danger est venu beaucoup trop près. Je ne peux le tolérer.

Elle leva brusquement les poignets. Le poney culbuta en l'air. Un instant, ses yeux rencontrèrent ceux de Robert. Puis il y eut un flou de ténèbres strié d'argent. Quand le nuage sombre se dispersa, le poney avait disparu. Des fils d'argent glissèrent au travers d'une flaque de sable avant de regagner la bouche de Lady Walbrook. Lentement, elle redescendit au sol. Robert regarda tour à tour le sable, puis Lady Walbrook. Elle avait les yeux fermés, et un filet d'argent dégoulinait sur son visage.

– Pourquoi avez-vous fait ça ? s'insurgea Maricée.

Lady Walbrook rouvrit les paupières et scruta la brume des esprits.

– Où est le nouveau Gardien ?

Une créature à l'allure de renard s'approcha de Lady Walbrook. Son long corps fuselé était aussi sombre que l'océan la nuit. Elle inclina la tête.

– Tu garderas le puits de Sadler, décréta Lady Walbrook. Et tu le feras mieux que lui.

La créature s'inclina à nouveau, puis se retira. Lady Turnmill s'avança.

– Puis-je m'exprimer ? demanda-t-elle.

Lady Walbrook la défia du regard.

– Mettez-vous en cause mon jugement, Lady Turnmill ?

– Non, Lady, assura-t-elle.

Quelque chose dans son intonation rappela à Robert la voix qu'il prenait pour s'adresser à Lady Hibbert.

– Pour trouver Madame Blackwell, il nous serait utile de savoir ce qu'elle fuit, reprit Lady Turnmill. Là-haut, les rues sont pleines de dormeurs et de somnambules. Quelqu'un les contrôle, quelqu'un qui s'est mis en quête de la Liberté. Si nous ne sommes pas vigilants, cette personne la trouvera. Nous avons besoin que Maricée et son ami nous aident à arrêter cet ennemi. N'êtes-vous pas d'accord ?

Un silence plana. Puis les liens qui emprisonnaient les poignets de Maricée tombèrent au sol et glissèrent en direction de Lady Walbrook, laissant des traces argentées sur les minuscules carreaux de mosaïque. Maricée frotta ses poignets et lui décocha un regard furieux.

– Approchez ! ordonna Lady Walbrook. Tous les deux.

Maricée bomba le torse comme un soldat avant d'obtempérer. Robert lui emboîta le pas. Il sentait la présence des esprits de l'eau autour de lui : un voile humide au dos de sa main, un léger clapotis dans ses oreilles. De près, le visage de Lady Walbrook lui paraissait moins lisse, comme si, des siècles durant, des petits cailloux roulés par les marées étaient venus éroder sa surface. Maricée la fixait d'un air bravache.

– Savez-vous où est ma grand-mère ? demanda-t-elle.

La tunique de Lady Walbrook se para de reflets chatoyants.

– Non, répondit-elle. Mais c'est moi qui pose les questions.

Maricée s'essuya les yeux.

– Mamie m'a dit que je trouverais de l'aide ici, mais... Vous... Ce poney...

Elle bomba à nouveau le torse et prévint :

– Je ne vous dirai rien tant que vous ne m'aurez pas répondu.

Un minuscule fil d'argent glissa sur le menton de Lady Walbrook. Elle l'essuya d'un revers de main, sans quitter Maricée du regard.

Robert vint se placer à côté de la jeune fille.

– Les somnambules disent chercher la Liberté, Lady Walbrook, articula-t-il d'une voix polie. Cela nous aiderait beaucoup si vous pouviez nous en dire plus.

Lady Walbrook le fixa en silence. Elle se frotta les mains, enduisant ses paumes d'argent.

Lady Turnmill s'avança à son tour.

– Robert, peut-être devriez-vous commencer par révéler à Lady Walbrook ce que vous savez, suggéra-t-elle.

– Les gens sont atteints d'une espèce de maladie du sommeil, répondit le garçon. Certaines personnes l'attrapent, d'autres non. Celles qui en sont victimes peuvent être contrôlées pendant qu'elles dorment.

Il hasarda un regard vers Lady Walbrook.

– Peut-être que Madame Blackwell a été infectée…

Maricée secoua la tête.

– Elle allait bien quand elle a quitté la maison.

– Elle ne peut pas avoir été infectée, répliqua Lady Walbrook. La maladie vient de l'Éther. Madame Blackwell n'y a pas accès.

– L'Éther ? répétèrent Robert et Maricée d'une même voix.

Lady Walbrook fixa le visage de mosaïque.

– L'Éther a surgi des ruines après la dernière bataille entre les quatre éléments – feu, eau, air, terre. C'est l'Éther qui a mis les Romains en fuite, et qui a empêché les Solides de vivre entre les murs de la ville pendant très longtemps. L'Éther était puissant, alors. Il capturait les esprits et les gardait prisonniers. Aujourd'hui, son pouvoir s'est affaibli, mais on peut toujours le voir, si on regarde attentivement. Il est dans les brumes au-dessus des cascades, dans les recoins secrets des postes de garde, et dans les ombres, au pied des murs de la maison de travail. L'Éther fait partie de vos rêves.

– Ah, dit Maricée. Les rêves. Je comprends.

Un léger sourire passa sur les lèvres de Lady Walbrook.

– Tu ne peux pas entrer dans l'Éther, Maricée, n'est-ce pas ?

– Non. Pas si c'est en rêve. Je ne rêve jamais.

Surpris, Robert regarda Maricée à la dérobée. Elle ne rêvait pas ! Comment était-ce possible ? Il se rappela les innombrables fois où il avait lutté contre le sommeil pour éviter de faire des cauchemars.

– Aucun Gardien ne rêve, expliqua Lady Walbrook, comme si elle lisait dans ses pensées. C'est pourquoi Madame Blackwell ne peut succomber à la maladie.

– En tout cas, la chose qui est à l'origine de la maladie a envoyé les somnambules à la recherche de la Liberté, poursuivit Robert.

– C'est exact, confirma Lady Turnmill. Il y avait là-haut une foule de gens armés jusqu'aux dents.

– Et mon amie Camilla en faisait partie, ajouta Maricée. Comment a-t-elle pu changer à ce point ? On aurait dit qu'elle ne me voyait pas vraiment.

– C'est incompréhensible, admit Lady Walbrook.

Elle regarda tour à tour Robert, puis Maricée.

– Si les Solides se couchent affamés, ils trouvent de la nourriture dans l'Éther. S'ils ont froid, ils y trouvent de la chaleur et des vêtements. Tu connais l'Éther, n'est-ce pas, Robert ?

« S'ils se couchent affamés, ils trouvent de la nourriture… » Le garçon imagina la tourte géante ; le panier plein de gâteaux ; Lizzie endormie dans sa chambre glaciale, qui rêvait d'une veste chaude…

– Oui. Lady Hibbert n'a pas besoin de l'Éther, comprit-il. Elle a déjà tout ce qu'elle peut désirer. Voilà pourquoi elle n'est pas infectée.

– L'Éther a changé, expliqua Lady Walbrook. Avant, les dormeurs se réveillaient en se rappelant la puissance de leurs songes, mais ils avaient conscience d'avoir rêvé. Désormais, quand ils s'endorment, l'Éther les garde. Les Solides restent dans leur monde de rêve, et leurs corps s'étiolent dans leurs lits. Ils meurent en souriant. Je ne sais pas pourquoi.

– Moi, je le sais, signala Robert.

Lady Walbrook, Maricée, ainsi que l'assemblée des esprits de l'eau reportèrent leur attention sur le garçon.

– Explique-toi, commanda Lady Walbrook.

Robert avala sa salive et s'éclaircit la gorge avant de parler.

– La nuit dernière, mon amie Lizzie a rêvé de sa sœur Nelly, qui est morte depuis longtemps. D'après elle, son rêve était si réel qu'elle avait l'impression d'être avec sa sœur. Ce matin, je n'ai pas réussi à la réveiller. Mais j'ai deviné qu'elle rêvait de Nelly, car elle prononçait son nom en souriant. Pareil pour la cuisinière qui rêvait de son mari, et pour le palefrenier qui voyait en songe sa mère, morte quand il était petit.

– Toi aussi, tu as rêvé de quelqu'un ? s'enquit Maricée.

Robert secoua la tête. S'il s'était abandonné au songe, il n'aurait jamais voulu revenir dans ce monde-ci.

– Et Camilla ? De qui pourrait-elle rêver ? demanda-t-il.

Maricée haussa les épaules.

– Son père est mort l'an dernier. Elle le pleure encore. Et elle a prononcé des mots étranges. Camilla voulait absolument trouver la Liberté parce qu'une femme lui avait promis quelque chose en échange. Je ne sais pas de qui elle parlait.

– C'est quoi, cette Liberté ? demanda Robert.

Il savait que la liberté était importante. Tout le monde en parlait à la plantation, à la Barbade. Mais à Londres, il s'agissait manifestement d'autre chose.

Des nuances de brun, de gris et de blanc se succédèrent sous la peau de Lady Walbrook.

– La Liberté de Londres est le plus grand pouvoir élémentaire de la ville, répondit-elle. Celui ou celle qui la possède peut faire appel à sa magie pour créer une nouvelle Londres. Sa propre Londres, qui sera tout entière à son service.

– Et ma grand-mère en est la gardienne ? s'étrangla Maricée.

Des ondes argentées parcoururent la peau de Lady Walbrook.

– C'est la faute du lord-maire ! s'exclama-t-elle. Il nous a fait signer un pacte pour nous obliger à respecter la trêve. Puis cet hypocrite a eu l'idée de créer un pouvoir puissant qui combine les quatre éléments. Nous l'avons appelé la Liberté et nous étions censés la protéger à tour de rôle, mais…

Sa peau lança des éclairs d'argent, puis se ternit soudain.

– Comment pourrait-on faire confiance à ces Dragons sournois ? À ces bons à rien de Fumis ? Pourtant, ce ne sont pas eux qui nous ont trahis. Les coupables sont les Magogs.

Robert se frotta l'oreille. Avait-il bien entendu ? Avait-elle vraiment parlé de dragons ? Il jeta un coup d'œil à Maricée, mais la jeune fille semblait captivée par Lady Walbrook.

– Ces Magogs boueux ont laissé la Liberté disparaitre sous terre, reprit Lady Walbrook. Le sanglier de Fleet Ditch l'a découverte dans un de ses tunnels. Il aurait dû me l'apporter.

– Il n'en avait pas le pouvoir, objecta Lady Turnmill. Nous avons tous signé le pacte, Lady Walbrook. Rappelez-vous ce qu'il dit : « Si un élémentaire manque à son devoir de protéger la Liberté de Londres, celle-ci sera confiée à un Gardien Solide. » C'est ainsi que sa protection est échue à Madame Blackwell.

Des tourbillons argentés enflèrent sous la peau de Lady Walbrook.

– Comment un simple Solide peut-il être chargé de veiller sur une chose aussi puissante ? s'emporta-t-elle.

– Ce devoir nous incombait, mais nous avons échoué, rappela Lady Turnmill.

– Ce n'est pas nous qui avons échoué !

Un fil d'argent traversa la joue de Lady Walbrook et dégoulina sur son visage, telle une larme. Robert saisit le bras de Maricée.

– Partons ! Vite !

– Ce sont ces misérables créatures de terre qui ont échoué ! cria Lady Walbrook. Elles sont irresponsables ! Elles voudraient tout changer en boue !

Son front, son menton, le dos de ses mains se hérissèrent de nouveaux fils d'argent, qui jaillirent de tous côtés, se rejoignirent pour former des nœuds, éclaboussèrent le sol. Un rouleau d'argent atterrit dans les cheveux de Lady Turnmill, qui le repoussa d'une pichenette. Quelques grains de sable s'envolèrent en même temps que lui.

Le vacarme de l'eau emplit à nouveau la caverne. Les esprits battirent en retraite dans le brouillard.

– Nous aurions dû garder la Liberté !

Des dizaines de fils argentés jaillirent de la bouche de Lady Walbrook. L'un d'eux atteignit la main de Maricée, qui se secoua brusquement avec un cri de frayeur.

Lady Turnmill attira Robert et Maricée vers elle. Un rayon de lumière la traversa soudain, et le garçon vit les milliers de gouttelettes dont elle était constituée. L'instant d'après, elles fusionnèrent. Lady Turnmill ferma les yeux et s'effondra comme une vague sur le rivage.

– Je connais une sortie ! cria-t-elle.

Robert eut à peine le temps de reprendre son souffle qu'un violent courant les engloutit. Ballotté par les flots furieux, il sentit qu'il s'élevait toujours plus haut.

7

Le lord-maire

Maricée atterrit sur l'herbe dans une gerbe d'éclaboussures et vida ses poumons. Robert était étendu près du puits, complètement immobile.

– Robert ? articula-t-elle d'une voix rauque. Tu es blessé ?

Le garçon se griffa le visage, pris de panique.

– Je ne vois rien !

– Ton turban a glissé devant tes yeux.

– Oh.

Robert redressa la coiffe et plissa les yeux, ébloui par la lumière.

– Merci.

Il toucha sa veste d'apparat, puis sa culotte.

– Ils sont complètement secs. C'est… C'est vraiment arrivé ?

« Après tout ce qu'on vient de vivre, ce garçon pense à ses vêtements ? » songea Maricée, consternée.

Elle s'empressa de chasser cette pensée.

– Tu as mal aux oreilles ? lui demanda-t-elle.

– Oui.

– Alors, c'est vraiment arrivé. Avale ta salive, ça va passer. J'ai vu Mamie le faire.

Robert s'assit.

– Ta grand-mère descend dans ce puits ?

– Oui. Tous les vendredis.

– Ce doit être une femme puissante, commenta-t-il, impressionné.

– C'est vrai ! admit Maricée, non sans fierté.

Elle s'assit lentement et cogna sa main contre un râteau.

– Regarde, Robert.

Le garçon se redressa avec une grimace.

– Oh ! répéta-t-il.

Les villageois étaient toujours là, allongés dans l'herbe. Cicely tenait le manche du râteau à la main, mais son corps était inerte. Un souffle jaune s'échappait de sa bouche souriante.

– La petite sœur des jumelles est tombée d'un arbre il y a deux mois, dit doucement Maricée. Elle ne s'est jamais relevée. C'est peut-être elle qu'elles voient dans l'Éther.

Robert hocha la tête en silence. Il y avait dans ses yeux la même tristesse que dans le regard de Camilla.

– Pars avant qu'ils se réveillent, suggéra Maricée. Tu peux aller chercher de l'eau pour ton amie, si tu veux.

– Et toi, qu'est-ce que tu vas faire ?

– Ma grand-mère est en danger.

Maricée embrassa d'un geste la campagne alentour.

– Quelqu'un exerce un pouvoir sur les rêves. Je ne peux pas laisser cette personne s'emparer de la Liberté. Je vais découvrir de qui il s'agit, et aider ma grand-mère.

À mesure qu'elle avait parlé, Maricée avait senti sa motivation grandir.

Robert regarda la grange, puis reporta son attention sur la jeune fille.

– Votre eau n'a pas le pouvoir de guérir cette maladie, n'est-ce pas ?

Maricée fit non de la tête.

– Alors, si tu es d'accord, j'aimerais t'accompagner.

– Vraiment ?

Elle hésita. Souhaitait-elle vraiment s'embarrasser de cet étranger à la mine triste et aux chaussures fragiles ? À moins que…

– Tu comptes me poser beaucoup de questions ?

Robert fronça les sourcils, puis haussa les épaules.

– Oui.

– Tant mieux ! Sans questions, on ne trouve pas de réponses.

– J'en ai une, justement !

« Déjà ! » songea-t-elle.

– Vas-y, je t'écoute…

– Où va-t-on ensuite ?

Maricée frotta ses poignets douloureux. Les fils d'argent y avaient laissé des marques pâles. Elle se leva tant bien que mal.

– On sait que la Liberté est un pouvoir dangereux, mais on ne sait pas à quoi elle ressemble.

Elle plissa les yeux.

– Ce n'est pas toi, hein ?

– Non.

– Lady Walbrook a parlé d'une personne qui pourrait nous être utile. Elle a dit que le pacte avait été rédigé par le lord-maire de Londres. Si on pouvait le lire nous-mêmes…

Robert parut dubitatif.

– Le *lire* ?

– Oui !

« Pourquoi fait-il cette tête ? se demanda Maricée. C'est une bonne idée. »

– Ça nous en apprendra davantage sur la Liberté. Il est temps d'aller rendre visite au lord-maire de Londres !

Ils ne croisèrent personne sur la route de Highgate, qui menait à Londres. Maricée était nerveuse. Elle n'était pas près d'oublier la morsure glacée des fils d'argent sur sa peau, et la vision du poney terrifié, changé en sable.

Elle était en colère aussi. Pourquoi sa grand-mère ne lui avait-elle jamais parlé de la Liberté ? Comment avait-elle pu lui cacher un secret aussi important ?

Elle s'aperçut que Robert la regardait.

– Tu veux me poser une question, devina-t-elle.

Il acquiesça.

– C'est vrai que tu ne rêves pas ?

– C'est vrai, avoua-t-elle, surprise. J'ai toujours pensé que c'était comme nager. Certaines personnes en sont capables, d'autres non. Mais la plupart des gens rêvent, n'est-ce pas ?

– Oui, confirma Robert. Je crois.

– As-tu rêvé de quelqu'un qui est… que tu as perdu ? s'enquit-elle.

Il détourna le regard.

– Pas depuis que je suis à Londres.

Elle attendit qu'il en dise plus, en vain. Au bout de quelques minutes de silence, il l'interrogea à nouveau :

– Et les Dragons, tu sais s'ils existent ?

– C'est le nom qu'on donne aux élémentaires du feu. Mais d'après ma grand-mère, ils n'ont pas vraiment l'apparence de dragons.

– À quoi ressemblent-ils, alors ?

– Je ne sais pas. Je ne crois pas que Mamie en ait déjà rencontré. Les Dragons sont en lien avec la guilde des Orfèvres, pas avec la Gardienne des Puits.

– Et les élémentaires de l'air ?

– On les appelle les Fumis.

Les deux enfants levèrent la tête vers le ciel. Maricée n'avait jamais vu de Fumi non plus. Et, à supposer que l'un d'eux rôde dans les parages, comment auraient-ils pu l'apercevoir dans ce ciel sombre et crasseux ?

Alors qu'ils arrivaient dans les faubourgs de Londres, Maricée se réjouit d'avoir accepté la compagnie de Robert. Habituellement, elle percevait le brouhaha de la ville bien avant d'arriver. Même l'hiver, quand les routes enneigées étaient peu fréquentées, on entendait de loin le *cataclop* des chevaux et les cris des vendeurs ambulants. Ce silence était inhabituel, effrayant.

En longeant Old Street, Maricée et Robert virent une mère et ses enfants endormis dans l'entrée d'une taverne. Cela n'avait rien d'exceptionnel. Les sans-abris dormaient là où ils trouvaient refuge. Maricée avait souvent vu de pauvres gens blottis les uns contre les autres pour se réchauffer. Mais en général, la mère ou le père de famille montait la garde. Ils ne dormaient jamais tous à poings fermés. Et, chose encore plus inhabituelle, la femme souriait dans son sommeil, comme si elle était étendue sur un matelas moelleux, et non à même le sol. Une brume jaune poisseuse les enveloppait.

– Les pauvres enfants…, murmura Robert.

Un carrosse lancé à toute allure les fit sursauter. Il se dirigeait vers la City de Londres, un quartier de la ville délimité par les ruines de l'ancienne muraille romaine. Après la dernière bataille élémentaire, la City était longtemps restée inhabitée. Mais aujourd'hui, le quartier abritait la Banque d'Angleterre, où les gens fortunés venaient déposer leurs pièces d'or. C'était le lieu où on chuchotait les secrets, où on scellait les accords commerciaux.

Maricée reconnut les armoiries de la guilde des Orfèvres sur le carrosse. D'après sa grand-mère, ses membres étaient les personnages les plus riches et les plus puissants du royaume. Peut-être étaient-ils convoqués à une réunion à la résidence du lord-maire pour discuter de cette nouvelle menace ? Les Dragons montaient-ils la garde ? Les seuls qu'elle eût jamais vus étaient les statues de bois peint qui marquaient les limites de la City.

Un groupe de marchands discutait tranquillement devant un café, dans Exchange Alley. Les hommes se turent et posèrent la main sur la poignée de leur épée quand Maricée et Robert les dépassèrent d'un pas pressé. Une calèche s'avança en cahotant dans Threadneedle Street. Un valet de pied en livrée bleu foncé la suivait en titubant, les yeux fermés. Une vieille femme balayait machinalement le carrefour de Sherborn Lane et Lombard Street. Son balai dessinait de grands cercles dans la terre. La maladie jaune faisait cailler l'air devant elle. Maricée et Robert s'éloignèrent à la hâte.

– On est arrivés, annonça Maricée peu après. Voici Mansion House, la résidence du lord-maire.

Robert contempla avec stupeur l'immense bâtiment de pierre, baigné dans la lumière de midi.

– Ça alors... Moi qui trouvais que les maisons des Blancs à la Barbade étaient grandes, murmura-t-il, impressionné.

De toute évidence, Mansion House avait été conçue pour en imposer. Devant l'entrée, six colonnes soutenaient un fronton de pierre triangulaire, orné d'un bas-relief. En plissant les yeux, Maricée distingua des silhouettes d'enfants, et celle d'un homme barbu allongé, torse nu, qui versait l'eau d'un vase. Une statue de femme semblait piétiner quelqu'un d'autre dans son empressement à quitter la scène. Maricée sursauta soudain. La statue avait-elle bougé ?

Maricée secoua la tête. Il s'était passé des choses étranges aujourd'hui, mais de là à croire que les statues s'animaient…

Elle posa les mains sur la balustrade et s'arma de courage. Le lord-maire connaissait bien sa grand-mère. Il se ferait une joie de l'aider. Elle n'avait qu'à franchir cette grille, monter les marches et frapper à la porte… Pourtant, elle avait un mauvais pressentiment.

– Tu crois que le lord-maire saura qui tu es ? lui demanda Robert.

– Bien sûr ! Ma grand-mère vient tout le temps lui rendre visite.

« Jamais avec moi », ajouta-t-elle en son for intérieur.

Elle prit une grande inspiration, ouvrit le portail et monta les marches menant à la grande entrée. Elle était à mi-hauteur quand un jeune homme armé d'un arc sortit de derrière une colonne et pointa une flèche sur elle.

– Halte-là ! dit-il d'une voix calme.

Son souffle était clair, ses yeux vifs. Maricée s'arrêta. Robert aussi.

– Je… euh… Je voudrais parler à Sir William, dit-elle. Le lord-maire.

– Halte !

– C'est important ! Je suis sûre qu'il voudra entendre ce que j'ai à lui dire !

L'homme banda son arc, prêt à tirer. Deux autres archers surgirent de derrière les colonnes voisines.

– Je suis la petite-fille de Madame Blackwell, insista Maricée.

Les flèches étaient toujours pointées sur elle. Les cordes des arcs, tendues à se rompre, émettaient des grincements sinistres.

– Halte-là ! répéta le premier archer.

Robert effleura le bras de Maricée.

– Suis-moi ! lui glissa-t-il avant de descendre les marches. J'ai une idée.

La jeune fille obéit en évitant d'imaginer sa colonne vertébrale transpercée d'une flèche. Ayant franchi le portail, elle se retourna et cria :

– Attendez un peu que ma grand-mère apprenne comment vous m'avez traitée !

Les archers se retirèrent derrière leurs colonnes sans répondre. Maricée se tourna vers Robert.

– Alors, ton idée ?

– Qui vit ici ? lui demanda-t-il en guise de réponse.

– Le lord-maire et sa famille.

– Et ?

– Et, euh...

Maricée se creusa la cervelle.

– Et leurs serviteurs ! Mais oui, bien sûr !

Le lord-maire avait probablement une armée de domestiques qui s'occupaient de lui, de sa famille et de leurs nombreux invités. Et ils ne passaient pas par la grande porte, c'était certain. Avec un peu de chance, leur entrée n'était pas gardée.

Robert et Maricée localisèrent sans difficulté la porte des domestiques à l'avant du bâtiment, sous les colonnes de pierre. Mais elle était verrouillée, et ils auraient alerté les archers en s'y attardant. Robert la dépassa avec indifférence et tourna au coin du bâtiment, échappant à la vue des gardes. Maricée lui emboîta le pas.

– Une maison aussi grande doit être équipée d'une cuisine immense, réfléchit-il tout haut. Je suppose que le lord-maire reçoit souvent des invités...

– D'après ma grand-mère, les membres des guildes passent leur temps à manger et à boire, confirma Maricée.

– Regarde !

Robert indiqua une fenêtre au ras du sol. Maricée se pencha pour regarder à travers le verre poussiéreux. L'ouverture donnait sur une vaste pièce obscure où trônait une grande table jonchée d'assiettes, de couverts et de plats.

Robert exerça une légère pression sur le carreau.

– On en trouvera peut-être une ouverte, dit-il, plein d'optimisme.

Il répéta l'opération sur la fenêtre voisine, qui pivota comme par enchantement sur ses gonds. Maricée s'accroupit près de lui, stupéfaite. « Décidément, ce garçon est plein de ressource ! » songea-t-elle. Mais cette ouverture était conçue pour laisser passer l'air, pas les gens. Comment se faufiler dans un espace aussi étroit ?

Comme pour répondre à sa question, Robert entra dans le passage les pieds devant et s'y glissa en rampant sur le dos. Puis, il s'assit sur le rebord de la fenêtre et sauta dans la pièce. Maricée retroussa sa jupe. Elle regrettait, une fois de plus, de ne pas pouvoir porter de pantalon comme un homme. Ou comme Lady Turnmill.

– Attends ! souffla Robert.

Il traina une chaise sous la fenêtre, grimpa dessus et déverrouilla l'autre battant. C'était mieux ! Bien que toujours encombrée par sa jupe, Maricée se faufila à son tour dans l'ouverture et s'assit sur le rebord. La chaise était la bienvenue. Elle posa les pointes de pieds sur l'assise et se laissa glisser. Le geste n'était pas d'une élégance folle, mais heureusement, Robert avait tourné la tête.

Maricée resta bouche bée en découvrant la cuisine. Elle était si vaste qu'on aurait pu y caser son village tout entier, et même les vergers de Mr Whitby. La salle, au plafond vouté comme les cavernes des Chads, était meublée d'innombrables bancs et tables. La cheminée qui abritait la rôtissoire était si immense qu'elle aurait pu contenir un nid de Dragons. Tout un mur était équipé de broches à viande, mais aucun feu ne brulait dans l'âtre. Un enfant dormait sur les pierres froides. Son travail consistait sûrement à faire tourner la viande. Il était si petit que Maricée se demanda comment il atteignait les poignées. Dans la pénombre, son souffle n'était pas visible, mais le garçonnet souriait aux anges. Maricée le prit dans ses bras et le déposa sur une table.

Elle parcourut des yeux les rangées d'étagères qui ployaient sous le poids des casseroles, des poêles, des plateaux et des soupières, des dessous de plat… Les murs étaient hérissés de crochets où étaient suspendus des louches, des fourchettes, des pinces et d'innombrables objets aux formes étranges.

– La cuisine de Lady Hibbert est-elle aussi grande ? s'enquit Maricée.

– Non. Mais si elle voyait celle-ci, je suis sûr qu'elle voudrait la même.

Maricée tenta d'imaginer la salle pleine de cuisiniers, de servantes et de valets de pied, l'air chargé de vapeur et d'odeurs de cuisson.

– Où sont-ils tous ? murmura-t-elle.

– J'imagine que les quartiers des domestiques sont dans les étages, répondit Robert. Mais regarde…

Il montra du doigt une servante affalée dans la pénombre, contre la porte d'un garde-manger. Comme si la maladie l'avait brusquement atteinte et qu'elle avait glissé au sol.

Maricée recula à pas de loup et huma l'air. Une vague odeur de viande avariée emplit ses narines. Venait-elle des garde-mangers ?

– Il faut trouver le lord-maire, se rappela-t-elle.

– Tu crois qu'il sera réveillé ?

Maricée s'esclaffa, même si ce n'était pas drôle.

– Avec une cuisine aussi grande, il ne doit pas s'endormir le ventre vide. Il n'a probablement pas besoin de rêver dans l'Éther.

– Il doit soigner ses soldats mieux que ses serviteurs, raisonna Robert. Les archers sont réveillés, alors que…

Il désigna le petit garçon endormi sur la table.

– Ou alors, on a croisé les seuls archers qui n'étaient pas malades, suggéra Maricée. Mais c'est sans importance. Maintenant qu'on est entrés, on peut aller le voir.

– Tu es sûre qu'il acceptera de te recevoir ?

– Quand il saura qui je suis ? Oui.

« S'il te plait, arrête de me demander si j'en suis sûre », l'implora-t-elle en pensée.

Le garçon n'insista pas.

Plusieurs portes permettaient de quitter la cuisine. La première donnait sur des marches de pierre qui descendaient dans une cave où l'odeur de pourriture était plus prononcée. Maricée se dépêcha de la refermer. Une autre s'ouvrait sur un couloir au fond duquel se dressait un escalier en bois étroit, réservé aux domestiques.

– Lady Hibbert reçoit ses amis importants dans le salon d'apparat, signala Robert. Les autres, dans le petit salon.

Une demeure aussi imposante abritait sûrement des dizaines de salons de toutes les tailles, songea Maricée, mais les maitres des guildes devaient se réunir dans le plus vaste et le plus somptueux d'entre eux.

Robert et Maricée montèrent les marches et s'arrêtèrent juste avant d'arriver à l'étage. Dissimulée par la rampe, l'oreille aux aguets, Maricée jeta un coup d'œil furtif dans le long couloir, en priant pour que tous les archers éveillés soient restés dehors.

– La voie est libre, annonça-t-elle à voix basse.

Robert pencha la tête.

– Écoute.

Des voix d'hommes résonnaient entre les murs.

– Les maitres des guildes, devina Maricée.

C'était parfait ! Mieux que de voir le lord-maire en tête à tête. Tous les maitres connaissaient Madame Blackwell : c'était elle qui avait parlementé avec la rivière coulant sous leurs pieds pour lui faire accepter la construction de cet édifice. Peut-être pourraient-ils leur en apprendre davantage sur la Liberté…

Maricée monta les dernières marches deux à deux, sourde aux protestations de Robert qui l'invitait à la prudence.

Les voix venaient de derrière une grande porte de bois. Alors que Maricée saisissait la poignée, des doigts se refermèrent sur son épaule. On lui plaqua une main sur la bouche. Elle reconnut la manche de soie rouge déchirée, tachée de boue, de son nouveau compagnon.

– Attends ! lui conseilla Robert. Écoute d'abord ce qu'ils disent. Assure-toi que tu peux leur faire confiance.

Maricée ne voulait pas attendre. Elle se fiait plus à ces hommes qu'à ce garçon qu'elle venait à peine de rencontrer. Mais c'était une bonne idée d'écouter ce que les maitres disaient, afin de choisir le meilleur moment pour faire son apparition. Elle lâcha la poignée et colla l'oreille contre le battant, mais n'entendit que de vagues murmures. Si seulement elle avait possédé un cornet d'oreille comme celui de Mr Reynolds, le fromager du village ! Une chose était sûre, cependant : il n'y avait que des hommes dans la salle. L'un d'eux devait parler en marchant, car soudain, sa voix devint plus forte, comme s'il était juste de l'autre côté du battant. Maricée et Robert reculèrent précipitamment, mais la porte resta fermée. Ils reprirent leur place.

– … ce brouillard est une œuvre de sorcellerie, disait l'homme. Seuls les pauvres y succombent…

« Ils sont au courant, raisonna Maricée. Tant mieux. »

Dans un instant, elle ouvrirait cette porte et leur parlerait de la disparition de sa grand-mère. Elle pourrait même leur révéler le lien entre cette maladie du sommeil et la Liberté.

Quand elle saisit à nouveau la poignée, sa main tremblait. Oserait-elle demander de l'aide à ces hommes ? La prendraient-ils au sérieux, malgré son jeune âge ?

« Oui ! décida-t-elle. Mais avant, je vais les écouter encore un peu. »

Elle colla son oreille contre le bois, tandis que la voix de l'homme s'éloignait. Elle sursauta soudain. Quelqu'un avait-il prononcé le mot « gardienne » ?

Elle le répéta à voix basse à Robert, qui hocha la tête.

– La trêve, la trêve ! Vous n'avez que ce mot à la bouche, lord-maire ! fit une autre voix. Les Dragons nous ont prévenus ! La Gardienne ne doit pas conserver la Liberté !

Un autre homme l'interrompit :

– Vous avez confié notre arme la plus puissante à une simple femme ! Et elle s'est enfuie avec !

– C'est faux ! s'indigna Maricée.

Elle avait élevé la voix malgré elle. Robert lui lança un regard inquiet. Le silence plana un instant derrière la porte. Puis un homme reprit la parole :

– Je crois savoir qu'elle l'a mise en sécurité.

Une chaise racla le sol.

– Vous n'en avez aucune preuve, lord-maire ! Nos bons maitres ici présents connaissent-ils la valeur de ce qui a été dérobé ? Savez-vous de quoi la Liberté est constituée ?

Les maitres des guildes continuèrent d'échanger des remarques acerbes, mais Maricée ne comprenait plus ce qu'ils disaient. Puis le lord-maire réclama le silence. Il se rapprocha de la porte.

– ... Quatre éléments pour reconstruire Londres : le feu des Dragons, l'air des Fumis, l'eau des Chads et l'antique boue des Magogs...

Une cloche sonna trois fois dans la salle. De nouvelles chaises raclèrent le sol.

– Ils s'en vont, devina Maricée. On devrait peut-être attendre qu'il soit seul.

– Je crois que c'est trop tard, objecta Robert.

La jeune fille sentit la pointe d'une flèche piquer sa nuque.

– Tournez-vous lentement, fit une voix masculine.

Elle s'exécuta. Robert avait déjà les mains en l'air.

Un premier archer pointait une flèche sur elle tandis qu'une autre tenait le garçon en joue. La porte s'ouvrit derrière Maricée et un rire fusa, semblable à un aboiement.

– Des enfants ? Faut-il avoir peur des enfants, maintenant ?

– Mon capitaine craint tellement les enfants qu'il a sonné l'alarme, fit la voix moqueuse du lord-maire. Il n'est même pas capable de les empêcher d'entrer.

L'archer s'empourpra. Maricée réprima un sourire, mais elle n'avait pas le temps de savourer sa victoire. Elle pivota sur elle-même et se retrouva nez à nez avec le gilet de brocart à boutons du lord-maire. Elle leva les yeux. L'homme avait un visage rond tout plissé de rides. Ses sourcils proéminents semblaient prêts à jaillir de son front. Derrière lui s'ouvrait une pièce aux murs blancs lambrissés, meublée d'une longue table de bois. Les maitres des guildes se tenaient debout près de leurs chaises. Plusieurs avaient dégainé leur épée.

– Lord-maire ! lâcha Maricée d'une voix précipitée. Je suis la petite-fille de Madame Blackwell ! La Gardienne des Puits.

Elle promena son regard sur l'assemblée des maitres des guildes. Ils ne semblaient pas ravis de la voir. Un grand homme à la perruque noire bouclée s'approcha d'elle en se dandinant comme une oie. Il glissa son épée dans un fourreau de cuir noir orné des armoiries des orfèvres.

– C'est donc ta grand-mère qui a volé la Liberté, lança-t-il, accusateur.

– Elle ne l'a pas volée ! Elle l'a mise à l'abri.

– Vraiment ? Alors, dis-moi : où donc l'a-t-elle mise à l'abri ?

– Je... je... ne sais pas, mais...

L'orfèvre posa une main sur l'épaule du lord-maire et lui glissa quelques mots à l'oreille. Celui-ci acquiesça.

– Baissez vos armes, gardes ! ordonna-t-il.

Maricée poussa un soupir de soulagement. Elle se retourna pour sourire à Robert.

« Tu vois ? semblait-elle lui dire. Je savais bien que le lord-maire voudrait me parler ! »

– Enfermez les intrus dans la cave. Nous les interrogerons plus tard, dit le lord-maire.

– Non ! cria Maricée. Vous ne pouvez pas faire ça ! Vous ne comprenez pas ! J'ai besoin de votre aide, et...

L'archer lui saisit le bras avec plus de force que nécessaire. Il semblait mécontent d'avoir été ridiculisé devant les maitres des guildes.

– Je veux combattre la maladie ! insista Maricée. Je veux m'assurer que la Liberté est en sécurité !

L'orfèvre hocha la tête.

– Ce sont des espions, monsieur.

La jeune fille sentit la moutarde lui monter au nez.

– Comment osez-vous ? Nous ne sommes pas des espions !

– Permettez-moi d'en douter, objecta l'orfèvre. Ne vous a-t-on pas surpris en train d'écouter aux portes ? Pour qui travaillez-vous ?

– On ne travaille pour personne !

Maricée prit une profonde inspiration, baissa la voix et continua sur un ton poli :

– Monsieur le lord-maire, vous savez que ma grand-mère est la Gardienne de…

– Silence !

L'orfèvre frappa la poignée de son épée.

– Vous finirez par nous dire qui vous emploie, de gré ou de force. Peut-être qu'une visite au Press Yard de Newgate vous déliera la langue…

8

La cave

La cave était plongée dans le noir. Robert n'aimait pas l'obscurité. Il avait passé presque tout le voyage entre la Barbade et l'Angleterre dans une cabine minuscule, dans la cale du navire. On lui avait donné un hamac pour dormir, car Lord Hibbert avait été très clair sur un point : Robert était un bien de valeur, un cadeau pour son épouse, et il n'était pas question qu'il soit endommagé lorsqu'on le lui remettrait. Le mousse qui avait dû lui céder son hamac avait été contraint de dormir sur une couverture posée sur un coffre de bois. Rancunier, il s'était vengé la nuit en piquant Robert avec un bâton. Un jour, il avait même déposé un rat vivant sur son oreiller. Quant à Robert, il aurait préféré dormir sur le coffre. Il avait été incapable de trouver le sommeil dans ce lit souple et oscillant, convaincu qu'il allait tomber d'une seconde à l'autre.

Ni lui ni Maricée n'étaient de taille à lutter contre les archers. Deux autres gardes avaient surgi pour obéir aux ordres du lord-maire. Ils les avaient attrapés chacun par un bras et les avaient trainés dans l'escalier, puis dans la cuisine, avant de les pousser dans la cave et de fermer la porte à double tour. Sans leur laisser de chandelle, bien sûr.

Robert et Maricée étaient assis sur les marches de brique froide, le dos contre la porte. Au-delà, il faisait noir comme dans un four.

– Ils viendront bientôt nous chercher, affirma Maricée sans conviction. Ils vont comprendre qu'ils se sont trompés.

– Et s'ils ne viennent pas ? demanda doucement Robert.

– Ils viendront. Ils ont besoin de nous pour combattre la maladie.

– C'est quoi, ce « Press Yard » dont ils ont parlé ?

Maricée déglutit bruyamment.

– À la prison de Newgate, on torture les traitres. On les oblige à s'allonger et on leur met des poids sur la poitrine, jusqu'à ce qu'ils disent ce que le Gardien veut entendre.

– Et s'ils ne parlent pas, ils meurent ?

– Oui. Mais ils ne nous feront pas ça.

Robert n'en était pas si sûr. Le lord-maire, qui semblait jouir de son pouvoir, lui rappelait Mr Soothing, le surveillant de la plantation. Il prenait du plaisir à être cruel. Un jour, Soothing avait battu une des cousines de Robert si violemment qu'il lui avait brisé le nez et le poignet, pour la seule raison qu'elle avait laissé déborder une casserole de soupe.

– On ne peut pas rester ici à attendre qu'ils changent d'avis, déclara Robert. Tu te souviens des enfants endormis qu'on a croisés ? Et de Lizzie, dans le placard à balais ? S'ils ne se réveillent pas, ils vont mourir. Il faut absolument arrêter cette épidémie !

– Oui. Et Mamie pourra rentrer à la maison, ajouta Maricée tout bas.

Robert se leva et chercha la poignée à tâtons. Il la tourna dans un sens, puis dans l'autre, sans résultat.

– Il y a sûrement une autre porte au fond de la cave, dit-il. C'est plus commode pour les commerçants qui livrent les provisions. Ils n'ont pas à traverser la cuisine et descendre les marches.

– Comment tu sais tout ça ? s'étonna Maricée.

– Je passe beaucoup de temps dans la cuisine de Lady Hibbert.

Robert sentit la robe de son amie frôler son bras. Elle s'était levée aussi.

– Allons voir ! décida-t-elle.

Ils descendirent les marches avec précaution. Pour une fois, les fines pantoufles de Robert étaient adaptées à la situation. Il sentait les irrégularités du sol sous ses pieds, les briques et les trous. Maricée le suivait lentement, sans cesser de glisser et de trébucher.

– Marche plutôt derrière moi, lui proposa-t-il. Tu peux poser une main sur mon épaule.

Ils changèrent de place. Robert fit quelques pas prudents et se cogna le genou contre un panneau de bois. Maricée lui rentra dedans.

– Désolée ! souffla-t-elle. Qu'est-ce que c'est ?

Robert identifia à tâtons des planches incurvées, des bandes de métal, un robinet...

– Un tonneau, dit-il. Énorme.

Il le contourna et en trouva un autre juste derrière, puis un autre encore. Ils longèrent la rangée de tonneaux en silence. Quand Robert ne rencontra plus que du vide, il continua d'avancer, les bras tendus devant lui, jusqu'à ce qu'il sente des briques du bout des doigts. Il suivit la courbe d'une arche jusqu'à un panneau de bois.

– Une porte ! chuchota-t-il.

Il promena la main sur le battant pour chercher la poignée. Elle cliqueta, mais la porte ne s'ouvrit pas. Elle était bloquée par une lourde chaine équipée d'un cadenas. Robert recula pour laisser sa place à Maricée, qui tira et poussa la porte, sans succès. Le garçon entendit soudain un bruit sourd, suivi d'un gémissement de douleur. Maricée avait donné un coup de pied dans le panneau. Hélas, cette porte-ci était beaucoup plus solide que celle qu'ils avaient brisée dans la salle des pompes.

– Il y a sûrement un moyen de l'ouvrir, grommela Maricée.

L'obscurité était si dense que Robert ne la voyait pas, alors qu'elle était tout près de lui. Il n'y avait pas de fenêtres dans la cave, ni aucune autre issue. Mais peut-être pourraient-ils se cacher derrière les tonneaux, et filer au nez et à la barbe des gardes quand ils viendraient les chercher…

Non, c'était trop risqué. Les chances de réussite étaient minimes, et cela ne servirait qu'à provoquer les archers, déjà furieux contre eux.

Robert continua de se creuser la cervelle, et il lui vint une meilleure idée.

Quand il était arrivé chez les Hibbert, une autre femme de ménage travaillait avec Lizzie. Elle s'appelait Mary-Anne, et c'était la seule personne qui osait tenir tête à Mrs Wandle. Un soir, tard, alors que Robert était pelotonné sur son mince matelas près du feu mourant, il avait vu la flamme d'une bougie traverser la cuisine. La chandelle avait terminé sa course sur la table, près du garde-manger. Mrs Wandle le fermait à double tour chaque soir et emportait la clé dans sa chambre. Ce jour-là, Robert avait vu Mary-Anne sortir un petit objet de sous son bonnet de nuit et l'introduire dans la serrure. Elle s'était échinée dessus pendant un moment, jusqu'à ce qu'un déclic se fasse entendre. La femme de chambre était entrée dans le garde-manger et en était ressortie peu après, avec un sac rebondi. Puis elle avait récupéré sa bougie et quitté la cuisine. Si elle savait que Robert l'avait épiée, elle n'en avait rien montré. Il ne l'avait pas revue le matin, ni plus jamais ensuite. Quant à Mrs Wandle, elle s'était procuré un gros cadenas et une chaine épaisse pour enfermer les provisions.

– Sais-tu forcer une porte fermée à clé ? demanda-t-il à Maricée.

– Non ! Je ne suis pas une voleuse.

– On essaie de sortir, pas de rentrer ! protesta-t-il.

– Je ne sais pas le faire, répéta-t-elle. On ne ferme jamais notre maison à clé. Mais…

Elle se leva d'un bond et testa à nouveau la serrure.

– Tu te souviens de Jack l'Honnête ?

– Non.

– Allons ! Tout le monde connait Jack Sheppard.

Robert soupira. Maricée oubliait qu'il n'était pas en Angleterre depuis longtemps.

– Pas moi. Dis-moi qui c'est, s'il te plait.

– Un voleur célèbre. On le jetait souvent en prison, mais il s'évadait à chaque fois. Un jour, il a même montré à ses geôliers comment ouvrir un cadenas avec un clou. Si on essayait ?

– Tu as un clou ?

– On en trouvera peut-être un par terre. N'importe quel objet long et pointu fera l'affaire, pourvu qu'il soit solide.

Robert ôta son turban. L'air frais caressa son cuir chevelu et ses oreilles. Il dégrafa la broche géante et sentit le tissu tomber sur ses genoux. L'épingle était en fer épais, comme la monture, afin de supporter le lourd bijou en verre taillé. Lady Hibbert avait choisi la plus grosse broche qu'elle avait pu trouver pour impressionner ses amis. Robert repéra à tâtons le trou de la serrure et y introduisit doucement la pointe. Il avait du mal à la tenir, car le verre était volumineux. Il aurait pu le briser, mais il craignait d'attirer l'attention de gardes restés dans la cuisine.

– Tu veux bien m'aider ? demanda-t-il à Maricée. Soutiens-le seulement, que je puisse faire tourner l'épingle.

Elle maintint la broche pendant qu'il faisait une nouvelle tentative. Robert sentit l'épingle rencontrer une partie métallique, à l'intérieur de la serrure. « Et maintenant ? se demanda-t-il. Comment les clés fonctionnent-elles ? Elles tournent et quelque chose se déverrouille. » Il tourna l'épingle, sans résultat. Il réfléchit encore. « Quand une clé entre dans une serrure, les entailles de la lame s'insèrent dans des encoches. » Il essaya encore, et l'épingle sembla s'accrocher à quelque chose. Un trou. La pointe s'introduisit dedans, mais glissa lorsqu'il tourna dans le sens des aiguilles d'une montre. Robert essaya à nouveau, avec délicatesse. Et cette fois, quand il tourna, *clic*. La serrure céda.

– Oui ! triompha Maricée. Bien joué !

Robert sourit. Personne ne l'avait félicité depuis une éternité. Il sortit l'épingle de la serrure, la replia sous son crochet et glissa la broche dans sa poche. Elle pourrait resservir. Le reste du turban gisait en tas près de la porte. L'épais ruban de tissu aurait pu avoir une utilité, lui aussi, mais Robert était trop heureux de s'en débarrasser.

Il poussa lentement la porte et fut ébloui par un éclair de lumière orangée. Puis l'obscurité revint.

– Tu vois quelque chose ? demanda-t-il.

– Rien, répondit Maricée d'une voix chevrotante. Mais cette odeur…

Robert avait dû retenir sa respiration en crochetant la serrure. Sans quoi, il aurait forcément remarqué la puanteur qui planait dans l'air. Un mélange de viande avariée et de fumée de brasserie nauséabonde. Une odeur si puissante qu'elle semblait traverser sa peau et empoisonner son sang.

– Je n'ai pas très envie d'entrer là-dedans, dit Maricée d'une voix étouffée, une main plaquée devant le nez et la bouche.

– Moi non plus, avoua Robert.

Alors qu'il refermait le battant, la porte de la cuisine s'ouvrit en claquant au sommet des marches, de l'autre côté de la cave. Le faisceau d'une lampe éclaira les tonneaux.

– Ils sont là ! cria un homme.

– Attrapez-les ! fit la voix de l'orfèvre. Amenez-les-moi, morts ou vifs !

Robert sentit un courant d'air frôler son crâne. Une fraction de seconde plus tard, une flèche rebondissait sur le mur, juste au-dessus de lui. Il poussa à nouveau la porte. C'était leur seule chance ! Il prit Maricée par le bras et l'entraina dans l'obscurité nauséabonde, avant de refermer le battant derrière eux. Il chercha à tâtons un verrou ou un loquet. Il n'y en avait pas.

Maricée et Robert s'adossèrent à la porte et pesèrent dessus de tout leur poids, se préparant à l'assaut des gardes et de l'orfèvre. Le silence plana un instant, puis un gloussement fusa.

– Parfait ! claironna l'orfèvre. Comme ça, le lord-maire ne pourra pas m'accuser de vous avoir tués.

Robert entendit un cliquetis. Il tira sur la poignée et constata que la porte était verrouillée. Ils étaient prisonniers.

Le garçon avala sa salive et le regretta aussitôt. La puanteur s'était introduite dans sa gorge. D'où venait cette odeur atroce ? Il respira à travers sa manche. Il n'osait pas parler de peur de s'intoxiquer.

Maricée toussa.

– Je crois... un... on, dit-elle d'une voix étouffée.

– Je ne comprends pas, croassa Robert.

Maricée recommença en prenant une petite inspiration entre chaque mot :

– Je... crois... que... c'est... des... Dragons.

Des Dragons ?

Robert sentit soudain le sol bouger autour de ses pieds. À la Barbade, après la pluie, de minuscules fourmis pâles sortaient en masse de leurs nids souterrains. La première fois, Robert les avait prises pour des grains de sable avant de voir, en s'approchant, les centaines de petits corps s'agiter sur le sol poussiéreux. Il avait la même impression aujourd'hui. Seulement, les créatures étaient infiniment plus nombreuses.

Une petite lumière orange s'alluma dans un coin de la pièce. Puis une autre, et une autre encore, jusqu'à ce que tout le mur flamboie. Le fourmillement, sur le sol, gagna les murs, puis le plafond. Quand l'intensité de la lumière augmenta, Robert vit des milliers de points sombres converger vers le noyau orange, et se mettre en place comme... des écailles de serpent. Une forme se matérialisa. Un corps court et trapu. Une longue queue effilée, à l'extrémité en pointe de flèche. Une tête étroite au front large et bas. Des yeux sombres et vides. Une mâchoire puissante.

– Un Dragon, chuchota Robert.

– Oui, confirma Maricée à voix basse.

Il n'en croyait pas ses yeux. La flamboyante bête de légende, dévoreuse d'hommes, s'accrochait au mur en face de lui, tel un gecko géant. Ils auraient dû s'enfuir, mais la terreur le paralysait. Il en était réduit à regarder fixement le monstre.

Maricée secoua la poignée.

– Laissez-nous sortir ! S'il vous plait, laissez-nous sortir !

Personne ne lui répondit.

Le corps du Dragon s'assombrit. Seules sa tête et sa queue luisaient encore.

– Tous ceux qui entrent ici m'appartiennent, lâcha-t-il d'une voix sifflante.

Le monstre ouvrit les mâchoires et une langue noire en sortit en serpentant. Elle s'enroula autour de la taille de Maricée et l'attira vers sa gueule béante. Robert était toujours pétrifié. Son amie était prisonnière d'un Dragon, et il était incapable de lui venir en aide. Maricée tenta de se libérer, mais ses mains passèrent au travers de la langue. Les pieds plantés dans le sol de terre battue, elle résistait de toutes ses forces à la traction, en vain. Elle n'était plus qu'à un mètre de la gueule du Dragon.

– Robert ! hurla-t-elle. Fais quelque chose !

Le garçon, abasourdi, observait la scène sans broncher. La puanteur et la chaleur lui donnaient le tournis, et la fumée qui emplissait la cave lui brulait les yeux. Sa vue se brouilla.

– Robert !

Maricée redoubla d'efforts pour se libérer, sans succès. La langue du Dragon resserra son étreinte autour de sa taille.

– Stop !

C'était le seul mot que Robert avait réussi à prononcer, et ce n'était qu'un murmure. Il se racla la gorge et recommença :

– Stop ! Tu t'attaques à Maricée Blackwell ! La petite-fille de la Gardienne des Puits. Tu n'as pas le droit de lui faire de mal. C'est... c'est dans la trêve.

Le Dragon lâcha Maricée, qui tomba à terre. L'instant d'après, la langue jaillit à nouveau et emprisonna le bras de Robert. Noire, elle était tachetée de points orange vif qui traversaient la soie et lui piquaient la peau.

Maricée s'agrippa à l'autre bras du garçon.

– Lâche-le ! ordonna-t-elle au monstre. C'est mon ami. Tu n'as pas le droit de lui faire du mal non plus.

Le Dragon tirait Robert dans un sens, Maricée dans l'autre. Cette dernière résistait de toutes ses forces, au risque d'écarteler le garçon.

– Maricée..., articula-t-il avec difficulté. Arrête-le...

– J'essaie !

– Non, tu me déchires en deux ! Parle-lui !

– Bonne idée ! ironisa-t-elle. Et pour lui dire quoi ? Je n'ai jamais parlé à un Dragon.

– Il y a une première fois à tout !

Sans lâcher le bras de Robert, Maricée leva la tête pour affronter le monstre.

– Euh… tu fais du tort aux guildes, Dragon, commença-t-elle, hésitante.

Elle haussa la voix pour ajouter :

– Si tu nous dévores, toutes les guildes périront.

Le torse du Dragon brillait de plus en plus intensément à mesure que Robert se rapprochait de lui. Le garçon ne voyait que le contour de ses ailes sombres repliées sous son corps. S'il s'en approchait davantage, la chaleur risquait de le consumer.

– La ville de Londres sera détruite ! cria Maricée. Et ce sera ta faute !

Le monstre relâcha aussitôt sa traction et sa langue se fragmenta en milliers de minuscules créatures noires. Elles ruisselèrent sur les manches de Robert, envahirent le sol et refluèrent vers le mur. Quand Robert avala à nouveau sa salive, la puanteur de la pièce envahit sa bouche. Il se retint de vomir.

Le Dragon reporta son attention sur Maricée. Son corps resta immobile, mais il étira le cou pour approcher sa tête à quelques centimètres de la sienne. Il la fixa de ses yeux vides. Maricée fit un petit pas en arrière, mais bomba le torse et soutint son regard. Robert, admiratif, songea qu'il n'en aurait pas été capable. Madame Blackwell, qui descendait dans le puits, était une femme forte et courageuse. Sa petite-fille l'était aussi, même si elle l'ignorait encore.

– Explique-toi, ordonna le Dragon.

– Tu gardes les guildes et tu sais tout sur elles, répondit Maricée d'une voix ferme. Tu sais aussi ce qui se passe à l'extérieur. Des gens s'endorment et ne se réveillent jamais.

D'autres deviennent agressifs dans leur sommeil. Cette armée de somnambules détruit tout sur son passage. Et celui ou celle qui la commande l'utilise pour chercher la Liberté.

– Cette maladie ne peut pas nous détruire, objecta le Dragon.

Il se désintégra. Des milliers d'étincelles jaillirent sur le plafond et les murs, puis se rassemblèrent à nouveau sous la forme d'un Dragon.

– Guerres, tremblements de terre, glace ou feu. Nous avons survécu à tout cela. Nous pouvons être multiples ou uniques. Nous cacher dans les plus petites fissures ou combattre le monde par le feu.

Maricée se pencha vers le monstre.

– Selon Lady Walbrook, celui ou celle qui convoite la Liberté souhaite façonner une nouvelle Londres. Pas sûr qu'il y ait de la place pour les Dragons dans cette ville future. Voulez-vous rester terrés dans les fissures pour l'éternité, sans aucun trésor à garder ?

Le Dragon entrouvrit les mâchoires. Robert aperçut sa langue, et une nouvelle vague de puanteur empesta l'air. Maricée réprima un haut-le-cœur et continua :

– Nous devons trouver la Liberté. Aide-nous. Toi qui vis depuis si longtemps. Toi qui as traversé l'histoire, dis-nous ce que tu sais.

Silence.

« Il va nous dévorer », pensa Robert, qui se voyait déjà disparaitre entre les crocs ardents.

Le Dragon se dressa sur ses pattes courtaudes, terminées par des griffes acérées comme des couteaux, et s'avança vers eux d'un pas qui faisait trembler le sol. Maricée prit la main de Robert et la broya. Elle tremblait aussi fort que lui, mais son visage ne trahissait aucun effroi. La queue de la créature flamboya. Elle dessina un cercle de feu autour d'eux, et sa pointe frappa le sol.

– Tu te trompes, jeune fille ! siffla le Dragon. Nous survivrons à cette menace. Nous sommes ici depuis le début. Nous étions là bien avant que les premiers Solides traversent les marais en pataugeant. Nous les connaissons bien. Ils convoiteront toujours l'or. Nous savons être patients.

La queue frappa à nouveau la terre.

– Mais nous nous ennuyons, reprit la créature. Il n'y a guère de divertissements dans cette petite cave répugnante. Nous manquons de batailles et de chair humaine, même si le maitre orfèvre nous en fournit dès qu'il le peut. C'est un homme rusé. Aujourd'hui, il nous a livré les deux : nourriture et divertissement...

Tap, tap, fit la queue, soulevant une gerbe d'étincelles.

– Commençons par le divertissement. Voici notre proposition...

Le cercle ardent se rétrécit.

– Si vous élucidez notre énigme, nous vous laisserons la vie sauve, enchaina le Dragon.

Maricée et Robert échangèrent un regard inquiet.

– Tu es fort en énigmes ? demanda Maricée.

Robert secoua la tête. Il n'était même pas sûr de savoir ce que c'était.

Le Dragon émit un son étrange qui ressemblait vaguement à un rire. La queue disparut et réapparut autour de la taille de Maricée. La créature tourna sa tête sombre et fumante vers Robert.

– C'est donc toi qui vas répondre, garçon.

– Non ! cria Maricée. Ce n'est pas juste !

La queue la fit pivoter face au mur.

– Silence, jeune fille ! Ou nous retirons notre proposition.

Le Dragon inspira profondément. Sa tête incandescente prit une teinte orange vif et ses orbites s'assombrirent.

– Tu n'as droit qu'à un essai, garçon, prévint-il. L'orfèvre n'a jamais eu le courage de nous regarder dévorer les hommes terrifiés qu'il nous livre. Si tu me donnes la mauvaise réponse, tu seras le premier Solide depuis des siècles à nous voir nous nourrir. Quand nous aurons dévoré la fille, ton tour viendra.

Robert sentit ses jambes se pétrifier. Sa bouche, sa voix et même ses pensées étaient paralysées. Seul son cœur battait encore, si vite que c'en était douloureux. Il ferma les yeux et s'efforça de réfléchir. Il devait contenir sa peur pour faire la place à d'autres pensées. Il avait détesté la plantation de toute son âme, mais là-bas, il lui arrivait de laisser son esprit vagabonder librement. Quand Zeke lui chuchotait des histoires à l'oreille, tard le soir, lorsqu'ils respiraient l'air frais à l'extérieur de la cabane. Quand il regardait un colibri planer au-dessus d'une fleur avant d'y plonger. Quand il attendait que sa mère ouvre en deux une orange mûre, sachant que le jus ruissèlerait bientôt dans sa bouche.

Sa mère, ses sœurs, son frère, ses tantes… Il était protégé par leur amour, en ce temps-là. Il leur avait promis de survivre en Angleterre et comptait bien tenir parole. Il avait souvent essayé d'expliquer à Maman pourquoi il posait tant de questions. Il voulait comprendre comment fonctionnait le monde. Elle l'avait encouragé dans cette voie, tout en lui conseillant de garder ce projet secret. « Regarde, écoute et apprends tout ce que tu peux, mon fils. Un jour, cela t'aidera », disait-elle.

Robert se demanda ce qu'il savait d'utile sur les Dragons. Il savait juste qu'ils gardaient la City de Londres, le temple de l'argent, du commerce et des affaires.

– Si on doit vous servir à la fois de divertissement et de nourriture, votre proposition n'est pas équitable, déclara-t-il. Si je trouve la solution à votre énigme, vous devrez nous dire ce que vous savez sur la Liberté de Londres. Et nous libérer. Vivants.

– Ohhhh, gronda le Dragon. Tu n'es pas vraiment en position de négocier, garçon. Mais soit, nous acceptons ton offre. Tu n'as droit qu'à une réponse.

– Entendu.

Robert fixa les orbites vides de la créature.

– Vas-y. Pose-moi ta devinette.

Maricée lui lança un regard effaré. Il secoua légèrement la tête.

« S'il te plait, fais-moi confiance », l'implora-t-il en pensée. Leur seul espoir était que le Dragon tienne parole. Si Maricée essayait de l'aider, elle mourrait. Elle devait le savoir, car elle se retourna vers le mur.

– Voici notre énigme…, commença le Dragon.

Et voilà ! Le moment fatidique… Maricée, qui tournait toujours le dos à Robert, bomba le torse. « Courage. Tu peux y arriver », semblait-elle lui dire.

– *Je brule chaque nuit, mais mon feu est froid*, commença le Dragon.

Je brille comme les pierres précieuses, mais jamais d'or pur.

Je clignote et vacille, mais ne suis pas un œil.

La créature prit une nouvelle inspiration et s'esclaffa.

– Réponds vite, garçon, ou ton amie mourra, et tu connaitras le même sort. Nous allons compter jusqu'à cinq. Un !

Robert réfléchit. « Mon feu est froid. » Il avait entendu un jour Lizzie se plaindre que la glace, dans la glacière des Hibbert, était si froide qu'elle lui brulait les mains.

– Deux !

La réponse était-elle « la glace » ? « Je brille comme les pierres précieuses. » La glace pouvait prendre différentes couleurs au soleil, mais luisait-elle aussi comme l'or ? Robert n'aurait su le dire.

– Trois !

Ce pouvait être aussi du verre, bien sûr. La broche qui ornait son turban brillait comme une pierre précieuse, alors qu'elle était en verre. Clignotait-elle ? Oui, en quelque sorte, quand le soleil se reflétait sur ses arêtes.

– Quatre !

Ce devait être la bonne réponse. Le Dragon était fourbe. Il avait dû choisir quelque chose d'inattendu. Oui, c'était certainement sa broche.

Le monstre agita la queue.

– Cinq ! Une seule réponse.

Robert ouvrit la bouche et la referma aussitôt sans avoir prononcé le mot qui lui brulait les lèvres. Il vit la queue du Dragon s'enrouler et se dérouler, projetant de petites taches de couleur éphémères dans l'air. Il se rappela les nuits à la Barbade, qui étincelaient de mille feux. Les petits points lumineux qui clignotaient dans le ciel assombri, de la couleur des pierres précieuses.

– La réponse est une luciole, dit-il calmement.

Pendant une seconde, tout se figea. Puis le Dragon explosa. Les minuscules créatures noires se mirent à tourbillonner autour d'une colonne de feu qui traversa la pièce en direction de Robert telle une tornade. Les murs, le plafond, le sol, tout semblait emporté dans ce tourbillon incandescent.

– J'ai deviné ! cria Robert. Rappelle-toi notre accord ! Tu dois nous libérer et nous dire ce que tu sais de la Liberté.

Un cercle argenté apparut sur le sol, devant ses pieds. Une poignée d'argent s'éleva lentement au centre. La voix du Dragon s'échappa des murs et du plafond :

– La Liberté ! C'est tout notre pouvoir dans une petite boîte en or. Maintenant, partez ! Avant que nous changions d'avis…

– Ça ne suffit pas, protesta Maricée. Tu dois nous en dire plus !

– Partez ! rugit le Dragon.

Robert saisit la poignée et tira dessus de toutes ses forces.

9

Lady Fleet

Maricée regardait Robert, médusée. Il les avait sauvés ! Il avait élucidé l'énigme. Un jour, il faudrait qu'elle lui demande ce qu'est une luciole, mais le moment était mal choisi.

– Maricée ! Aide-moi ! cria-t-il.

Le Dragon continuait de traverser la pièce en tourbillonnant. La peau en feu Maricée alla s'accroupir près de Robert. Elle saisit la poignée et tira en s'arcboutant. La porte bougea légèrement, puis se fendit.

Un puissant souffle d'air s'engouffra dans la pièce, accompagné d'une odeur d'eau croupie. Robert et Maricée regardèrent dans le puits qui venait de s'ouvrir. Des fils d'argent brillaient au fond. Les deux enfants échangèrent un regard inquiet.

– Lady Walbrook ? articulèrent-ils d'une même voix.

Ils fixèrent le puits, hésitants. Lequel des deux était le plus redoutable : Lady Walbrook ou le Dragon ?

– Euh… Maricée, commença Robert.

– Quoi ?

– Je crois que ça rétrécit.

Elle posa un doigt contre le bord du trou. Il se déplaça lentement vers le centre. Robert avait raison.

– Menteur ! s'écria-t-elle. Tu avais promis de nous libérer !

Une tête surgit de la spirale de feu. La langue du Dragon se déroula dans une gerbe d'étincelles blanches, brulantes.

– Vous êtes libres de partir, mais le puits ne restera pas ouvert indéfiniment, prévint le monstre. Cela ne dépend pas de notre magie. Partez immédiatement, ou restez si vous le souhaitez. Nous en serions très heureux !

– Maricée ? répéta Robert.

Elle jeta un coup d'œil au puits. Il avait encore rétréci. Il serait bientôt trop étroit pour qu'ils s'y introduisent.

– Je m'en souviendrai, Dragon ! cria-t-elle.

La créature ne répondit pas, mais un sifflement s'éleva dans l'air, semblable à un rire.

Maricée s'assit au bord du trou, les jambes dans le vide.

– Je ne risque rien, chuchota-t-elle. Je suis la petite-fille de la Gardienne des Puits. Je ne peux pas me faire mal…

Le trou avait encore rétréci. Si elle ne sautait pas maintenant, il serait trop étroit pour que Robert la suive. Prenant appui sur les mains, elle repoussa le sol et se jeta dans le vide.

Maricée tomba un court instant, avant d'être interceptée par une toile de fils d'argent humide. L'eau se referma au-dessus de sa tête, douce et brillante. Si la toile ne l'avait pas retenue, le courant l'aurait emportée. Étrangement, elle pouvait respirer et garder les yeux ouverts. Des lueurs argentées scintillaient autour d'elle, tels des poissons silencieux. La toile se tendit soudain et la fit remonter à la surface.

La tête de Robert jaillit de l'eau, tout près. Maricée poussa un soupir de soulagement. Ils étaient sains et saufs, mais où ? Elle leva les yeux. Le plafond semblait fait d'argile durcie. Aucune bouche de puits n'était visible.

La jeune fille bougea les pieds. Elle était sur un amas de pierres, immergée jusqu'à la taille dans un canal nimbé d'une lumière argentée, qui traversait une vaste pièce, dans toute sa longueur. Une lourde table de pierre trônait à une extrémité, couverte de bocaux en verre pleins d'eau brillante. Des alcôves de différentes tailles bordaient les murs. Chacune était meublée d'un banc de pierre et d'une jarre d'eau lumineuse, suspendue à un crochet. Des bocaux identiques s'alignaient au bord du canal. Entre les alcôves, de petites niches abritaient des statues de femmes vêtues de robes longues.

Robert sortit de l'eau. Ses vêtements séchèrent à vue d'œil, passant du foncé au clair en quelques secondes.

Maricée l'imita. Le poids de sa robe trempée s'allégeait à chacun de ses pas.

– On se croirait dans une église, murmura le garçon.

Elle acquiesça.

« C'est à cause du silence », songea-t-elle. Les bocaux de verre auraient pu abriter des cierges, et la table en pierre ressemblait à un autel.

– C'est toi ?

La voix venait d'une alcôve dissimulée derrière un paravent de bois. Les mots furent suivis d'une quinte de toux, et l'air se chargea d'humidité.

– Qui est-ce ? chuchota Robert.

– Aucune idée.

Maricée aurait aimé pouvoir répondre. Si cet endroit appartenait à Lady Walbrook et aux Chads, elle aurait dû connaitre son existence. Hélas, c'était encore un des secrets de sa grand-mère.

– C'est toi ? insista la voix.

Elle était faible et chevrotante, comme celle d'une femme âgée.

– Viens, approche-toi de…

Le dernier mot se perdit dans une nouvelle quinte de toux.

« Cette pauvre femme souffre de la fièvre des geôles », songea Maricée. Elle entendait les quintes de toux interminables qui secouaient les détenus, au sous-sol de la prison de Newgate, quand elle aidait Mamie à leur passer des fioles d'eau à travers les barreaux. Les gémissements et les appels au secours qui s'échappaient des cellules crasseuses la terrifiaient, autant que la vision des doigts sales et croutés qui surgissaient entre les barreaux pour mendier des pièces de monnaie. Selon Mamie, la fièvre tuait plus de prisonniers que le triple gibet.

– S'il te plait...

La voix était à peine plus forte qu'un souffle.

– Si tu es la petite-fille de Madame Blackwell, je dois te parler. Mais vite, avant le retour de Lady Walbrook.

– Vous savez qui je suis ? s'étonna Maricée.

– Oui !

Chaque mot semblait épuiser davantage son interlocutrice.

– Approche !

Maricée se dirigea vers l'alcôve cachée. Robert la retint.

– Tu es sûre que c'est sans danger ?

– Non.

Maricée se frotta les poignets. Les liens de Lady Walbrook avaient laissé des marques douloureuses sur sa peau.

– Mais je pense que la personne qui est là-bas ne nous veut aucun mal, ajouta-t-elle.

Elle s'approcha de l'alcôve. La puanteur s'accentua. Une femme âgée était étendue sur un lit, sous une couverture. Ses mains posées sur son cœur étaient enflées, son visage couvert d'ecchymoses... ou de crasse, c'était difficile à dire. Les cordons de son bonnet étaient détachés, et sa tête reposait sur l'étoffe. Ses fines mèches de cheveux blancs étaient maculées de terre. Elle avait les yeux fermés et, lorsqu'elle respirait, l'odeur fétide se diffusait dans l'air.

Elle leva une main et cligna des paupières.

– Approche-toi.

Maricée obéit en retenant son souffle.

– Apporte-moi de l'eau.

Maricée courut chercher un bocal à l'extrémité du canal et le rapporta dans l'alcôve.

– Trempe la main dedans, souffla la femme. Asperge-moi.

L'eau était glacée. Quand Maricée y plongea le bout des doigts, l'air fraichit subitement. Elle en projeta quelques gouttes au-dessus du lit. À côté d'elle, Robert prit une grande inspiration. Au contact de l'eau, la peau de la vieille femme s'éclaircit, et elle ouvrit des yeux d'un blanc osseux, mouchetés de noir. Elle se souleva sur les coudes.

– Je suis faible depuis si longtemps..., soupira-t-elle. Dans ma jeunesse, j'étais puissante, une force de la nature. Je courais jusqu'à Thames Rex en longeant cet endroit que vous nommez Battle Bridge. Je poussais contre mes berges, comme si aucun lit ne pouvait me contenir.

Maricée comprit enfin.

– Vous êtes Lady Fleet, dit-elle.

Lady Fleet inclina faiblement la tête.

– C'était ma rivière. Mais qui peut résister au poison pendant des siècles et des siècles ? Vous m'avez souillée en jetant vos déchets dans mes eaux. Je suis à bout.

– Je suis désolée, dit Maricée. Sincèrement.

Un petit signe de tête accueillit ses paroles.

– Je te crois. Mon chagrin est immense. Je t'ai sentie arriver. Je ne sais pas comment tu es entrée ici. Peut-être la chance sourit-elle aux rivières mourantes.

– Mourantes ?

Maricée fit un pas vers elle. Lady Fleet leva la main.

– Laisse-moi parler. Nous avons peu de temps. Vous êtes dans le Mithraeum. Aucun Solide n'est entré ici depuis que ma sœur Walbrook a demandé aux Romains d'édifier ce temple au bord de sa rivière, si puissante autrefois. C'est ici que nous soignons nos malades.

– Vous allez guérir, alors ? demanda Robert.

– Non, mon enfant, répondit Lady Fleet. Mon temps est révolu. C'est pourquoi je dois vous parler. Ensuite, vous partirez.

Maricée vit Robert promener un regard autour de lui, à la recherche d'une porte dans l'alcôve. Lady Fleet esquissa un sourire, qui s'effaça aussitôt.

– N'oublie pas que tu es dans le domaine de Walbrook, mon enfant. Il est fait pour les gens comme nous, pas pour les Solides. Mais je trouverai un moyen de vous faire sortir, soyez sans crainte.

Robert fronça les sourcils.

– Pas d'énigmes, s'il vous plait.

Lady Fleet soupira – ou était-ce un rire ?

– C'est donc ainsi que vous êtes arrivés ici. Grâce à une énigme !

Elle laissa échapper un nouveau rire.

– J'espérais qu'après tous ces siècles, les Dragons seraient moins prévisibles.

Elle tenta de s'assoir dans son lit. Ses ongles griffèrent la couverture.

– Le bruit court qu'une étrange maladie sévit à Londres…

– Une maladie du sommeil, confirma Maricée. Elle vient de l'Éther. Robert et moi essayons de la combattre.

– On pense que quelqu'un veut s'emparer de la Liberté, ajouta Robert. Cette personne a lancé des somnambules à sa recherche, et…

Lady Fleet leva à nouveau la main pour l'interrompre. Une larme coula sur son visage.

– Dites-moi : qu'est-ce qui maintient les gens endormis dans l'Éther ? demanda-t-elle d'une voix tremblante.

Une autre larme suivit le chemin tracé par la première.

– Ils rêvent d'êtres chers qui sont morts, expliqua Maricée. Leurs rêves sont si réels qu'ils ne veulent pas se réveiller.

– Je comprends maintenant pourquoi mon cœur est si troublé.

Lady Fleet marqua une pause pour reprendre son souffle.

– Aucun élémentaire ne peut pénétrer dans l'Éther, et aucun Solide n'a le pouvoir de le changer. Mais cette tristesse…

Elle inspira plusieurs fois avant de poursuivre :

– C'est celle que les Solides éprouvent quand une vie s'est achevée trop tôt.

Robert détourna le regard et fixa le sol.

– Il y a quelques années de votre temps humain, j'ai essayé d'aider une enfant. Je crains d'être arrivée trop tard.

C'est ainsi que j'ai connu cette tristesse. La fillette en était emplie et je l'ai éprouvée, moi aussi.

Lady Fleet passa une main dans ses fins cheveux.

– On l'avait jetée dans ma rivière, plus morte que vive. Comment les Solides peuvent-ils être si cruels envers les leurs ? Je l'ai mise à l'abri. Ou du moins, je le pense. Ma mémoire est défaillante.

Lady Fleet soupira.

– Lady Walbrook m'a amenée ici peu de temps après. La tristesse de la fille était si intense qu'elle s'est répandue en moi, se mêlant à ma propre maladie.

– Où est la fille aujourd'hui ? demanda Maricée.

Lady Fleet haussa les épaules. L'effort l'avait épuisée.

– J'ai demandé à Lady Walbrook de la chercher. Elle m'a dit qu'elle ne l'avait pas retrouvée. Je me suis toujours demandé ce qui lui était arrivé. Peut-être étais-je vraiment arrivée trop tard. Mais cette maladie est apparue, et elle m'est étrangement familière...

Maricée s'accroupit près de Robert. Enfin une information utile !

– Qui était cette enfant, Lady Fleet ? demanda-t-elle. Connaissez-vous son nom ?

– Je suis désolée. Je ne l'ai jamais su.

Lady Fleet inclina la tête, alertée par un bruit.

– Partez, vite ! Lady Walbrook revient !

– Dites-nous ce que vous savez sur cette fille ! l'implora Robert. S'il vous plait, Lady Fleet. Tout ce qui pourrait nous aider...

Lady Fleet se rallongea sur son lit et tira la couverture sur elle.

– Ma sœur n'est guère patiente. Elle se mettra en colère si elle vous trouve ici. Vous allez sortir par le puits situé au-dessus de mon lit. Tenez-vous prêts.

Maricée se redressa. Lady Fleet se rappelait forcément autre chose, même un tout petit détail. Elle brulait de lui poser encore quelques questions. Seulement, elle n'avait pas envie de croiser Lady Walbrook…

Hélas, il était trop tard. Le bocal vide que Maricée tenait à la main lança des éclairs argentés et l'odeur de pourriture s'estompa comme par enchantement. L'air sentait le champ humide.

– Fleet, ma sœur ?

Lady Walbrook était juste derrière le paravent.

Lady Fleet ferma les yeux et crispa les doigts sur la couverture. Ses lèvres remuèrent, mais aucun son n'en sortit.

Robert leva un doigt.

– Maricée, regarde ! Là-haut ! articula-t-il tout bas.

Un cercle presque imperceptible était apparu dans le plafond incurvé. Une main écarta brusquement le paravent, qui s'abattit au sol avec fracas.

– Vous ! Comment osez-vous !

Des taches bleues, vertes et gris argenté se déplaçaient sous la peau de Lady Walbrook. Ses yeux pâles étaient constellés de taches sombres, comme ceux de Lady Fleet.

– Aucun Solide n'entre ici sans ma permission !

Elle fit un pas vers les enfants. Sous sa peau, les couleurs foncèrent et dessinèrent des spirales inquiétantes.

– *Personne* n'entre ici sans ma permission, précisa-t-elle.

– Calme-toi, ma sœur, intervint Lady Fleet. Ils n'ont rien fait de mal.

Lady Walbrook s'avança encore. Des filaments d'argent serpentaient dans ses cheveux.

– Bien sûr que si ! Ils nous détournent. Nous canalisent. Nous volent et remplacent ce qu'ils ont pris par de la crasse. Ils t'ont empoisonnée, Lady Fleet !

Le cercle au plafond était plus lumineux à présent, comme s'il consumait la brique. Le cœur de Maricée battait à tout rompre. Les cicatrices pâles sur ses poignets palpitaient.

– Lady Walbrook, nous ne voulions pas entrer ici, dit-elle. Nous sommes désolés !

Un filet de liquide argenté coula sur le menton de Lady Walbrook et s'accumula dans le creux de sa clavicule.

– Je ne vous crois pas ! Ce sont eux qui vous envoient, n'est-ce pas ? Les Dragons ou les Fumis. Ils m'espionnent !

– Non, Lady Walbrook !

Le trou était plus large et plus sombre qu'auparavant. Un point lumineux brillait au centre.

– Partez vite ! les pressa Lady Fleet. Je ne pourrai pas laisser le portail ouvert très longtemps.

Les bords du trou semblaient assez solides pour que Maricée s'en saisisse et se hisse à l'extérieur.

– Robert ! Allons-y !

– Lady Fleet, pouvez-vous nous en dire plus ? insista le garçon. Cette fillette est peut-être un indice important.

– Notre temps est écoulé, murmura Lady Fleet. Adressez-vous aux morts. Posez-leur vos questions. Ils savent tout.

Elle ferma les yeux et le cercle vacilla.

– Robert ! insista Maricée. Sortons avant que le trou se referme !

Son ami se leva enfin.

– Merci, Lady Fleet.

Un coup de fouet claqua, et le garçon se figea. Un mince ruban d'eau argentée sortit de la bouche de Lady Walbrook et s'enroula autour de son torse.

– Tu es protégée, petite-fille de la Gardienne des Puits, mais pas lui, dit Lady Walbrook. Vous êtes entrés dans mon temple. Cet acte ne peut rester impuni.

Lady Fleet ouvrit les yeux. Ils étaient complètement noirs.

– C'est moi qui les ai invités, Lady Walbrook, dit-elle. Laisse-les partir.

Robert tressaillit quand le ruban se resserra autour de sa poitrine. Lady Walbrook et Lady Fleet échangèrent un long regard et le ruban retomba en boucles humides aux pieds de Robert.

– Si vous revenez m'importuner, je ferai en sorte que personne ne puisse vous aider, prévint Lady Walbrook.

Elle leur tourna le dos et se dirigea vers la table de pierre. Au plafond, le portail d'argent se remit à scintiller.

– Passe le premier, proposa Maricée.

Il sauta en l'air, agrippa les bords du trou et se hissa au travers. Maricée grimpa sur le lit et, avec l'aide de Robert, bondit dans le trou comme un diable à ressort.

Une rafale glacée faillit lui arracher son bonnet.

– Où est-on ? demanda-t-elle.

– Exactement là où on doit être, répondit le garçon. Parmi les morts.

10

Le Fumi

Maricée était assise sur les dalles d'un sentier. Le portail par lequel elle s'était faufilée un instant plus tôt avait disparu. Elle se leva lentement et épousseta sa jupe. Le chemin serpentait au cœur d'un cimetière, près d'une église coiffée d'un grand dôme de cuivre et flanquée d'une tour de pierre. En face de l'édifice, de l'autre côté d'une allée étroite, se dressait la façade arrière d'un manoir. Maricée reconnut la pierre immaculée de Mansion House. L'église devait être bâtie sur la rivière Walbrook. À quelques mètres de là, derrière ce mur, se trouvaient les gardes et un Dragon tout disposés à les tuer. Sous leurs pieds, Lady Walbrook complotait ses projets de vengeance. Il était temps de filer.

Robert examinait une sépulture. Il se tourna vers Maricée et embrassa d'un geste les rangées de monticules et de pierres tombales.

– Lady Fleet nous a conseillé de nous adresser aux morts. Mais comment savoir lesquels interroger ? Il y en a des centaines…

Maricée indiqua Mansion House d'un signe de tête.

– Il faut le découvrir très vite. Je ne serais pas étonnée que des archers patrouillent dans le coin.

Robert s'approcha d'une tombe.

– Ce n'est pas un hasard si Lady Fleet nous a fait sortir dans ce cimetière, dit-il. Elle devait penser aux morts qui sont enterrés ici.

– La porte donnait dessus, voilà tout, objecta Maricée. Imagine qu'elle se rouvre et que Lady Walbrook en sorte ! À moins qu'on soit abattus avant par les archers de l'orfèvre. On ne peut pas rester là !

Robert se campa devant elle, les mains sur les hanches.

– Où veux-tu aller ? Lady Fleet essayait de nous aider, c'est évident.

– Comment ? Elle n'a même pas pu nous donner le nom de l'enfant.

– Elle ne le connaissait pas ! protesta le garçon. Je suis sûr qu'on n'est pas arrivés ici par hasard. Il y a un indice quelque part.

Il tourna le dos à son amie et s'aventura entre les tombes.

Maricée inspecta les dalles autour d'elle. Il lui aurait fallu plusieurs jours pour toutes les examiner, et elle ne savait même pas ce qu'elle cherchait. La lumière déclinait déjà, bien que l'après-midi fût à peine entamé. Le crépuscule tombait de bonne heure, comme pour endormir les Londoniens qui n'avaient pas encore attrapé la maladie. Ils n'avaient guère avancé dans leur enquête, et Maricée ne voulait pas se retrouver dans le cimetière à la nuit tombée. Ni en plein jour, d'ailleurs. Mais Robert avait raison : ils n'avaient pas d'autre piste.

Un petit morceau de papier voleta à travers le cimetière et s'accrocha aux ronces. Il se libéra, se posa sur des brins d'herbe irréguliers, puis décolla à nouveau et flotta vers Maricée. Il effleura son nez avant de se poser sur une tombe. Elle aurait aimé pouvoir voltiger ainsi, d'un endroit à l'autre.

Criic !

Le crissement déchira le silence. Les deux enfants regardèrent autour d'eux. Était-ce un cri d'oiseau ? Maricée n'en avait pas vu un seul, pas même une tourterelle.

Criic !

Le bruit venait d'en haut, dans les parages du clocher. La girouette dorée oscillait frénétiquement.

– C'est bizarre, il n'y a pas de vent, observa Robert en revenant vers Maricée.

La girouette pivota soudain sur son axe pour indiquer l'ouest. Maricée se leva d'un bond.

– Elle nous montre la direction à prendre !

La girouette se remit à tourner. À présent, elle pointait vers l'est.

– Tu crois ? demanda Robert, dubitatif.

– C'est censé nous aider ? lança Maricée à la cantonade. Parce que ça ne sert à rien !

Un nuage de fumée s'enroula autour de la girouette, qui s'emballa. Au bout de quelques secondes, elle ralentit et s'arrêta en grinçant, tandis que le nuage sombre s'étirait, tel un oiseau déployant ses ailes. Il s'éloigna du clocher et dériva vers le cimetière. Maricée n'en croyait pas ses yeux. Était-ce vraiment ce qu'elle pensait ?

– C'est un Fumi, Robert ! s'écria-t-elle, surexcitée. Un esprit de l'air !

Le Fumi était long et fin, semblable à la fumée qui s'échappe d'une cheminée par un jour de grand vent. Sa tête était large comme une pelle, son corps, aussi mince qu'un manche à balai.

– Ce n'était pas agréable, se plaignit la créature d'une voix fine et métallique qui irrita les tympans de Maricée.

Un petit tourbillon noir lui tenait lieu de bouche, et deux fentes dans la fumée indiquaient l'emplacement de ses yeux.

– Je n'avais pas tournoyé depuis 1666. J'aurais préféré m'en dispenser. Quand votre Mr Wren a bâti ces nouvelles églises, il a changé les girouettes. Je ne m'y fais pas.

Le Fumi se comprima pour former une épaisse colonne noire.

– Vous, les Solides, vous avez l'art de tout saboter.

Maricée serra les dents. Pourquoi le premier Fumi qu'elle rencontrait se montrait-il aussi désagréable ?

Les élémentaires étaient-ils tous aussi grossiers ? Pas étonnant qu'ils soient perpétuellement en guerre les uns contre les autres !

– Il n'y a pas que les girouettes, continua le Fumi sur le ton du reproche. Que dire de toutes ces fumées infectes que vous envoyez dans le ciel ? L'air est si lourd que même un Solide pourrait marcher dessus. Et maintenant, même vos rêves sont infectés ! Pourquoi détruisez-vous votre environnement ?

– Je... euh...

Robert regardait le Fumi avec stupeur. Il recouvra enfin ses esprits et lui fit une profonde révérence.

– C'est un honneur de vous rencontrer, affirma-t-il.

Maricée se demanda combien de fois par jour il devait s'incliner devant Lady Hibbert.

– Lady Fleet nous a suggéré de demander conseil aux morts pour arrêter la maladie, mais on ne sait pas comment s'y prendre, continua le garçon. Pouvez-vous nous renseigner ?

La bouche sombre du Fumi tourbillonna comme un minuscule vortex.

– Non.

– Ah..., fit Robert, déçu.

– Je ne suis pas autorisé à vous aider, expliqua le Fumi. Le pacte nous impose d'avoir un minimum de contacts avec les Solides, et cela nous convient très bien.

Il enfla, puis se comprima.

– Mais le pacte autorise les faveurs.

– Les faveurs ? répéta Maricée, intriguée.

– N'est-ce pas le mot correct ? demanda le Fumi. Je parle le langage des moineaux, des cheminées et des girouettes, mais mon solide laisse à désirer.

– Ça veut dire que tu peux nous aider ? s'enquit Maricée.

– Nous pouvons nous aider mutuellement, rectifia le Fumi. Échanger des faveurs. J'ai un ami, qui se prénomme…

Il émit un bruit semblable au crissement d'un clou sur une enclume. Maricée frissonna et se retint de se boucher les oreilles, de peur de paraitre impolie… même si le Fumi n'était pas un modèle de courtoisie.

– C'est son nom en langage de girouette, expliqua celui-ci. La première langue vocale que nous apprenons. En fumi, on l'appelle…

Une tache rose de la taille et de la forme d'un pétale fleurit autour de sa bouche, avant de s'estomper.

– Les Solides sont incapables de prononcer nos noms correctement, signala-t-il.

– Vous voulez qu'on aide votre ami ? demanda Robert.

– Je vous demande de le trouver.

Robert fronça les sourcils.

– Où l'avez-vous perdu ?

– Il s'est perdu tout seul.

L'esprit de l'air secoua sa tête en forme de pelle.

– Il est curieux et refuse de suivre les règles. Nous autres Fumis sommes rarement autorisés à descendre plus bas que les toits, mais mon ami est d'une curiosité insatiable. Il s'aventure dans des lieux interdits. Il va même…

Sa bouche dessina une moue réprobatrice.

– Il va même sous la terre. On l'a aperçu pour la dernière fois dans la région de Montagu House, dans le quartier de Bloomsbury. Je crois qu'il y a là ce qu'on appelle un *musée*. Mon ami a entendu dire qu'il est plein de curiosités, comme lui. Il a voulu les voir.

Maricée ne savait pas de quoi parlait le Fumi, mais Robert hochait la tête d'un air entendu.

– Il y a un musée à Montagu House, confirma-t-il. Tout près du manoir des Hibbert. Certains amis de Lady Hibbert l'ont visité.

– Trouvez mon ami, et je vous aiderai, marchanda le Fumi.

Maricée soupira discrètement.

– On voudrait bien t'aider, mais la maladie se répand à toute vitesse. Nos amis rêvent dans l'Éther et ne se réveilleront pas, à moins que…

– À moins que quelqu'un les réveille pour les envoyer rechercher la Liberté, acheva Robert. Lady Walbrook dit que celui ou celle qui s'en emparera pourra créer une nouvelle Londres.

Le corps du Fumi ondula.

– Londres m'est bien égale, qu'elle soit ancienne ou nouvelle. Nous survivrons. Mais mon ami me manque autant que les vôtres vous manquent. J'ai peur que le mien se soit fait piéger.

– Où ça ? demanda Maricée.

– Je ne sais pas. Je ne vais jamais sous la terre.

Maricée avait du mal à imaginer que cette créature de fumée et d'air puisse flotter sous terre, en effet.

– Tu veux dire qu'il est prisonnier d'un puits ou d'un tunnel ?

– Ces mots blessent mes oreilles, quelle que soit la langue dans laquelle on les prononce, gémit le Fumi. Mais oui, je crois que c'est là qu'il se trouve. Il s'est probablement égaré dans un endroit interdit et un Magog, ou un de vos bien-aimés Chads, le retient.

Maricée et Robert échangèrent un regard perplexe. Le Fumi leur demandait-il de combattre un autre élémentaire ?

– Si j'ai bien compris, tu ne nous aideras pas tant qu'on n'aura pas retrouvé ton ami ? dit calmement Maricée.

Le Fumi devint si pâle que seule sa bouche restait visible.

– Nous ne sommes pas comme les Dragons ! Nous ne trahissons pas nos promesses. Je commencerai par vous aider. Si vous réussissez, c'est vous qui devrez me rendre service.

– D'accord ! s'exclama Maricée, enthousiaste. Si tu nous aides, on cherchera ton ami. Je te le promets.

– Tu es sûre ? demanda Robert. Comment s'y prendra-t-on ?

– On ira à Bloomsbury, autour du musée. Et Mamie nous aidera ! ajouta-t-elle, pleine d'espoir.

Ignorant le regard interrogateur du garçon, Maricée s'inclina devant le Fumi.

– Nous acceptons ton offre. Une faveur en échange d'une faveur. Maintenant, révèle-nous comment les morts peuvent nous aider.

Le Fumi était si mince que Maricée apercevait le bout de papier posé sur la pierre tombale, derrière lui.

– Suis ton nez, répondit-il.

Sur ces mots, il s'envola, laissant derrière lui une forte odeur de cendre de bois. Puis l'odeur s'évanouit.

– Non ! cria Maricée. Ce n'est pas de l'aide ! Ça ne…

Le morceau de papier se détacha de la stèle et flotta vers elle, malgré l'absence totale de vent. Maricée voulut l'attraper, mais il fit un looping et se posa sur son nez. Quand elle voulut s'en saisir, une main invisible le renvoya vers la tombe.

Robert attrapa le papier au vol et le tendit à son amie, qui l'examina. Les deux côtés étaient vierges.

– Qu'est-ce que je fais de ça ? demanda-t-elle.

Elle regarda la girouette qui pointait toujours vers l'est. Était-ce la direction à prendre ? À moins que le papier fût couvert d'une écriture invisible, tracée au jus de citron ? Devait-elle l'enduire de poussière de charbon pour déchiffrer le message ? Elle n'en avait pas sous la main, et surtout, le Fumi n'avait pas de doigts pour écrire…

– Il flottait dans le cimetière, rappela Robert. Peut-être que ce n'est pas le papier qui est important. Peut-être qu'il veut juste nous mener quelque part.

– Exact, dit Maricée. À mon nez. Et je sais déjà où il est.

Robert tapota la pierre tombale.

– Il s'est posé ici. Juste après ton nez.

– On est dans un cimetière. Ce n'est pas étonnant qu'il ait atterri sur une tombe.

– Mais pourquoi celle-ci ? Il s'y est posé deux fois. À qui appartient-elle ?

– Je ne sais pas. Elle est tout près de toi. Lis l'épitaphe !

– Je préfèrerais que tu le fasses, dit Robert tout bas.

Maricée n'était pas d'humeur à jouer. Le ciel s'assombrissait et l'air avait des reflets jaunâtres qui ne devaient rien au soleil.

– Pourquoi ? grommela-t-elle. Tu ne sais pas li...

Robert la regarda fixement.

– Oh..., fit-elle, penaude.

Pourquoi avait-elle supposé que son ami savait lire ? Tout le monde n'avait pas eu sa chance. Mamie lui avait enseigné la lecture quand elle était petite.

– Désolée... Je ne savais pas.

Robert haussa les épaules et détourna le regard. Maricée s'accroupit près de la tombe et déchiffra à haute voix l'épitaphe à moitié effacée.

Ci-gît Mrs Mary Heskew, épouse de Robert Heskew, qui a quitté ce monde en dégustant une glace à Hyde Park.

– Pauvre Mary, murmura-t-elle. Quelle curieuse façon de partir. Tu crois que la glace est un indice ? demanda-t-elle à Robert.

Lady Fleet leur avait conseillé de s'intéresser aux défunts. Y avait-il un marchand de glace mort à interroger ? Maricée n'en connaissait aucun. Personne, dans son village, n'avait jamais gouté de crème glacée. Elle non plus.

La jeune fille plaqua une main devant sa bouche. Mais oui, bien sûr ! Ce n'était pas la glace qui était importante !

– Hyde Park ! s'écria-t-elle. C'est l'indice. C'est là qu'il faut aller !

– Je connais ce jardin, signala Robert. J'y accompagne Lady Hibbert tous les mardis. Elle rencontre des amies, avec qui elle parle de leurs amies communes.

Les gens n'étaient pas les seuls à bavarder là-bas. Un jour, Mamie en avait parlé à Maricée :

– C'est plein de ruisseaux et de rivières, avait-elle dit. Ils discutent, se plaignent du nouveau lac Serpentine et des aqueducs. Il y a aussi d'autres choses, dont il vaut mieux ne pas parler.

– Quoi ? avait demandé Maricée.

Sa grand-mère avait réfléchi un instant avant de répondre :

– Les fantômes pullulent à Hyde Park. C'est à se demander comment les vivants y trouvent encore leur place. La potence est juste derrière le mur du parc, alors, bien sûr, certains ne sont guère présentables. Je sais qu'ils colportent volontiers quelques ragots, à l'occasion, mais je n'ai jamais eu affaire à eux.

Maricée effleura la pierre tombale de Mrs Heskew du bout des doigts.

– Il y a plein de morts qui parlent aussi, murmura-t-elle.

– Tu veux dire… des fantômes ? s'enquit Robert.

Elle acquiesça.

– Mais si tu ne veux pas venir…

Il hésita un moment.

– Tu connais le chemin ?

– Oui, je crois.

– Alors, en avant !

Ils se faufilèrent dans la ruelle qui longeait l'arrière de Mansion House et traversèrent un chantier naval, sautant par-dessus des amas de planches et des rouleaux de corde, pour déboucher sur la route de Cheapside.

– En longeant la Tamise, on arrive à Westminster, dit Maricée. Il suffira de bifurquer vers le nord en chemin.

Londres était étrangement silencieuse. Maricée n'entendait que le crissement de ses bottes sur le sol, les pas souples de Robert et leur souffle rapide. Aucun raclement de roues de charriot, nul claquement de sabots... Les marchands avaient disparu. Peut-être s'étaient-ils barricadés dans leurs riches demeures.

Ils ne virent pas davantage de mendiants. Maricée supposa qu'ils étaient plongés dans un sommeil béat. Elle frissonna.

Une silhouette surgit d'une porte cochère et fondit sur elle. C'était un grand homme âgé. Son gilet rayé, auquel il manquait tous les boutons, laissait apparaitre un torse nu et décharné. Une cravate écarlate était nouée autour de son cou. Il clignait les yeux, comme ébloui.

– Mam'zelle !

Il ouvrit et referma le poing.

– Dis à Madame Blackwell de se rendre, mam'zelle ! Vous ne pouvez pas gagner.

Des volutes de brume jaune s'échappèrent de sa bouche. Une douleur sourde envahit la nuque de Maricée et se propagea dans son crâne. Quelque part, dans le lointain, une voix de femme chantait un air triste et tendre, ponctué de coups de cymbales. Maricée essaya de contourner le vieil homme. Il battit des paupières et vacilla.

– Mam'zelle, s'il te plait !

Il tira sur le tablier de Maricée.

– Mam'zelle, s'il te plait ! Elle a promis !

– Laissez-la tranquille !

Robert tentait de repousser le mendiant, quand une autre personne sortit de sous le porche. Bien qu'elle se fût débarrassée de son balai, Maricée reconnut la vieille femme qui balayait la rue devant Mansion House. Elle agrippa la manche de Robert de ses doigts osseux.

– Elle sait tout de toi, croassa la balayeuse. Elle sait qui tu as perdu. Si tu l'aides, elle te laissera le revoir. Elle a promis.

– Elle sait ? répéta Robert d'une voix faible. Elle a promis ?

– Où est Madame Blackwell, mam'zelle ?

Le mendiant planta les ongles dans l'épaule de Maricée.

– Dis-moi, mam'zelle! Aide-moi, mam'zelle !

L'haleine colorée des somnambules flottait autour d'eux, et... Maricée avait-elle la berlue, ou celle de Robert était-elle teintée de jaune, elle aussi ?

Les paupières du garçon papillotaient.

Maricée repoussa le mendiant et attrapa la main de son ami.

– Cours ! cria-t-elle.

Le garçon hésita un instant, confus, puis se ressaisit. Ils contournèrent la balayeuse et détalèrent. Peu après, Maricée commença à haleter. Elle avait un point de côté et le souffle court. Un chien surgit d'une ruelle et trottina à leurs côtés.

– Tu crois qu'il est malade aussi ? demanda-t-elle sans ralentir.

– Son souffle est clair, observa Robert.

Il avait raison. Mais n'était-ce pas un Chad que Lady Walbrook avait envoyé pour les espionner ? Les Chads pouvaient prendre n'importe quelle apparence. Ce chien était de petite taille. Son poil marron était tacheté de blanc, et il lui manquait la moitié de la queue. Maricée voulut accélérer pour le semer, mais elle avait l'impression qu'on lui déchirait la poitrine.

– J-j'ai besoin de ralentir, avoua-t-elle, les jambes flageolantes.

Elle continua en marchant, mais même cela lui coutait. Sa gorge la brulait et les cailloux du chemin meurtrissaient ses pieds à travers ses semelles. Robert calqua son pas sur le sien, la respiration sifflante. Le chien ralentit aussi et agita son bout de queue. Puis il les devança en trottant, urina contre un réverbère et fila.

Ce n'était donc qu'un chien. Il restait des choses normales dans cette ville malade.

– On continue ? demanda Maricée.

Robert s'essuya le front et hocha la tête.

Maricée ordonna à ses jambes de se remettre en mouvement. Devant eux, le dôme pâle de la cathédrale Saint-Paul luisait dans la pénombre. Ils traversèrent le cimetière désert. Hyde Park était encore loin. Maricée était fatiguée et sa tête la faisait souffrir. Elle se sentait comme un petit bateau luttant contre le courant de la Tamise.

Les lieux lui étaient familiers, c'était déjà ça. Ils étaient sur Ludgate Street non loin de Fleet Bridge. Maricée était venue dans le quartier avec sa grand-mère deux mois plus tôt, pour inspecter les puits. Ce jour-là, les rues étaient en proie à un vacarme inhabituel. Une pendaison était annoncée à Tyburn, et la foule se bousculait pour voir passer le charriot qui transportait les condamnés depuis la prison de Newgate. Tout en se frayant un chemin à coups de coude dans le flot des badauds hilares, Mamie avait marmonné des mots que sa petite-fille n'aurait certainement pas dû entendre.

Maricée perçut soudain un mouvement dans son champ visuel. Son cerveau cria « sanglier ! » au moment où la bête chargeait.

– Cours ! Vite !

Qui avait crié ? Elle ou Robert ?

La créature était si proche que Maricée en captait le moindre détail. La pointe acérée de ses défenses, le cercle de son groin, ses yeux noirs qui semblaient la happer dans leurs ténèbres. Et cette odeur ! La puanteur des cellules de prison infâmes mêlée à des relents d'abattoirs... La bête fonça sur elle en couinant, les poils de la tête hérissés comme des épingles de couturière. Maricée avait déjà vu cette créature. C'était le sanglier de Fleet Ditch, un esprit d'eau et de brume, appartenant à la cour des Chads. En toute logique, il devrait la traverser sans qu'elle sente quelque chose, mais ses sabots étincelants et ses défenses acérées n'en étaient pas moins impressionnants. Robert tenta de l'écarter de sa trajectoire, mais elle était trop épuisée pour faire ne fût-ce qu'un pas de côté.

– Tu ne peux pas me faire de mal ! cria-t-elle. Je suis la petite-fille de Madame Blackwell.

– Je sais qui tu es, ma belle.

Maricée aurait reconnu cette voix aimable et pétillante entre mille.

– Lady Turnmill ? C'est vous ?

Lady Turnmill, qui venait de se matérialiser à l'entrée du pont de Fleet Bridge, tenait le sanglier par le groin. Maricée se sentit aussitôt débarrassée de la terreur qui l'accablait, comme si on l'avait trempée dans une eau fraiche et tumultueuse. La dernière fois qu'elle avait vu Lady Turnmill, dans la cour des Chads, sa silhouette était pâle et vacillante. À présent, elle semblait aussi réelle qu'un vendeur de tourtes. Le sanglier aussi.

La créature racla le sol de ses sabots et secoua sa tête pour tenter de se libérer. Elle parvint à gronder la gueule fermée.

– Ditch prend son rôle de gardien très au sérieux, commenta Lady Turnmill.

Le sanglier grogna et aplatit ses oreilles hirsutes.

– Arrête tes bêtises, Ditch ! commanda Lady Turnmill.

L'intéressé secoua la tête. Des gouttelettes sombres jaillirent de sa fourrure.

– Tu ne l'as pas reconnue ? poursuivit Lady Turnmill. C'est Maricée Blackwell. Tu es un excellent gardien, mais tu ne peux pas attaquer la petite-fille de la Gardienne des Puits.

Le sanglier recula, penaud. Lady Turnmill, qui le tenait toujours par le groin, leva les yeux au ciel.

– Tous les Solides ne se ressemblent pas, Ditch. Tu manques de discernement. Mais si tu promets d'être sage, je te libère.

La créature grogna, agita la tête et racla le sol de plus belle.

– Elle ne pouvait pas savoir que tu allais t'arrêter, protesta Lady Turnmill. Elle a juste vu un gros cochon poilu lui foncer dessus.

Lady Turnmill interrogea du regard Maricée et Robert, qui acquiescèrent d'un signe de tête.

Elle relâcha le sanglier.

– Je te laisse partir, mais sois sage !

– Et s'il recommence ? demanda Robert.

Ditch fit un bruit qui ressemblait étrangement à un rire. Il s'éloigna en trottinant, se retourna pour lancer un dernier regard à Maricée, puis disparut derrière les berges de Fleet Ditch. Lady Turnmill reporta son attention sur Robert et Maricée.

– Lady Walbrook a une dent contre vous, n'est-ce pas ? Sa rivière a débordé tantôt. Tous les caniveaux de la City ont été inondés. Ditch a même senti trembler son refuge, sous Fleet Bridge. C'est un signe qui ne trompe pas.

Maricée eut un mouvement de recul.

– Elle vous envoie nous chercher ?

Lady Turnmill éclata de rire.

– Elle se garde bien de me faire faire ses commissions. J'évite autant que possible de croiser son chemin. Vous avez vu ce qu'elle a fait à Sadler ? Mieux vaut éviter de s'attirer ses foudres. Hélas, l'avertissement est un peu tardif, en ce qui vous concerne.

– On ne voulait pas la contrarier, assura Maricée.

– Il en faut peu, convint Lady Turnmill. En tout cas, je vous conseille de redoubler de prudence. Où allez-vous ?

– À Hyde Park, répondit Maricée. Interroger les fantômes. On pense qu'ils savent comment cette maladie a commencé.

– Bonne idée ! approuva Lady Turnmill. Les Transparents savent tout ce qui se passe et adorent avoir de nouvelles personnes à qui parler. Demandez Maitresse Agnès. Elle connait tout le monde. Si vous restez à l'est du parc, loin de la Serpentine, vous serez en sécurité. Enfin, à peu près. Ignorez le moine qui rôde dans les parages.

Lady Turnmill regarda d'un côté et de l'autre de la rue.

– Il faut nous assurer que vous arrivez là-bas sains et saufs.

Elle se tut pour écouter.

– Voilà, dit-elle enfin. Le problème du transport est réglé.

– Merci beaucoup, dit Maricée. Si Lady Walbrook savait que vous nous aidez…

Elle imagina Lady Turnmill prisonnière d'un réseau de fils d'argent, puis changée en sable.

Lady Turnmill hocha la tête.

– Si Lady Walbrook apprend que je vous aide, je ne donne pas cher de notre peau… Mais comment pourrais-je faire autrement ? J'ai connu ta mère et ta grand-mère, et leurs ancêtres avant elles.

Maricée sentit son ventre se contracter.

– Vous avez connu ma mère ?

– Bien sûr ! Petite, elle venait souvent s'assoir sur mes berges pour me parler. Elle est même passée me dire au revoir, le jour de son départ. Tu étais si petite... un simple filet d'eau. Quel plaisir j'ai eu à vous voir toutes grandir. Ah...

Elle se tourna vers Ludgate Hill.

– Votre voiture approche.

Lady Turnmill disparut. Robert tapota le bras de Maricée.

– Ta mère te manque ? lui demanda-t-il.

Elle haussa les épaules.

– Je m'en souviens à peine.

– Oui, mais...

– Écoute ! Tu as entendu ? Cachons-nous ! Ça m'étonnerait qu'ils nous veuillent du bien.

Robert soutint un instant son regard, puis hocha la tête.

Un crépitement de sabots retentit. Un cheval ? Le raclement métallique de roues. Un carrosse, peut-être. Que faire ? Déjà, en temps normal, Maricée aurait eu peu de chances qu'un tel véhicule s'arrête pour elle. Alors, aujourd'hui, en pleine épidémie...

– Maricée ! Par ici ! appela Robert.

Il était accroupi derrière l'enseigne d'un fabricant de chandelles, de l'autre côté de la rue. Maricée courut se blottir contre lui. La voiture semblait proche, mais c'était difficile d'en être sûr. Dans cette Londres étrange et silencieuse, le son se déplaçait différemment.

Le bruit s'amplifia jusqu'à ce que la voiture apparaisse. Il s'agissait bien d'un carrosse, conduit par un gentleman vêtu d'une longue redingote noire et coiffé d'un tricorne. Le cheval s'arrêta brusquement devant l'enseigne du chandelier, manquant d'éjecter le gentleman perché sur le siège. C'était un homme jeune, à la mine si renfrognée que son nez disparaissait presque dans les plis de son front. Il tenait à la main un fouet aux longues lanières tressées, qui menaçaient de se prendre dans les pattes de l'animal. Il tira sur les rênes en jurant.

– Avance, fichu canasson !

Le cheval hennit et fit quelques pas, de mauvaise grâce. La voiture fit une embardée. Le gentleman leva son fouet.

– Bouge ! Ou je te… oh !

Maricée crut que l'homme l'avait aperçue, mais il regardait en direction de Fleet Bridge. Elle l'imita et vit le sanglier marcher lentement vers la voiture, tête baissée. Chacun de ses pas résonnait comme une cloche. De la vapeur s'échappait de ses narines. Le gentleman laissa tomber son fouet sur les pavés.

– Avance, chuchota-t-il au cheval. S'il te plait…

Celui-ci leva un sabot et le reposa au même endroit en secouant la tête. Ditch grogna. Le cheval s'ébroua. On aurait dit qu'ils se parlaient.

– Tenez-vous prêts, dit Lady Turnmill, qui venait de réapparaitre aux côtés de Maricée.

Au même instant, Ditch chargea. L'homme poussa un cri de frayeur. Maricée ignorait qu'une voix masculine pouvait monter si haut dans les aigus. Le sanglier s'arrêta juste avant de percuter le cheval.

– Gentil petit cochon, minauda le gentleman d'une voix tremblante. Gentil, gentil petit cochon.

Le « gentil petit cochon » se retourna et repartit vers le cours d'eau en trottant. Maricée entendit l'homme pousser un soupir de soulagement. Il sauta à terre, ramassa le fouet.

– Toi, tu ne perds rien pour attendre ! lança-t-il au cheval. Oh... !

Ditch s'était retourné et fixait l'homme d'un air farouche. Le gentleman tenta désespérément de remonter sur la voiture, puis renonça.

– Gentil cochon, lança-t-il une dernière fois, avant de décamper dans une ruelle.

– Voilà, vous avez un moyen de transport, dit gentiment Lady Turnmill.

Maricée regarda le carrosse. Elle n'avait jamais voyagé dans ce genre de voiture.

– Tu sais conduire ça ? demanda-t-elle à Robert.

Elle ramassa le fouet et le lui tendit, mais le garçon resta immobile.

– Non, dit-il.

Lady Turnmill tapota le flanc du cheval.

– Notre ami n'a pas besoin de cocher. Il sera heureux de vous transporter à la place de ce cruel imbécile.

Le cheval caressa l'oreille de Maricée de ses naseaux.

– Vous voyez ? dit Lady Turnmill. Il vous aime bien.

– Comment s'appelle-t-il ?

– Rhum Rouge, fit une voix grave et douce.

Maricée se tourna vers le sanglier, qui baissa la tête d'un air respectueux.

– Mais cet odieux Solide ne l'a jamais su, ajouta Ditch, avant de se retirer derrière la berge.

Robert était bouche bée.

– Il parle ?

– Bien sûr ! confirma Lady Turnmill. Quatre-vingt-trois langues aux dernières nouvelles, y compris celle des chevaux londoniens. Sa collection de jurons anglais est sans pareille.

« Quel dommage que Mamie ne soit pas là », songea Maricée avec un pincement au cœur. Sa grand-mère aurait adoré rencontrer le sanglier grognon de Fleet Ditch. Ils se seraient entendus comme larrons en foire. Mais peut-être étaient-ils déjà de grands amis. Mamie était si secrète.

Maricée caressa la tête du cheval.

– Je croyais que le rhum était brun…

– Son nom est peut-être mal traduit, avança Lady Turnmill. Mais c'est toujours mieux que les sobriquets stupides que cet homme lui avait donnés. Allons, le temps presse ! Je vais vous aider à monter sur ce siège.

Rhum Rouge patienta, immobile, pendant que Lady Turnmill formait un marchepied en joignant ses deux mains. Maricée s'y hissa en essayant de se faire la plus légère possible, puis s'agrippa au rebord de la voiture et culbuta à l'intérieur. Robert l'imita, guère plus élégamment. Maricée saisit les rênes. La voiture semblait bien fragile pour les rues défoncées de Londres.

– J'espère que Rhum Rouge connait le chemin, dit-elle.

Lady Turnmill chuchota quelques mots à l'oreille du cheval.

– Maintenant, oui. Tenez-vous bien !

Maricée, inquiète, s'agrippa à son siège comme si sa vie en dépendait.

11

Les fantômes de Hyde Park

Robert ne s'était jamais assis dans une voiture à cheval, bien qu'il eût souvent aidé à nettoyer celle de Lady Hibbert. Il voyageait habituellement sur la plateforme arrière, entre deux valets de pied arrogants, et s'accrochait comme il le pouvait tandis que les roues tressautaient. Il lui arrivait aussi de courir devant pour dégager les obstacles du chemin. Tout lui semblait préférable, plutôt que de voyager dans celle-ci. Il avait vu des carrosses de ce genre dans Hyde Park. Perchés sur leurs grandes roues, ils ressemblaient à des landaus de bébé. Robert s'agrippa aux montants pour empêcher les cahots de le projeter contre Maricée, qui se tenait toute droite, les rênes dans les mains. Le cœur au bord des lèvres, Robert regretta de ne pas connaitre la langue des chevaux londoniens. Il aurait pu demander à Rhum Rouge de ralentir.

Le crépuscule cédait la place à la nuit. Le soleil n'était plus qu'une tache orange, à l'ouest. Robert et Maricée s'arrêtèrent un instant devant une taverne de la rue Strand pour emprunter la lanterne allumée qui pendait à l'extérieur. À trois reprises, des chevaux sans cavalier sortirent de l'ombre en trottant et s'approchèrent d'eux. Maricée sursautait à chaque fois, craignant d'avoir affaire à des malfaiteurs, mais Rhum Rouge les saluait en hennissant et les chevaux lui répondaient de la même manière. Robert aurait aimé savoir ce qu'ils se disaient.

Ils arrivèrent enfin devant le mur d'enceinte de Hyde Park. Lady Turnmill avait dû donner des instructions précises à Rhum Rouge, car ils le longèrent jusqu'à la porte sud-est et empruntèrent ensuite une longue avenue qui menait vers le nord. Robert ne distinguait que les silhouettes sombres des arbres. La Serpentine était à l'ouest. Maricée regardait dans sa direction.

– Mamie m'a raconté qu'au début, il y avait plein de puits et de ruisseaux dans les parages. La reine Charlotte les a fait réunir. Beaucoup d'esprits s'y opposaient.

Robert était trop nauséeux pour répondre. Un courant d'air froid le fit frissonner.

Le cheval ralentit et s'arrêta en hennissant.

– Je comprends, Rhum Rouge, dit Maricée. Je l'ai senti aussi. Tu peux nous déposer ici.

Elle se laissa glisser au sol tandis que Robert sautait à terre de l'autre côté. Il faisait si noir qu'il ne voyait pas où il mettait les pieds.

– On est tout près de Tyburn Road, dit Maricée en levant la lanterne pour éclairer un mur imposant, à l'extrémité du parc. C'est ici qu'on a construit le triple gibet. Pour pouvoir pendre vingt-quatre personnes en même temps.

Robert en avait entendu parler dans la cuisine des Hibbert. Mrs Wandle avait assisté à une exécution qui l'avait beaucoup impressionnée. Elle s'était amusée de voir les mines choquées de Lizzie et Robert à cette évocation.

– Ma grand-mère déteste les pendaisons, signala Maricée. Elle dit que la plupart des condamnés sont de pauvres gens désespérés.

Lizzie avait tenu le même discours à Robert, tout bas, pour que Mrs Wandle ne l'entende pas. Le garçon songea avec nostalgie à son amie. Il l'espérait en sécurité...

Maricée promena un regard autour d'elle.

– Tu crois que les fantômes nous voient ?

Robert s'efforçait de ne pas y penser. Il avait de plus en plus froid et scrutait la pénombre à chaque bruit.

– Lady Turnmill t'a conseillé de chercher Maitresse Agnès, rappela-t-il.

Pour sa part, il aurait préféré qu'elle n'interroge personne. Il n'aspirait qu'à décamper au plus vite, à l'instar de Rhum Rouge.

Maricée s'éclaircit la gorge et mit les mains en portevoix.

– Maitresse Agnès ?

Son appel résonna dans le silence lugubre du parc, assez fort pour réveiller tous les morts de Londres.

– Je prie pour toi, ma sœur, fit une voix venue d'en haut.

Une silhouette pâle et encapuchonnée était blottie au sommet du mur, entourée d'un halo de lumière.

Dans la lueur de la lanterne, Robert vit Maricée lever la tête et bomber le torse.

– Qui… qui êtes-vous ? bredouilla-t-elle.

– Je prie pour toi, ma sœur. Je prie pour tous les pécheurs qui m'ont envoyé à la mort.

La silhouette était debout, mais une étroite bande d'obscurité séparait ses pieds de sa cape de moine. Elle flottait, les mains dissimulées dans les plis du vêtement.

– C'est… c'est un fantôme, lâcha Robert, avant de se mordre les lèvres.

Il avait parlé machinalement et se sentait idiot d'avoir souligné l'évidence.

La créature renversa la tête, sa capuche tomba et révéla… un crâne sans visage dans le pli de la capuche. L'instant d'après, son corps fut pris d'un soubresaut et le crâne roula sur le côté. La cape s'ouvrit. Juste avant de se détourner, Robert eut le temps d'apercevoir que le corps du moine fantôme avait été éventré, et que tout son contenu en avait été retiré.

Maricée effleura le bras de son ami. Sa main tremblait, mais sa voix était ferme.

– Il est parti, dit-elle.

– Qu'est-ce que…

Robert claquait si fort des dents qu'il était incapable de parler.

– Il est parti, répéta Maricée.

Robert se rappela les paroles de Lady Fleet : « Comment les Solides peuvent-ils être aussi cruels envers les leurs ? » Il savait depuis toujours que certains trouvaient cela facile. Les mains de Lady Fleet lui avaient rappelé celles des anciens de la plantation. Leurs articulations enflées par toutes ces années passées à extraire les fèves de cacao des cabosses. Leurs ongles sales et cassés.

– Qui va là ?

Robert sursauta. Son cœur battait la chamade. Un soldat se tenait près du mur, nimbé du même halo de lumière que le moine. Son manteau rouge était ouvert et sa culotte pâle, tachée de boue. Il portait un fusil à baïonnette à l'épaule, mais le canon était dirigé vers le sol.

– Je... Je m'appelle Maricée, répondit la jeune fille en levant le menton. Maricée Blackwell.

Le soldat s'avança vers elle. Ses bottes de cuir noir ne faisaient aucun bruit.

– J'ai dit : « Qui va là ? », répéta-t-il.

Le cœur de Robert battait de plus en plus fort. Un jour, à la plantation, alerté par des rumeurs de rébellion, le maitre avait fait venir des soldats. Les hommes armés avaient arpenté les champs, le torse bombé, la baïonnette haute. Maman avait serré ses enfants contre elle.

Robert inspira profondément. C'était un soldat, certes, mais un soldat fantôme. Il n'avait rien à craindre de lui.

– Je m'appelle Robert Strong, dit-il.

Le fantôme pouvait-il l'entendre ? Le garçon continua néanmoins :

– Et je vous présente Maricée Blackwell. On voudrait s'entretenir avec Maitresse Agnès.

Le soldat s'approcha, leva sa baïonnette et la pointa sur la poitrine de Robert.

– Est-ce la jeune Maricée ? demanda une voix.

Les deux amis se retournèrent pour voir qui avait parlé. C'était une femme qui luisait dans l'obscurité et tenait dans une main un tabouret de laitière. Ses lunettes étaient perchées au bout de son nez et la poche de son tablier était pleine de flacons. Elle était coiffée d'un bonnet noir, attaché sous le menton par des ficelles. La lumière de la lanterne la traversait et éclairait le sol derrière elle.

– Laisse-les ! ordonna-t-elle.

Obéissant, le soldat tourna les talons et repartit vers le mur.

– Pauvre Hans, dit la vieille femme. Son propre camp lui a tiré dessus. Il aurait dû être à la caserne, mais il venait d'apprendre que sa femme était morte en couches et était parti rejoindre ses enfants sans demander de permission. Regardez ce qu'ils lui ont fait...

Elle empoigna sa poitrine transparente.

– Droit dans le cœur. J'ai tout vu.

– J'ai connu le même sort, fit une voix.

Un autre soldat apparut au pied du mur. Sa chemise en lambeaux pendait sur son pantalon, et sa moustache était si longue qu'elle effleurait sa poitrine. Il fixa ses pieds chaussés de bas.

– Et ces vauriens m'ont volé mes bottes et ma veste.

– Heureusement, George, vous ne sentez plus le froid, commenta la femme. Mais pardonnez-moi, chers enfants : j'en oublie les bonnes manières.

Elle tendit une main à Robert et se présenta :

– Maitresse Agnès.

Le garçon fixa la main. Une peau de fantôme sur des articulations de fantôme, et le sol noir en dessous. Maitresse Agnès se vexerait-elle s'il ne la serrait pas ? Pouvait-elle seulement donner des poignées de main ?

L'intéressée laissa retomber sa main en riant.

– Drôle d'idée, n'est-ce pas ? Vu que ma main n'est pas vraiment là.

Elle posa le tabouret fantôme sur le sol et s'assit en silence.

– Tu es la petite-fille de Mary Blackwell ? demanda-t-elle à Maricée.

– Vous connaissez ma grand-mère ?

– Nous étions aussi proches que les deux doigts de la main quand j'étais en vie, répondit Maitresse Agnès. Les sources de la Serpentine n'aimaient pas que je fasse mes affaires ici.

Elle plissa le nez.

– Elles étaient très snobs et m'accusaient de ternir le prestige des lieux. Ta grand-mère m'a aidée à plaider ma cause devant le lord-maire. Mais ensuite…

Elle gloussa.

– La Serpentine s'est retrouvée captive des nouveaux égouts. Tous ces ruisseaux prétentieux dégageaient une puanteur infâme. On ne pouvait plus passer devant sans se boucher le nez. J'ai tellement ri, que...

Elle soupira.

– Que j'en suis morte. Mon cœur a lâché. Mais au moins, je suis morte heureuse.

Maricée hocha la tête.

– Je suis heureuse que ma grand-mère vous ait aidée. Aujourd'hui, c'est nous qui avons besoin d'aide, et vite. Si vous le voulez bien, Maitresse Agnès...

Le fantôme inclina la tête.

– Oooh ! Il y a si longtemps que personne ne m'a demandé de l'aide...

Le soldat au mousquet s'approcha du tabouret.

– Moi, personne ne m'a aidé. Personne !

– Pas maintenant, Hans ! dit Maitresse Agnès. Voyons ce que veut la petite-fille de la Gardienne des Puits.

– Je me fiche de ce qu'elle veut, grommela-t-il en s'éloignant.

George remua les orteils et secoua la tête.

– Ces coquins m'ont volé mes bottes.

– Pauvres garçons, soupira Maitresse Agnès. Ils ne seraient pas obligés de hanter ces lieux s'ils se résignaient à oublier leur passé.

Maman avait toujours affirmé à Robert qu'ils devaient se remémorer leur passé. Se rappeler qui était leur peuple, avant qu'ils soient enlevés et forcés à travailler dans les plantations.

– Une terrible maladie fait des ravages à Londres, continua Maricée. Et ma grand-mère a disparu.

Maitresse Agnès ôta ses lunettes et les laissa tomber sur ses genoux, de surprise. Robert s'étonna qu'elles ne passent pas au travers.

– Mary-Ah Blackwell a disparu ! C'est insensé ! Le pacte Whittington la protège. Personne ne devrait pouvoir lui faire de mal. Qui a commis une telle atrocité ?

– Personne. Je crois qu'elle s'est enfuie pour protéger la Liberté. Saviez-vous qu'elle en avait la responsabilité ?

Maitresse Agnès remit ses lunettes, comme si elles l'aidaient à réfléchir.

– Une rumeur l'affirmait. Je ne sais pas grand-chose, en vérité. Ta grand-mère a dû t'en dire beaucoup plus...

Maricée ne fit aucun commentaire. Robert supposait que Madame Blackwell avait de bonnes raisons de cultiver le secret, mais il savait aussi que Maricée n'était pas près de lui pardonner son silence.

– Dites-m'en plus sur cette maladie, suggéra Maitresse Agnès. Les morts ne sont pas les mieux placés pour démêler le bien du mal dans le monde des vivants. Le parc est calme en ce moment. Les gens viennent rarement dans ce secteur, hormis pour assister aux exécutions.

Elle désigna les soldats. Un troisième les avait rejoints, à peine plus âgé que Robert. Il avait de grands yeux effarés et pointait un mousquet devant lui.

– Ceux-là manquent de discrétion. Le moine aussi, surtout les jours de pendaison. Il n'a jamais pardonné sa cruauté à Henry VIII. La plupart des gens ne voient pas les fantômes, mais ils sentent leur présence.

Robert se demanda pourquoi lui-même en était capable et se rappela qu'il avait vu beaucoup de choses étranges depuis le matin.

– Les lords et les ladies viennent plus volontiers parader de l'autre côté du parc, continuait Maitresse Agnès. Il n'y a foule ici que lorsqu'on conduit de pauvres gens à la potence. Certains badauds apportent des échelles pour grimper sur le mur. Une année, l'un d'eux est tombé, et...

– Inutile de me le rappeler !

La voix venait du sommet du mur, à l'endroit où le moine se tenait un instant plus tôt. Robert plissa les yeux pour voir le nouveau venu. Il était vêtu comme un ecclésiastique, d'une redingote et d'une culotte sombres, et tenait sa perruque sur les genoux.

– Je ne vais pas te plaindre, renifla Maitresse Agnès. Si tu n'avais pas voulu te délecter du spectacle de ces malheureux, tu ne te serais pas cassé le cou. Allons, petite Blackwell, revenons à nos affaires. Dis-m'en plus sur cette maladie.

– Lady Walbrook pense qu'elle vient de l'Éther, répondit Maricée.

– Ah, l'Éther..., murmura Maitresse Agnès. Les rêves me manquent. C'est la seule fois où j'ai gouté un vrai macaron.

– Ça ne se limite plus à la nourriture et aux vêtements, signala Maricée. Les gens rêvent d'êtres chers qui sont morts, et ils ne veulent pas se réveiller.

– On peut les comprendre. Mes deux premiers bébés se sont endormis pour toujours... Si j'avais pu les embrasser à nouveau dans l'Éther, moi non plus, je ne me serais pas réveillée. Mais j'imagine que vous voulez connaitre la cause de ce fléau.

– Oui, s'il vous plait. C'est la seule façon de l'arrêter. Lady Fleet nous a conseillé de demander aux...

Maricée s'interrompit brusquement. Serait-il impoli de rappeler sa condition de fantôme à Maitresse Agnès ?

– De demander à des gens comme vous. Elle prétend que vous savez tout.

Maitresse Agnès rit.

– Bien sûr que non ! Mais certains fantômes sont ici depuis très, très longtemps. Que voulez-vous savoir ?

– Lady Fleet dit que vous pourriez nous aider à trouver une fille, intervint Robert.

– Je ferai de mon mieux. Est-elle encore vivante, ou est-ce un fantôme ?

– Je ne sais pas, avoua Maricée. D'après Lady Fleet, elle aurait été gravement blessée, et...

Maitresse Agnès soupira.

– Peut-être est-elle des nôtres, dans ce cas. Est-elle venue au parc dans ses derniers instants ?

– Lady Fleet ne l'a pas précisé, répondit Robert.

– Mais on pense que non, ajouta Maricée.

Maitresse Agnès fronça les sourcils.

– Comment pourrais-je vous aider, si elle n'est pas là ?

Robert se creusa la cervelle. S'il avait pensé à poser les bonnes questions à Lady Fleet, peut-être en saurait-il déjà plus sur l'enfant. Maitresse Agnès devait posséder de précieux renseignements. Sinon, pourquoi le Fumi les aurait-il guidés vers elle ?

– Et si elle était passée ici avant d'entrer dans l'Éther ? suggéra-t-il.

Maitresse Agnès secoua la tête si fort que ses lunettes volèrent. Elle les récupéra et les remit au bout de son nez.

– Nous ne pouvons pas entrer dans l'Éther.

Elle soupira.

– Notre sommeil est d'un type différent. Je pense que nous avons tous essayé, à un moment donné, dans l'espoir de retrouver les gens que nous avons laissés derrière nous, et d'apparaitre dans leurs rêves. Mais c'est impossible.

Robert acquiesça. Après la mort de Zeke, il avait souhaité si fort qu'il existe un endroit, un entre-deux où le revoir.

– N'aurait-elle pas pu trouver un autre chemin pour rejoindre l'Éther ? insista-t-il.

Il était sûr qu'il existait un lien entre la fille et ces nouveaux rêves.

– Lady Fleet dit que cette maladie a quelque chose de triste. Une tristesse qu'elle a déjà ressentie.

– À ma connaissance, aucun fantôme ne peut entrer dans l'Éther, et aucun Solide ne peut changer ce qui s'y trouve, dit Maitresse Agnès. Cependant, les fantômes arrivés ces derniers temps sont différents. Certains sont même très étranges.

– Qui, par exemple ? demanda Maricée.

– Les nouveaux fantômes sont toujours un peu confus, expliqua Maitresse Agnès. Surtout ceux qui n'ont pas compris qu'ils laissaient une affaire inachevée et pensaient arriver directement au paradis. Ils se réveillent ici. Et bien sûr, de nombreux fantômes nous viennent directement de là...

Elle indiqua l'emplacement de la potence, derrière le mur.

– Les pauvres âmes… Ce parc est la dernière chose qu'elles voient. Aussitôt libérés, leurs fantômes essaient d'enjamber le mur. Quelques-uns y parviennent. Mais ces nouveaux sont différents.

– Qu'entendez-vous par « différents » ? insista Maricée.

– Pardonne-moi, ma chérie, je divague. C'est un tel plaisir de discuter avec une humaine, pour changer. Je vais vous présenter quelqu'un. Vous comprendrez mieux.

Maitresse Agnès mit une main en portevoix devant sa bouche.

– Lou Lou ! Sors, mon trésor !

Une jeune femme apparut derrière elle. Elle n'avait pas vingt ans, était vêtue de haillons, et ses longs cheveux étaient emmêlés. Sa robe et son châle étaient maculés de boue, et des chiffons noués autour de ses pieds lui tenaient lieu de chaussures. Elle avait les yeux ouverts et semblait regarder quelque chose qu'elle seule pouvait voir. Elle souriait, du même sourire béat que Lizzie.

– Le Gardien l'a trouvée près du mur, là-bas, la semaine dernière, expliqua Maitresse Agnès. Les filles comme elle n'ont habituellement pas envie de rester dans ce monde. Il est trop plein de mauvais souvenirs. Mais elle…

Elle s'interrompit.

– Dis-leur, Lou Lou, suggéra-t-elle. Dis aux enfants qui tu es.

La jeune femme remua les lèvres, mais son regard resta fixe.

– Je suis une princesse, articula-t-elle. J'ai des robes de soie, cent servantes et un carrosse en or. Elle m'a promis que nous pourrions voyager dedans pour l'éternité, mon bébé et moi.

Maitresse Agnès secoua la tête.

– Qui t'a promis cela, Lou Lou ?

– La bergère…

« La bergère ? » Maricée et Robert échangèrent un regard intrigué.

Soudain, Lou Lou se mit à chanter. Son sourire s'élargit.

– *Marche, mon agneau, marche, suis les moutons. Ouvre les yeux, ferme les yeux…*

– Les somnambules ! s'écrièrent Robert et Maricée d'une seule voix.

Robert repensa aux villageois, avec leurs perches et leurs marteaux, essayant de s'introduire dans la salle des pompes.

– Ceux qui viennent au parc juste avant de mourir sont tous comme Lou Lou, dit Maitresse Agnès. Ils chantent la même chanson, avec un sourire si large qu'ils ne parviennent pas à articuler les paroles. Regardez un peu… Lou Lou !

La fille ne broncha pas. Maitresse Agnès pivota sur son tabouret pour lui faire face.

– Tu ne monteras jamais dans ce carrosse avec ton bébé, ma chérie. Cette bergère t'a escroquée. Elle a volé ta vie.

Le sourire de Lou Lou s'éteignit.

– Tu ne sais pas de quoi tu parles, vieille femme !

– Je les ai entendus te jeter au pied du mur, là-bas. Ils disaient que tu étais encore en vie. Pourquoi ta bergère ne les a-t-elle pas obligés à t'emmener à l'hôpital ? Ta mort n'était pas inéluctable.

– Au diable l'hôpital ! Je me serais débattue s'ils avaient voulu m'y conduire. C'est ici que la Bergère m'a dit de venir. J'ai mon carrosse en or, mes tenues de soie et mon bébé.

Robert contempla la jeune fantôme en haillons. Comment un rêve pouvait-il être assez puissant pour la suivre dans l'au-delà ? Comment une vie pouvait-elle être assez misérable pour que le rêve y prenne toute la place ? Il pensa à son amie Lizzie, autrefois si gaie et si bavarde, captive d'un rêve où elle avait retrouvé sa sœur, et dont elle risquait de ne jamais se réveiller.

– Vois-tu cette fille vivante ici, Lou Lou ? demanda Maitresse Agnès en montrant Maricée. Parle-lui de ta bergère.

– La Bergère m'a donné un carrosse en or et des robes de soie, affirma Lou Lou. Elle m'a rendu mon bébé.

– Elle n'a rien fait de tout cela ! objecta Maitresse Agnès d'une voix pleine de colère. Elle t'a fait rêver jusqu'à ce que tu meures. Il faut arrêter ce fléau ! Miss Maricée, ici présente, va s'en charger ! Elle trouvera ta bergère et l'empêchera de prendre la vie de pauvres gens en échange d'un mensonge.

Lou Lou écarquilla les yeux et son sourire vacilla.

– Non !

– Elle fait du mal aux gens comme toi, Lou Lou. Ça ne peut pas continuer.

– Laissez-la tranquille ! hurla Lou Lou. C'est la seule qui se soucie de nous !

En un clin d'œil, le fantôme se métamorphosa en une forme menaçante, hérissée d'ongles et de dents. Ses yeux profonds et vitreux luisaient de rage. Elle fondit sur Maricée, tel un tourbillon de fureur et de haine, et la traversa de part en part. Un hurlement hérissa les poils des bras de Robert. Puis plus rien.

Lou Lou avait disparu. Maricée vacillait. Un deuxième tabouret n'aurait pas été de trop pour lui permettre de s'assoir. Un troisième non plus, pour Robert qui tremblait de tout son corps. Il inspira profondément et tenta de mettre de l'ordre dans ses pensées. Une personne, appelée « la Bergère », semblait faire partie de ces rêves d'un nouveau genre. Et pire : elle avait des pouvoirs qu'aucun fantôme ni être humain ne possédait. Elle était capable de transformer l'Éther, afin de créer des rêves si puissants qu'ils accompagnaient le dormeur par-delà la tombe.

Mais si la Bergère était dans l'Éther, elle pouvait s'en prendre à tous les pauvres gens de Londres, sans exception. Pourquoi avait-elle ordonné à la jeune femme de venir à Hyde Park ?

– Vous dites que Lou Lou a été déposée ici juste avant de mourir, se rappela Robert. Y a-t-il d'autres fantômes dans son cas ?

– Bien sûr ! confirma Maitresse Agnès. Ce sont les plus étranges. Certains, comme Lou Lou, s'endorment ailleurs, et on les amène ici au dernier moment. Je sais que certains gardiens n'aiment pas voir des cadavres trainer dans les rues, mais aucun ne déplacerait une âme au seuil de la mort. Nous méritons tous de vivre nos derniers instants en paix. Il y a aussi des mourants qui viennent ici de leur propre chef, rassemblant leurs dernières forces pour passer ces portes avant de rendre l'âme.

Maitresse Agnès frotta l'arête de son nez de fantôme et joignit les mains sur ses genoux.

– Je les entends parler de leurs enfants, de leurs femmes et de leurs époux qu'ils voient en rêve, dit-elle. En général, ils continuent de les évoquer quand ils se réveillent sous forme de fantômes. Ils sont comme Lou Lou. La Bergère leur a promis monts et merveilles, et ils y croient encore.

– Mais pourquoi dans ce parc ? demanda Maricée. Pourquoi pas à Green Park ou à Saint-James ?

– Je me pose la même question. Une fois qu'on est ici, ces murs nous empêchent de partir. Ils sont pénétrés de sortilèges très anciens et très puissants ! Même lui...

Elle montra le fantôme assis sur le mur.

– Il ne peut pas sauter de l'autre côté, malgré son désir de s'éloigner de nous... J'imagine que ce serait le chaos si on pouvait hanter n'importe quel lieu à notre guise.

– Donc les gens doivent rester là où ils sont devenus... euh... fantômes ? demanda Robert.

– C'est exact.

– Donc, la Bergère fait venir les gens ici dans leurs derniers instants pour que leurs fantômes restent ici, raisonna-t-il.

– Et vous êtes sûre qu'elle n'est pas déjà là ? intervint Maricée. Elle pourrait faire venir des fantômes à elle, pour je ne sais quelle raison...

Robert frissonna. La Bergère était-elle en train de former une armée de fantômes pour traquer la Liberté, avec les somnambules ? Si oui, Maricée et lui ne pourraient jamais gagner.

Maitresse Agnès secoua lentement la tête.

– Il y a eu de nombreux décès dans les parages, au fil des siècles, dit-elle. Mais je pense que je connais tous les fantômes de Hyde Park.

– Combien êtes-vous ? s'enquit Robert.

Maitresse Agnès s'esclaffa.

– Êtes-vous déjà allés à la foire de la Saint-Barthélemy ?

Robert secoua la tête, tandis que Maricée acquiesçait.

– Cet endroit est aussi bondé que si on y avait entassé tous les spectateurs de la foire, des siècles durant, dit Maitresse Agnès. Toutes sortes de fantômes se bousculent, se pressent et se chamaillent ici. Certains sont si délavés que j'ai du mal à les voir... Ils n'ont aucune raison d'apparaitre aux vivants. Cela leur demande un effort.

Robert était songeur. « Parlez aux morts », leur avait conseillé Lady Fleet. Si ceux-ci étaient aussi nombreux à Hyde Park, Maitresse Agnès n'était sans doute pas la seule à pouvoir les aider.

Maricée devança sa question :

– Peut-on parler à d'autres fantômes ? demanda-t-elle.

– On doit absolument en apprendre davantage sur la Bergère, ajouta Robert. Et peut-être sauront-ils quelque chose sur la fille qui a été balancée dans la Fleet.

– Je ne demande qu'à vous aider, mes chers enfants, dit Maitresse Agnès. Mais invoquer un fantôme est épuisant.

Surtout s'il n'est pas disposé à venir. Lou Lou était particulièrement résistante. Je ne pourrai en faire venir que deux de plus, s'ils ne se montrent pas très coopératifs.

Maricée s'affala sur l'herbe. Elle avait épuisé sa réserve de questions. Par chance, Robert n'en manquait jamais.

– Maitresse Agnès ?

– Oui, Robert Strong ?

– Si la Bergère attire les fantômes à Hyde Park, c'est forcément parce qu'elle a un lien avec cet endroit. Mais vous ne croyez pas qu'elle soit elle-même un fantôme.

– Un fantôme qui fait de grandes promesses et veut détruire le monde ? Si cette Bergère était dans les parages, je le saurais.

– Et si elle s'était échappée ?

– Impossible ! s'esclaffa Maitresse Agnès. Je l'aurais appris, c'est certain. Les ragots vont vite, ici. Les fantômes essaient toujours de s'enfuir, surtout les nouveaux.

Maricée se redressa.

– Mais ces nouveaux viennent à Hyde Park parce que la Bergère leur a fait des promesses, comme aux somnambules. Se mettent-ils tous en colère quand vous leur affirmez qu'elle les a trompés ?

– Vous avez vu la réaction de Lou Lou, dit Maitresse Agnès. Heureusement, elle n'a pas le pouvoir de nuire aux vivants. En revanche, les fantômes peuvent se hanter entre eux.

Elle regarda l'endroit où Lou Lou s'était tenue.

– Nous pouvons empoisonner la vie éternelle d'un autre fantôme, poursuivit-elle. Et ces nouveaux venus ne s'en privent pas ! Ils attaquent tous ceux qui critiquent leur Bergère.

Maricée se leva d'un bond.

– Je crois que j'ai une théorie ! Imaginez qu'il y ait une foule de fantômes comme Lou Lou, et qu'on les ait fait venir ici pour tourmenter un autre fantôme.

Robert hocha la tête.

– Pour le punir, par exemple ?

– Ou pour se venger, ajouta Maricée.

– Près d'un gibet, on trouve de nombreux fantômes assoiffés de vengeance, signala Maitresse Agnès. Je ne peux pas tous les invoquer.

– Et cette enfant dont nous a parlé Lady Fleet ? demanda Robert. Son souvenir lui faisait toujours de la peine, alors que ça remonte à plusieurs années…

– Personne ne sait ce qu'elle est devenue, rappela Maricée. Peut-être…

Elle haussa les épaules.

– Peut-être qu'elle a sombré dans un autre genre de sommeil après que Lady Fleet a tenté de l'aider. Une espèce de sommeil magique… Peut-être qu'elle s'est réveillée dans l'Éther et a décidé de se venger de ce qu'on lui a fait subir.

– Et c'est pour ça qu'elle fait venir de nouveaux fantômes, enchaina Robert. Elle veut punir la personne qui lui a fait du mal. Dont le fantôme serait ici…

Robert et Maricée regardèrent Maitresse Agnès, qui se tourna vers la potence.

– Ça dépend si elle s'est fait prendre. Il ne servirait à rien que j'interroge mes semblables. Aucun fantôme n'avoue ses méfaits. Surtout si c'est grave.

– Vous n'avez pas besoin de le leur demander, la rassura Robert. Il suffit de trouver celui ou celle que tous les nouveaux fantômes… hantent.

Maitresse Agnès se leva et fit rouler ses épaules pour les dégourdir.

– Je ne vous promets pas de trouver le fantôme que vous cherchez, mais je ferai de mon mieux.

Sur ces mots, elle disparut. Robert craignit qu'elle ne soit partie pour de bon, mais elle réapparut presque aussitôt, accompagnée d'une femme-fantôme à l'air furibond. Son visage et sa robe étaient barbouillés de tomates pourries et de jaune d'œuf.

« Heureusement que les odeurs de l'autre monde ne pénètrent pas dans la vie réelle ! » songea Robert.

La femme décolla une feuille de laitue de son bonnet en les fusillant du regard. La peau de son cou était rouge et écorchée.

– Qu'est-ce que vous me voulez ? aboya-t-elle.

– Nous avons des invités, dit Maitresse Agnès. Sois polie, s'il te plait.

– Et pourquoi donc ?

– Je t'ai détachée de ton poteau. Tu peux faire un effort.

– Je me fiche de ce poteau. Je ne regrette pas ce que j'ai fait. C'était une gamine idiote. Personne ne l'aurait appris si ma satanée voisine s'était occupée de ses affaires !

– Personne n'aurait appris quoi ? releva Robert d'une voix calme. Qu'est-ce que vous avez fait ?

Le fantôme leva les poignets.

– Rattachez-moi au poteau ! Je ne dirai rien.

– Pourquoi étiez-vous attachée ? s'enquit Maricée. Avez-vous fait du mal à la Bergère quand elle était enfant ?

– La Bergère !

Le fantôme partit d'un tel éclat de rire que Maricée s'attendit à voir sa tête se détacher.

– Ce n'était pas une bergère. C'était un agneau ! Ces abrutis de l'hospice me l'ont envoyée. C'est leur faute. Ils n'auraient pas dû être si confiants.

– Je connais cette femme ! cria soudain l'ecclésiastique fantôme assis sur le mur. C'est Mrs Broxbourne. Je l'ai vue suspendue à la potence. Je l'ai aidée à franchir le mur !

– Je ne vous ai rien demandé ! répliqua l'intéressée en le menaçant de l'index. Je n'ai pas besoin de vos services de bon samaritain.

– Si ma mémoire est bonne, vous m'avez supplié de vous aider à entrer dans le parc..., affirma l'ecclésiastique.

Mrs Broxbourne grimaça.

– Assez ! Fermez votre sale clapet !

Et elle disparut.

– Revenez ! cria Robert.

Cette femme avait fait du mal à une fillette. Cela le rendait à la fois triste et furieux. Le minimum était qu'elle leur révèle le nom de cette pauvre enfant.

– Pouvez-vous la faire revenir, Maitresse Agnès ? demanda Maricée. S'il vous plait !

– Désolée, ma chérie. Elle ne viendra pas de son plein gré, et je suis trop vieille pour lutter contre des fantômes de son acabit.

Robert ne s'avoua pas vaincu. Il voulait connaitre le nom de cette enfant, convaincu que c'était un élément central de leur enquête. Il s'approcha du mur où était assis l'ecclésiastique. Les deux soldats étaient dans les parages, mais ils l'ignorèrent. Un troisième pointa un mousquet sur le garçon avant de se détourner.

Robert héla l'homme d'Église :

– Dites-moi, monsieur, quel crime Mrs Broxbourne a-t-elle commis ?

De près, il vit que le fantôme flottait juste au-dessus du mur.

– Comment m'en souviendrais-je ? répondit-il. J'en ai vu tant se balancer au bout des cordes...

– Il me semble que c'est le genre de personne dont on se souvient, insista Robert. Si elle a été pendue pour avoir maltraité un enfant, la foule devait être furieuse.

Le fantôme renifla.

– Je vous l'ai dit. J'ai vu tellement de... d'évènements. Je ne me souviens d'aucun en particulier.

– Bien sûr que si ! cria Maitresse Agnès. Tu as le meilleur siège de la maison, John. Tu ne manques pas une exécution.

– Il y en a trop, je te dis !

– Réfléchissez bien, monsieur, l'implora Robert. Vous vous souvenez de l'avoir aidée, n'est-ce pas ?

– Certainement ! C'est la dernière personne à qui j'ai tendu la main. Elle était si grossière et désagréable qu'après cela, je me suis abstenu.

– Vous vous rappelez son nom, souligna Robert. Et vous vous souvenez de l'avoir aidée. Dites-nous tout ce que vous savez, s'il vous plait. C'est très important !

– Allez, John ! l'encouragea Maitresse Agnès. C'est la petite-fille de la Gardienne des Puits. Je dois l'aider, dans l'intérêt de sa grand-mère.

– Oui, oui ! Bien…

John tripota sa perruque.

– Je crois que… la foule a acclamé le bourreau quand il a passé la corde au cou de l'accusée, car… on lui avait confié une enfant trouvée. Oui, voilà ! Une orpheline de l'hospice était devenue son apprentie. Elle l'a traitée si durement que l'enfant n'a pas survécu. Elle… Je crois qu'elle l'a jetée dans la Fleet.

Quand Robert vivait à la Barbade, il pensait que la cruauté était une particularité de la plantation. Que le reste du monde en était exempt. En arrivant à Londres, il avait vite déchanté. Il avait vu des femmes malingres, leurs bébés attachés dans le dos, mendier au marché de Bloomsbury. Il avait vu les enfants greloter, pieds nus dans la neige fondue. Mais ce que Mrs Broxbourne avait fait était d'une cruauté incomparable. Elle dépassait tout ce qu'on pouvait imaginer.

Il sentit la présence de Maricée près de lui.

– Des enfants quittent notre village pour se faire engager comme apprentis à Londres, lui confia-t-elle. J'ai toujours l'espoir qu'ils seront traités avec gentillesse…

Robert hocha la tête. Il devait se rappeler que la bonté existait aussi. Celle de Lizzie lui avait sauvé la vie. S'il voulait trouver un moyen de la réveiller, il devait se montrer digne du nom que sa mère lui avait donné. Strong[1]. Ses maitres l'avaient rebaptisé Hibbert, mais il détestait ce nouveau patronyme.

– Quand est-ce arrivé, monsieur ? demanda-t-il.

– La cloche de l'église avait sonné midi, affirma le fantôme.

Il sourit fièrement. Robert attendit la suite, en vain. John se mit à tripoter sa perruque.

Le garçon lui adressa un sourire reconnaissant.

– Merci, monsieur. C'est très utile. Vous souvenez-vous du jour, ou du mois ? De l'année, peut-être ?

John réfléchit un instant.

– Je crois que c'était un lundi.

– De quelle année ? insista Maitresse Agnès. Qui était sur le trône ? Était-ce George le fermier, George le soldat, ou George l'imbécile ? Ou cette pauvre reine Anne ?

– C'était George le soldat ! cria John triomphalement.

Il vacilla au bord du mur.

– Oui ! Le soldat !

Il bascula en avant et disparut. Robert fixa le vide.

– Voilà, mes chéris, dit Maitresse Agnès. C'était sous le règne de votre deuxième roi George. Nous n'obtiendrons rien de plus de John. Mais je vais tendre l'oreille, pour le cas où j'apprendrais d'autres choses. J'aurais aimé pouvoir vous aider davantage.

---

1. Strong signifie « fort ».

– Vous nous avez beaucoup aidés ! protesta Maricée. La Bergère est cette malheureuse enfant ! Elle est morte durant son apprentissage chez Mrs Broxbourne, et cette méchante femme l'a jetée dans la rivière.

Elle considéra Robert d'un air pensif.

– Le roi George II est mort depuis quatre ans. L'hospice des enfants trouvés a ouvert sur Lamb's Conduit Fields en 1745.

Maricée sourit à Robert.

– Je le sais, car c'est la date à laquelle les registres ont été créés. Si on pouvait consulter ceux de l'hospice, on trouverait son nom.

Elle fit une petite révérence à Maitresse Agnès.

– Merci beaucoup ! On sait exactement où aller, maintenant.

Maitresse Agnès ramassa son tabouret.

– Je l'espère, ma chérie ! Je l'espère de tout cœur.

Elle leva un doigt, comme pour deviner la direction du vent.

– Nous avons des visiteurs indésirables, annonça-t-elle.

Ce furent ses derniers mots avant de disparaitre. Les soldats s'étaient évaporés, eux aussi.

– Maitresse Agnès ? appela Maricée.

– Chut ! fit Robert. Tu entends ?

Marchez, mes agneaux…

Il hésita. Entendait-il vraiment quelqu'un chanter, ou la berceuse résonnait-elle dans sa tête ? Il avait les paupières si lourdes… La journée avait été longue. Il avait besoin de se reposer. Un repos bien mérité…

Maricée le secoua vigoureusement.

– Robert ! Je te défends de t'endormir !

– Laisse-moi tranquille, grommela-t-il.

Pourquoi fallait-il toujours qu'elle lui donne des ordres ?

– Si je te laisse tranquille, objecta Maricée, ce sont eux qui vont te déranger.

12

La Serpentine

Robert se retourna. Les somnambules se massaient sur le chemin. Le plus proche, un garçon boucher, avançait d'un pas chancelant, un panier de saucisses sur un bras, une lanterne dans l'autre main. Dans sa faible lueur, Robert distingua les yeux du garçon. Ils étaient ouverts, mais fixes.

Deux filles se tenaient dans l'ombre derrière lui, le visage en partie dissimulé par leurs bonnets. Des volutes jaunes s'échappaient de leurs lèvres. Il y avait aussi un homme muni d'une torche, aux allures de fermier. Un jardinier qui poussait sa brouette. Deux hommes vêtus de vestes impeccables et chaussés de bottes sévères – des porteurs de chaise –, qui flanquaient un homme mince, à la culotte écossaise déchirée. Robert dénombra une dizaine d'autres somnambules dans la pénombre derrière eux. Certains tenaient des lanternes, d'autres des torches qui projetaient des ombres vacillantes sur le sentier. Ils ne clignaient pas les yeux, ne parlaient pas. Robert se demanda si les fantômes observaient ce sinistre cortège, incognito.

L'homme à la culotte écossaise ouvrit la bouche. Son souffle se mêla à la lueur de la lanterne.

– Robert Strong, dit-il. Elle a quelque chose pour toi.

– Tu connais cet homme ? chuchota Maricée.

– Non.

– Alors, filons ! On ne veut pas savoir comment il a appris ton nom, ni ce qu'« elle » veut te donner.

Robert hésita. Il voulait savoir, lui. Il était sûr que l'homme avait quelque chose de capital à lui dire. Et il était sûr que cette chose qu'*elle* avait pour lui était très importante aussi.

Maricée le tira par le bras.

– Robert ! Viens !

– Robert Strong ?

Les deux filles s'avancèrent chacune d'un côté de l'homme. Leurs voix de vieilles femmes contrastaient bizarrement avec leurs visages juvéniles.

– Tu sais ce qu'elle a pour toi, n'est-ce pas ?

Robert pensait connaitre la réponse. Il l'espérait. Il le désirait plus que tout. Il sentit sa tête s'affaisser. Rester éveillé lui demandait trop d'efforts. Le sommeil, tellement plus désirable, l'emportait doucement. Rouvrirait-il les yeux devant le magasin de tourtes, comme l'autre fois ? Il se moquait de sentir l'odeur du mouton, des pommes de terre et de la sauce. Il voulait des oranges ! Les oranges vertes de la Barbade, prêtes à être cueillies. Leur parfum était si fort qu'il en avait l'eau à la bouche.

– Résiste, Robert ! lui cria Maricée à l'oreille.

Il se réveilla en sursaut.

– Je ne veux pas résister ! cria-t-il à son tour. Je veux voir mon frère !

– Ton frère ?

Maricée lui lança un regard surpris.

Les somnambules étaient de plus en plus près.

– Mais tu veux aussi sauver ton amie Lizzie, non ? lui rappela-t-elle.

Lizzie ? Qui était… ? Ah, oui ! La personne qui avait été si gentille avec lui. C'était pour elle qu'il était là. Bien sûr qu'il voulait la sauver. Comment avait-il pu l'oublier ?

– Évidemment ! répondit-il.

Maricée approcha son visage du sien.

– À trois, on file ! chuchota-t-elle. Un. Deux…

Sans attendre la fin du décompte, elle arracha sa lanterne à l'homme au pantalon écossais, saisit la main de Robert et l'entraina.

Ils détalèrent entre les arbres. Robert ne cessait de perdre ses pantoufles qui s'accrochaient aux brindilles. Chaque fois qu'il trébuchait, Maricée l'aidait à se redresser.

Les somnambules les suivaient. Ils n'avançaient pas vite, mais leur rythme était régulier.

Robert et Maricée traversèrent une étendue d'herbe, qu'ils quittèrent pour un étroit sentier caillouteux.

– J'espère qu'on va vers une sortie, siffla la jeune fille.

Robert l'espérait aussi. Tout son corps le suppliait de ralentir. Il jeta un coup d'œil derrière lui. Le garçon boucher avait accéléré. Les porteurs de chaise couraient aussi, d'un pas pesant, comme tirés par une corde invisible. Maricée bifurqua. Robert se baissa pour passer sous une branche basse et grimaça. Ses bas ne le protégeaient pas des ronces.

Son amie s'arrêta brusquement.

– Tu as entendu ?

Robert tendit l'oreille. Il avait perçu quelque chose, en effet. Le bruit se répéta. Cette fois, il l'entendit distinctement et l'identifia. Ce n'était pas un cri humain. C'était le son qu'il avait entendu devant l'écurie des Hibbert, le matin même.

– Des chevaux ? demanda-t-il. Rhum Rouge ?

– Oh non, pas ça ! gémit Maricée.

Elle repartit en courant.

– Allons l'aider !

Ils trébuchèrent sur des racines, se prirent les pieds dans des terriers de lapin et des enchevêtrements de broussailles avant d'émerger sur un chemin plus large. Un scintillement d'encre trahissait la présence d'un lac. Ils étaient au bord de la Serpentine, à l'endroit que Lady Turnmill leur avait conseillé d'éviter.

Un autre cri fusa, plus fort. Maricée se précipita dans sa direction. Robert voulait la suivre, mais son corps était lourd. Sa tête le faisait souffrir, et la berceuse avait envahi son crâne. La Bergère chantait pour lui seul. Il se laissa tomber dans l'herbe, haletant, et expira une bouffée jaune pâle.

« Résiste ! avait dit Maricée. Pour Lizzie ! » Il avait si souvent lutté contre le sommeil. Il se rappela toutes ces nuits passées à se balancer dans le hamac, dans la cale du bateau. Ses rares moments de sommeil peuplés de cauchemars. Il était capable de veiller à nouveau. Il huma l'air. Un parfum d'orange emplit ses narines.

Les oranges lui rappelaient…

Elles lui rappelaient sa mère…

Mais aussi qu'il pouvait devenir captif d'un rêve, et ne jamais se réveiller !

Robert se releva et fit quelques pas en titubant. Son souffle était à nouveau limpide. Il rejoignit Maricée au bord du lac.

– Le bruit venait de là, dit-elle. J'en suis sûre, mais je ne vois rien…

Robert non plus. La Serpentine était sombre et lisse, mais l'air était vaseux.

Le cri se répéta, semblable au raclement d'un couteau sur une pierre à aiguiser. Robert ne voyait toujours rien. Même les somnambules avaient disparu. Peut-être étaient-ils retournés à leurs rêves…

– Là ! cria Maricée.

Robert la sentit avant de la voir. Sa tête s'emplit d'un murmure de prières et de ballades mélancoliques, évoquant la vie des pendus. L'esprit de l'eau Westbourne-Tybourne se tenait au bord de l'eau. Sa silhouette chatoyante était tantôt celle d'une femme âgée, tantôt celle d'une jeune femme.

Elle leva la main.

– Vous n'auriez pas dû venir par ici.

Elle parlait à deux voix, l'une faisant écho à l'autre.

– On a entendu un cri, dit Maricée en regardant autour d'elle. On a cru que notre cheval avait des problèmes…

– Les problèmes, c'est vous qui les apportez.

Au même instant, le garçon boucher sortit du taillis en titubant, armé d'un pieu affuté comme une lance. Il prit son élan et se précipita sur les jeunes gens, laissant une trainée d'air jaune dans son sillage.

– Non ! hurla Robert en écartant Maricée de sa trajectoire tandis que son amie tentait de le protéger.

Ils tombèrent à la renverse, chacun de leur côté, alors que le garçon boucher allait planter son pieu dans la rive du fleuve. Lady Westbourne-Tybourne apparut à ses côtés.

– Vous ne pouvez pas faire ça, commença la voix jeune et timide, aussitôt relayée par une voix plus âgée, impérieuse : Vous ne pouvez pas faire ça !

Lady Westbourne-Tybourne écarta sans ménagement le garçon boucher et arracha le pieu de la boue. Puis elle se retourna, alertée par un crissement de pas sur le gravier. Les deux filles s'étaient approchées. Elles avaient les yeux ouverts, mais leurs gestes étaient maladroits, désordonnés. Elles portaient des seaux à l'odeur nauséabonde. Un jardinier s'avança à son tour en poussant une brouette pleine de bêches, de râteaux, de cannes et de poteaux pointus.

La brume jaune de la maladie formait des volutes autour d'eux. D'autres somnambules les rejoignirent : une longue file sinueuse équipée de brouettes et de sacs, de seaux et de boîtes. Ils déchargèrent des haches, des marteaux, des piques et des bâtons au bord du lac.

– Que font-ils ? s'inquiéta Maricée.

Robert était incapable de répondre. L'Éther l'attirait irrésistiblement. C'était *elle*. Et elle s'impatientait !

– Partez ! cria Lady Westbourne-Tybourne.

Les somnambules n'en firent aucun cas. Ils se tenaient immobiles, sur le qui-vive, comme s'ils attendaient un signal. L'homme au pantalon écossais brandit une torche vers le ciel et la laissa tomber.

– Levez-vous !

– Non, cria Lady Westbourne-Tybourne. Pas ça ! Ne faites pas ça !

– Debout !

Les somnambules enfonçaient leurs piques dans la berge, retournaient la terre meuble.

– Levez-vous !

Les deux filles déversèrent le contenu nauséabond de leur seau dans la rivière. C'était de la graisse animale, des os et des intestins : les déchets d'un abattoir. Un porteur de chaise fit rouler un tonneau jusqu'au bord, ôta le couvercle et le poussa dans le lac. Le fût rebondit à la surface tandis qu'une substance sombre comme la mélasse se répandait dans l'eau.

– Stop. STOP ! ordonna Lady Westbourne-Tybourne.

Le garçon boucher s'empara d'une hache et arracha de grosses mottes de terre des berges. Lady

Westbourne-Tybourne le repoussa, lui confisqua sa hache et la lança dans l'eau. Revenu sur la berge, le garçon prit un pieu et commença à poignarder le sol.

Maricée secoua l'épaule de Robert.

– Il faut partir. MAINTENANT !

Elle le relâcha si soudainement qu'il tituba.

Un petit cercle s'était formé dans l'eau près de la rive, et se déplaçait vers le centre du lac en ondulant. Des voix résonnèrent au-dessus de l'eau :

– Elles l'ont appelé ! Elles l'ont réveillé !

Maricée lui avait repris l'épaule.

– Partons !

Il en avait assez que son amie le tire sans cesse d'un côté et de l'autre. Il ne voulait plus bouger.

« Robert ! Rejoins-nous ! »

Elle aussi, elle voulait qu'il reste.

Quelque chose transperça la surface du lac. Un tentacule à la peau grise et craquelée comme du vieux cuir, terminé par un ongle brun crochu. Il s'enroulait et se repliait sur lui-même. Il continua de s'élever dans les airs et se balança bientôt au-dessus de la Serpentine.

« Patience, Robert, disaient les voix. Tu seras bientôt des nôtres. »

Un autre bras surgit, puis un troisième. Ils étaient couverts de pustules, dans lesquelles sautaient de minuscules créatures semblables à des puces. Il s'en dégageait une odeur pestilentielle. Celle d'une ville rongée par la mort. L'odeur qui planerait sur Londres si on n'arrachait pas les pauvres à leur sommeil artificiel.

Maricée criait toujours, mais Robert n'entendait plus ce qu'elle lui disait. Le brouhaha des voix était trop fort.

Il fixa le lac. Un autre bras troua la surface, puis un autre encore. Le volume des voix devint assourdissant. Elles ne l'appelaient pas. Elles pleuraient, suppliaient, imploraient...

Les bras se rétractèrent lentement, et les voix s'apaisèrent.

Un nouveau tentacule jaillit du lac. Son ongle recourbé s'accrocha à la chemise du garçon boucher et l'attira vers l'eau. En se débattant, le garçon laissa tomber son pieu. Les somnambules chantaient, creusaient la berge et déversaient leur bouillie infecte dans le lac. Personne ne semblait disposé à lui venir en aide. Maricée courut vers lui, mais Lady Westbourne-Tybourne lui barra le passage en secouant la tête. Elle se dirigea vers le captif et posa les mains sur le tentacule.

– Repos, ordonna-t-elle.

Le monstre lâcha prise. L'ongle crochu déchira la chemise du garçon boucher, qui tomba à la renverse. Il resta un moment étendu dans l'herbe, puis se releva, ramassa une perche et se remit à creuser. Un autre tentacule jaillit soudain de l'eau et s'enroula autour de la taille de Robert. Il voulut crier, mais il était serré si fort que seul un filet d'air s'échappa de sa poitrine. Il planta les talons dans le sol, en vain. La créature le trainait sur l'herbe comme un fétu de paille, en direction de l'eau.

– Robert !

Maricée courait vers lui, flanquée de Lady Westbourne-Tybourne.

– Aidez-moi ! hurla-t-il.

Dans un bruit de déchirure, une tête sortit de l'eau. Le crâne à la peau tendue, épaisse et craquelée, aurait pu sembler humain s'il n'avait été aussi immense. Le monstre n'avait pas d'yeux, seulement des renfoncements dans la peau en guise d'orbites. À mesure qu'elle s'élevait au-dessus de l'eau, sa tête semblait de moins en moins humaine. Elle se terminait par un long bec incurvé, qui rappela à Robert les colibris de la Barbade.

Un autre tentacule s'enroula autour de ses jambes dans un claquement humide. Robert hurla de nouveau. Alors qu'il se débattait, Maricée arracha son pieu à une somnambule et le plongea dans la peau du monstre.

Celui-ci ouvrit le bec et poussa un cri qui sembla résonner du fond de la terre.

Il plongea en rétractant ses tentacules. Robert essaya désespérément de résister à la traction. Les roseaux lui fouettaient la peau. Ses chaussons restèrent prisonniers de la boue et ses pieds nus effleurèrent la surface de l'eau. L'instant d'après, la créature le projeta en l'air, tel un trophée.

Robert entendit Maricée crier au loin. Il vit Lady Westbourne-Tybourne se précipiter au bord de l'eau. Puis le tentacule plongea, l'emportant dans l'eau glacée.

Privé de souffle, Robert tenta d'économiser l'air qui restait dans ses poumons et se força à ouvrir les yeux. Il savait d'avance qu'il ne verrait personne au fond du lac. Les voix qu'il avait entendues étaient celles du monstre. Il ne distingua que le corps massif du poulpe géant, ses tentacules qui s'agitaient comme des danseurs.

Serait-ce sa dernière vision avant de mourir ?

Robert lutta et se tortilla pour se défaire de l'étreinte du monstre. Le tentacule le serrait de plus en plus fort, lui écrasait les côtes. Au bord de l'asphyxie, il crut que sa poitrine allait exploser.

Il eut une pensée pour sa mère et ses sœurs, restées à la plantation de la Barbade. Quand ils s'étaient dit au revoir, il avait compris qu'ils ne se reverraient probablement jamais. Malgré tout, il avait gardé espoir. Cet espoir était en train de s'éteindre. Il pensa aussi à son frère. Irait-il rejoindre Zeke, là où il se trouvait ? Robert laissa l'air s'échapper de sa bouche et ferma les yeux. Sa tête s'emplit du parfum des oranges. Il cessa de résister.

13

Le sommeil

Le sommeil enveloppa Robert, tel un monstre marin attirant un bateau au fond de l'eau.

Tout en sombrant, le garçon entendit une sirène chanter au loin :

« Marchez, mes agneaux, marchez.
Suivez le troupeau.
Ouvrez les paupières, refermez les yeux,
Dormez, mes agneaux, d'un profond sommeil.
Dix ans, dix larmes, qui coulent de mes yeux.
Réveille-toi, respire fort, redresse-toi, Robert. »

*

* *

Robert se réveilla, prit une profonde inspiration, puis soupira. Une délicieuse odeur de pâte tiède et de viande flottait dans l'air. Il était devant l'échoppe d'un vendeur de tourtes, et son estomac criait famine. Dans la boutique, les étagères étaient couvertes de tartes, et une nouvelle fournée devait être en train de cuire, car la chaleur parfumée filtrait dans la rue.

Robert poussa la porte et s'approcha du comptoir. Le propriétaire allait et venait dans l'arrière-boutique, mais c'était sans importance. Robert pouvait choisir ce qu'il voulait. Il y avait des tourtes au poulet, au mouton, au bœuf et aux huitres, mais aussi des tartes sucrées ! Aux cerises, aux pommes, aux prunes de Damas...

– As-tu besoin d'aide, mon frère ?

Le propriétaire apparut dans l'encadrement de la porte. Il était de petite taille et ne portait pas de perruque. Robert ne distinguait pas son visage à contrejour, mais il aurait reconnu sa voix entre mille.

Ce n'était pas possible. Que faisait-il ici, à Londres, dans une boutique de tourtes ? Il n'était plus de ce monde.

La Bergère avait fait une promesse à Robert. Elle tenait parole.

– Zeke ? demanda-t-il doucement. C'est toi ?

– Te rappelles-tu mon autre nom ?

Aucun doute possible : c'était bien sa voix !

La silhouette sortit de l'ombre et s'approcha de Robert. C'était un véritable corps de chair et d'os, avec des bras, des jambes… et ce visage, qui apparaissait dans ses premiers souvenirs.

– Tu te souviens comment m'appelait Maman ?

– Akan, souffla Robert. Pour te rappeler qui nous étions, avant…

Maman avait répété ce nom, inlassablement, quand Zeke luttait contre la fièvre et s'affaiblissait chaque jour un peu plus. Pourtant, il était là ! Bien vivant, debout devant lui.

– Je t'ai manqué, petit frère ? demanda Zeke.

Robert secoua la tête.

– Tu… Tu ne peux pas être là.

– Je suis là, pourtant. Rien que pour toi.

Robert regarda la main qu'il lui tendait. Les doigts de Zeke étaient longs et lisses. Intacts. Plus aucune trace des coupures, des échardes et des ongles arrachés, causés par le travail sans fin dans la plantation. Robert était heureux. Il avait toujours détesté voir Zeke gratter ses plaies. Il accepta sa poignée de main. Elle était chaude et puissante.

– Et mon monde ne se limite pas à une pâtisserie, ajouta son frère en riant.

L'échoppe scintilla soudain et disparut dans une explosion de chaleur. Robert se retrouva dans une rue de Londres, gaie et lumineuse. Pas de fumée, de brouillard ni de recoins sombres. Zeke, toujours à côté de lui, lui tenait la main. Mais…

Robert regarda son frère. Six ans s'étaient écoulés depuis que Zeke avait quitté ce monde. Il aurait dû paraitre plus vieux. Pourtant, c'était toujours le même garçon de quatorze ans.

Pendant que Robert se faisait cette réflexion, Zeke se mit à grandir. Son visage s'allongea et son menton se couvrit de barbe.

« C'est un rêve, Robert ! Ne l'oublie pas ! »

– Tu vas bien, Keke ? demanda Zeke.

« Keke. » Le surnom que son frère lui avait donné. Un cadeau précieux, que personne ne pouvait lui prendre. Qu'importe si les propriétaires de la plantation l'appelaient autrement !

Zeke tira sur la chemise de Robert.

– Elle te va bien…

Sa veste en soie avait disparu et il portait la chemise gris foncé que Mrs Wandle avait brulée à son arrivée à Londres. Il tira sur un pan, incrédule. C'était bien la même, décolorée à l'endroit où Maman l'avait frottée pour effacer une tache de soupe. Elle flottait autour de lui, aussi ample que le jour où Zeke la lui avait donnée, quand Robert était petit.

« Pourtant, j'ai grandi ! objecta-t-il en pensée. Même quand je suis arrivé à Londres, elle commençait à être trop juste. »

Aussitôt, les manches se resserrèrent, le tissu tira un peu plus sur sa poitrine.

– Ça fait longtemps que je ne t'ai pas vu, Keke, continua Zeke.

– J'ai essayé de rêver de toi, lui confia Robert. Mais je faisais des cauchemars. Alors, j'ai voulu arrêter de dormir…

– Je sais, dit Zeke. J'ai vu que tu souffrais, mais je ne pouvais rien faire. Je suis venu pour m'occuper de toi. J'ai le pouvoir de changer cette ville. De créer une nouvelle Londres pour toi. Tu comprends ?

Zeke embrassa les alentours d'un geste.

C'était bien Londres, en effet, mais pas la ville que Robert connaissait. À Leicester Fields, les barrières de fer qui entouraient la pelouse avaient disparu. Des enfants escaladaient la statue équestre et pêchaient dans un étang. Une clameur s'éleva lorsqu'une chaise à porteurs passa sur le chemin. Les porteurs la posèrent, ouvrirent la porte et aidèrent un homme à en sortir, suivi par des valets de pied en uniforme doré. « Comment ont-il réussi à entrer tous là-dedans ? » se demanda Robert. C'était impossible ! Sa maitresse, Lady Hibbert, avait déjà du mal à entrer dans la sienne avec sa robe et son chapeau.

« Lady Hibbert ! Dans cette Londres, il n'y a certainement plus de Lady Hibbert ! »

L'homme avait les cheveux tirés en arrière, attachés par un ruban. Sa peau était aussi sombre que celle de Robert.

– C'est le roi ? demanda-t-il.

– Nous sommes tous des rois ici, répondit Zeke.

– Je veux dire *le* roi. Le vrai.

– Si c'est ce que tu souhaites…

Le roi sortit des bonbons de ses poches et les lança en l'air. La foule se massa autour de lui, les mains en coupe, pour recueillir des friandises. D'autres bonbons prirent leur envol et dessinèrent des arcs de cercle dans le ciel, avant de se transformer en buisson aux fleurs rouge vif.

– Des colibris ! s'exclama Robert en voyant de longs becs surgir entre les pétales.

– Exact, confirma Zeke. Je me souviens que tu adorais les regarder.

Robert posa une main sur sa poitrine. Son cœur battait la chamade. Il tenta de se raisonner. Maman avait pleuré pendant des semaines après la mort de Zeke.

« Ce n'est pas réel. C'est impossible, disait une petite voix au fond de sa tête. Ça fait partie de la maladie.

– Et alors ? protesta une autre voix. Est-ce vraiment important ?

– Oui », décida Robert.

Il devait partir. Il avait de bonnes raisons pour cela, mais lesquelles ? Qu'est-ce qui pouvait être plus important que de retrouver son frère ?

Zeke serra sa main encore plus fort.

– Ce monde est meilleur pour nous, Keke. Tu le vois, non ? C'est ce que tu désires.

Robert n'avait pas les idées claires. Il tenta de libérer sa main pour mieux réfléchir. Il devait chercher quelque chose. Arrêter quelque chose…

– Tous ces mois de solitude, dit Zeke. Et cette horrible femme qui te battait. Qui te laissait mourir de faim. Sans ton grand frère pour te défendre.

Robert essaya encore de lui reprendre sa main, avec moins d'énergie.

– Pas de famille, continua Zeke. Pas d'amis…

Des amis ? Mais si ! Zeke se trompait ! Robert avait des amis ! Il avait Lizzie et Maricée !

Il dégagea brusquement sa main.

– Qui es-tu ? Tu ne peux pas être mon frère !

Le silence envahit Leicester Fields. Les enfants assis à califourchon sur la statue équestre le regardaient fixement. Le roi et ses valets de pied aussi. Même les colibris étaient immobiles, figés en plein vol.

Le regard douloureux de Zeke donna envie de pleurer à Robert.

– Je suis ton frère, Keke ! Regarde-moi ! Je suis sûr qu'au fond de ton cœur, tu connais la vérité.

– Je connais la vérité, répéta Robert.

Elle lui déchirait le cœur, mais il la connaissait, en effet. Sans l'ombre d'un doute.

– Tu n'es pas vraiment mon frère, affirma-t-il.

Il prit Zeke par les épaules. L'étoffe glissa sous ses doigts. Ses omoplates étaient aussi dures que des os véritables.

– Qui es-tu ? Que fais-tu ici ?

« Dix ans, dix larmes, qui coulent de mes yeux.
Réveille-toi, respire fort, redresse-toi, Robert. »

La bouche de Zeke remuait, mais c'était une voix de femme qui chantait ces paroles.

– Je t'attendais, dit-elle.

Zeke était parti.

Leicester Fields aussi avait disparu. Robert était dans une rue bondée. Des porteurs de chaises slalomaient entre des fiacres et des charriots chargés de tonneaux, obligeant leurs passagers à s'agripper à leur siège.

Un homme tirant une charrette à bras pleine de sacs volumineux se faufilait entre les voitures et les marchands qui déambulaient d'un café à l'autre. La cohue londonienne que Robert connaissait bien réapparut pour un instant seulement, émergeant d'un brouillard de couleurs. Tous les sons semblaient étouffés. Robert n'entendait que la berceuse.

« Marchez, mes agneaux, marchez. Suivez le troupeau. »

Un porteur calqua son pas sur celui de Robert et inclina son chapeau.

« Il n'y a pas de porteur. Tu rêves, Robert. »

L'homme choisit une orange dans un panier suspendu à son bras et la lui offrit. Puis il inclina de nouveau son chapeau et disparut comme par enchantement. Robert enfonça les ongles dans la peau épaisse du fruit, jusqu'à ce que le jus perle sur l'écorce. Il l'approcha de son nez et inspira.

– Keke ?

Zeke était de nouveau près de lui. Mais, cette fois, on aurait dit un tableau à l'aquarelle, aux contours mal définis.

– Ne me renvoie pas, Keke.

– Tu n'es pas réel !

Robert jeta l'orange et voulut s'enfuir. Londres défilait autour de lui. Il vit l'arche de Temple Bar se profiler dans la brume et reconnut les pointes qui émergeaient de la pénombre, au sommet. Robert voulut accélérer, mais un homme au pantalon écossais se planta devant lui, une tourte dans les mains. L'instant d'après, des colibris surgirent de l'échoppe.

« *Marchez, mes agneaux, marchez. Suivez le troupeau.* »

Robert bifurqua dans une ruelle aux maisons délabrées, qui semblaient s'appuyer les unes contre les autres. Tout n'était que pénombre. Ses pas ne faisaient aucun bruit sur les pavés. Il poussa la porte d'un café décrépit, monta un escalier tortueux...

« *Ouvre les yeux, ferme les yeux...* »

Robert franchit un premier palier, puis un autre. Une odeur de café aigre, des rires et une musique légère flottaient dans l'air, mais les portes des chambres étaient fermées. La chanson était si forte, à présent, qu'elle semblait s'échapper de sa gorge.

« *Dors, Robert, dors.* »

La chanson se tut, mais son écho continua de vibrer dans le silence. Robert se tenait devant une porte fermée, légèrement de travers dans son cadre. Elle n'avait ni serrure ni poignée. Il s'arrêta et toqua contre le bois vermoulu.

– Entre.

Robert poussa la porte et se retrouva dans une prairie. L'herbe y était plus douce, plus verte qu'à Bloomsbury Square. Un troupeau de moutons broutait au loin, mais aucun souffle de vent n'agitait l'air, comme si Robert n'avait pas quitté le palier. Il jeta un coup d'œil derrière lui. La porte était restée ouverte. Il distingua le plâtre sale et la fenêtre sans carreaux qui donnait sur la ruelle, en contrebas.

– Je suis là, Robert.

Le garçon reconnut la voix qui chantait la berceuse.

– Je sais que tu as fait tout ce chemin pour venir me voir, enchaina-t-elle. Je ne me cacherai pas.

Une femme apparut soudain. Sa robe bleu clair avait l'éclat de la soie, et sa jupe, qui tombait en plis jusqu'au sol, rappela à Robert la glace qui recouvrait l'escalier de la cave à charbon durant l'hiver. Sur la robe, elle portait un gilet sans manches en lin sale, comme les palefreniers des Hibbert. Une petite broche y était épinglée, ornée d'un agneau gravé. La lisière de son large chapeau de paille, garni de roses, était brodée de fils d'or. Ses doigts longs et fins tenaient un bâton en fer forgé rongé par la rouille.

Elle leva la tête pour lui présenter son visage. Des traits ordinaires, qu'il était sûr d'oublier instantanément. Elle le fixa dans les yeux. Ses iris étaient du même vert que la prairie, une couleur presque irréelle.

« Rien de tout ceci n'est réel », se rappela Robert.

– Qui êtes-vous ? demanda-t-il d'une voix enfantine. Que voulez-vous ?

– Tu sais qui je suis, répondit-elle. Je suis la Bergère, et je veux t'aider.

– Pourquoi ?

– Parce que tu as été victime d'injustices depuis le jour où tu es né. N'est-ce pas ?

Le garçon acquiesça. Quand il vivait encore dans la plantation, l'épouse du contremaitre avait eu un bébé. Robert l'avait vu marcher à quatre pattes sur le porche de la maison, ou à califourchon sur la hanche de sa cousine chargée de s'occuper de lui. Il savait que l'enfant blanc ne connaitrait jamais la faim. Qu'il ne serait jamais battu. Qu'on ne l'arracherait jamais aux bras de sa mère pour le vendre à quelqu'un, de l'autre côté de l'ile.

Il s'efforça de chasser ce souvenir. C'était un rêve. La Bergère qu'il cherchait depuis si longtemps se tenait enfin devant lui.

– Qui es-tu ? répéta-t-il d'une voix plus ferme. Es-tu l'enfant trouvée ?

La Bergère frappa le sol de son bâton.

– Je suis celle qui se soucie des agneaux perdus, répliqua-t-elle.

Elle s'approcha de lui, le dépassa et s'arrêta sur le palier.

– Viens. Je veux te montrer quelque chose...

Robert suivit la Bergère, qui semblait flotter au-dessus des marches délabrées. Ensemble, ils quittèrent le café et s'engagèrent dans une rue envahie par un brouillard jaune.

– Tu as connu la douleur de la perte, dit la Bergère. Tu comprendras.

Elle agita les mains dans le brouillard comme pour enrouler une ficelle. La brume se massa autour d'elle, dégageant l'espace devant eux.

– Regarde, ordonna-t-elle. Voici la Londres véritable.

Robert obéit : ils étaient à l'intérieur d'une mansarde. Comment étaient-ils arrivés ici ?

« C'est un rêve, se dit-il. Tout est possible. »

Les murs de la pièce, en plâtre décrépit, laissaient apparaitre les briques, et le plafond vouté semblait avoir été enfoncé par un pied géant. Des cendres froides s'entassaient dans la minuscule cheminée, mais il n'y avait ni charbon ni bois dans la pièce. Ce foyer devait être éteint depuis des lustres. Un manteau et un bonnet en loques pendaient à un clou fiché dans le mur. Dessous, sur une petite table, étaient posés une cruche, trois chopes et un morceau de pain rassis. Un rat courut au pied du mur, grimpa sur la table et s'attaqua au crouton.

Un lit occupait presque tout l'espace restant. Au moins huit personnes y dormaient : deux mères et leurs enfants. Autour, le sol était jonché de paille et de gens endormis. Certains étaient recroquevillés sur eux-mêmes, d'autres étendus sur le dos, les bottes de l'un contre le bonnet de l'autre, les bras emmêlés. C'était presque pire que la cabane de la plantation, où Robert et les siens s'entassaient pour dormir. Seulement, là-bas, personne ne souriait dans son sommeil. Les visages qu'il voyait ici étaient détendus et arboraient un air satisfait. Un vieil homme était adossé contre le mur, le cou tordu. Il glissa lentement sur le côté et tomba sur la paille. Il gloussa, mais ne se réveilla pas.

– Qui sont tous ces gens ? demanda Robert.

– Ils vivent ici, répondit la Bergère.

– Dans cette maison ?

– Dans cette pièce.

– Se réveilleront-ils un jour ?

Les yeux de la Bergère étincelèrent dans la pénombre.

– Je les ai aidés à retrouver leurs proches. Ils ne voudront pas prendre le risque de les perdre à nouveau…

– Vont-ils rêver jusqu'à leur mort ?

– Peut-être. Mais cette vie vaut-elle la peine d'être vécue ?

Robert lorgna à nouveau la Bergère. Elle n'avait pas plus de vingt ans. Son front portait une blessure aux bords carrés, boursoufflés, comme si on l'avait marquée au fer.

– Tu m'as demandé ce que je voulais, dit-elle en embrassant d'un geste la pièce misérable. Je veux mettre fin à tout ça. Ne t'es-tu jamais demandé pourquoi tu trouvais de la nourriture dans tes rêves, mais pas dans ton assiette, dans la cuisine des Hibbert ? Pourquoi il y a de la chaleur et de la bienveillance dans l'Éther, mais pas dans le monde où tu te tues au travail ?

Robert s'était déjà posé ces questions, bien sûr. Mais il savait que, s'il s'y attardait trop longtemps, il se blottirait dans un coin et ne voudrait plus jamais se réveiller. Comme les gens qui se trouvaient dans cette pièce.

– Il en a toujours été ainsi…, continua la Bergère.

À mesure qu'elle parlait, l'image de la mansarde s'estompait. Robert se retrouva dans une rue déserte, envahie par la brume.

– Tu connais Fleet Street, dit-elle. Pense à tous les gens qui ont foulé cette rue, des siècles durant. À ceux qui l'ont bâtie, détruite et reconstruite. Il y a toujours eu des commandants et des soldats…

Elle se tourna vers lui, un petit sourire aux lèvres.

– Et des esclaves, Robert. Il y a toujours eu des esclaves…

Une vive chaleur envahit les joues du garçon. D'aussi loin qu'il se souvenait, Maman lui avait toujours dit que ce mot, « esclaves », désignait ce qui leur arrivait, pas ce qu'ils étaient.

– Je peux changer tout cela, Robert.

– En faisant mourir les gens dans leur sommeil !

– Non !

La Bergère lui saisit le poignet.

– Grâce à la Liberté de Londres.

Elle approcha les lèvres de son oreille et ajouta :

– Quand elle sera mienne, je façonnerai une nouvelle Londres. Je réunirai les deux villes. L'Éther et le monde solide seront si proches qu'on passera facilement de l'un à l'autre. Tu retrouveras ton frère. Ton amie Lizzie retrouvera sa sœur. Tu mangeras à ta faim et tu dormiras au chaud. Tu ne seras plus jamais obligé de mettre un pied chez les Hibbert.

« Plus obligé de mettre un pied chez les Hibbert... Jamais... » Comment une telle chose était-elle possible ?

– Dans l'Éther tel qu'il est maintenant, tu rêves de la vie que tu désires. Seulement, quand tu te réveilles, tu dois regagner ce monde cruel. Imagine que tu puisses vivre dans l'Éther aussi longtemps que tu le souhaites. Des jours, des semaines, des années... Tu mèneras la vie de tes rêves. La voilà, ta véritable Londres.

– Mais ce ne sera qu'un rêve ! protesta-t-il.

Un rêve délicieux, pourtant.

– Qu'adviendra-t-il de l'autre Londres ? Celle où je vis maintenant ?

– Apporte-moi la Liberté, Robert. J'ai enfin la force de la contrôler. Tu l'as vu de tes yeux ! Je suis assez puissante pour réveiller le monstre des épidémies et façonner ses pensées, afin qu'il s'empare de toi.

Elle fit rouler son bâton entre ses paumes. Des étincelles argentées fusèrent et s'éteignirent aussitôt, telles des flammèches au-dessus d'un feu.

– Nous allons transformer Londres pour mettre la ville au service des pauvres gens. Tu m'as vue contrôler les somnambules. Imagine que j'aie le pouvoir de contrôler Lady Hibbert, pour que ce soit elle qui te serve, Robert ! Tu dormirais sur un doux matelas de plumes tandis qu'elle récurerait les plats en étain. Pour toi et tes semblables, les nuits dans la cuisine glaciale ne seraient plus qu'un mauvais souvenir. Lady Hibbert te servirait tes repas dans la Londres solide, et tes rêves te ramèneraient dans le seul monde qui compte. Ici, dans l'Éther, avec ton frère.

– Vous voulez dire qu'elle deviendrait *mon esclave* ? demanda Robert, sceptique.

– Pense à ton avenir, Robert. Lady Hibbert finira par se lasser de toi. Elle te vendra comme une vulgaire marchandise à une autre femme riche aussi monstrueuse qu'elle. Ou alors, elle te renverra outre-mer, dans une plantation, où tu travailleras jusqu'à ce que mort s'ensuive. Laisse-la donc nettoyer sa maison, repriser ses bas, mendier des pommes pourries à Covent Garden. Laisse-la éprouver cette douleur, Robert. Laissons toutes les personnes cruelles la ressentir.

Une question traversa furtivement les pensées de Robert, trop vite pour qu'il s'en empare. Elle concernait une femme qu'on avait pendue… une enfant… et une rivière. La rivière Fleet. Une fille jetée dans la Fleet.

– C'était une orpheline ! Placée en apprentissage, et maltraitée. La connaissez-vous ? Est-ce… est-ce vous ?

– Il y a tant de cruauté dans ce monde, continua la Bergère, éludant sa question. Mais nous pouvons y remédier. Trouve-la, Robert. Trouve la Liberté et apporte-la-moi. Je te regarderai et j'attendrai.

– Une dernière chose…, ajouta-t-elle.

Son image s'estompait, mais ses yeux luisaient toujours comme des émeraudes.

Elle poussa le garçon, qui tomba à la renverse.

– Je n'aurais pas laissé le monstre te tuer.

Robert tombait toujours, de plus en plus vite. Une chute que rien ne semblait vouloir interrompre.

14

La dime

Maricée courut vers la Serpentine en criant son nom, mais Robert avait déjà disparu sous la surface.

Un tentacule intercepta Maricée et la projeta brutalement sur l'herbe. Elle se releva en massant son derrière douloureux tandis que Lady Westbourne-Tybourne courait parmi les somnambules pour les obliger à s'éloigner des berges. Hélas, c'était peine perdue !

Maricée parvint enfin à se faufiler au bord de l'eau.

– S'il vous plait, sauvez-le ! implora-t-elle.

Le lac était couvert d'une couche huileuse et strié de boue. Dans la lumière vacillante des torches, elle vit la surface enfler à nouveau. Un tentacule jaillit de l'eau. Robert était suspendu à son extrémité, les bras ballants, la tête oscillant d'un côté à l'autre. Maricée sentit la panique l'envahir. C'était elle qui l'avait entrainé dans cette aventure, et sans son aide, il risquait de mourir ! Elle devait absolument faire quelque chose, mais quoi ?

Le tentacule retomba dans le lac, emportant son ami.

– Non !

Le hurlement de Maricée se perdit sous la surface, et tout se tut.

Le manège des barils et des seaux s'était interrompu ; les martèlements avaient cessé.

Lady Westbourne-Tybourne, presque transparente à force de s'étirer, se tenait sur la rive de la Serpentine, entre les somnambules et l'eau. D'autres Chads l'avaient rejointe, probablement issus des puits voisins et des ruisseaux détournés pour créer la Serpentine de la reine Charlotte. Certains étaient pâles et vaporeux, presque immatériels. D'autres, petits et solides, semblaient faits de boue. Leurs seuls points communs étaient les fils argentés qui les parcouraient. L'onde qui jaillissait de la terre autour d'eux renversa de nombreux somnambules. Des rubans d'eau, presque invisibles dans la pénombre, leur arrachaient leurs armes des mains. Mais tout cela ne suffisait pas à sauver le garçon !

– Il faut obliger ce monstre à libérer Robert, décréta Maricée.

Lady Westbourne-Tybourne secoua la tête.

– Impossible ! Le pacte stipule que nous devons veiller sur lui et…

– Au diable ce maudit pacte !

Maricée fondit en larmes.

– Mon ami va mourir à cause de lui ! Personne ne peut m'aider ?

– Une faveur en échange d'une faveur ? fit une voix, qui rappelait le grincement d'une girouette.

On aurait dit… Mais oui !

Maricée leva les yeux vers le ciel et plaqua une main devant sa bouche pour étouffer une quinte de toux. Une odeur de charbon brulé flottait dans l'air. La nuit tombait, et l'obscurité s'étendait sur l'eau, telle une couverture.

– Une faveur en échange d'une faveur ? répéta la voix.

La jeune fille hésita. Voulait-elle rendre un nouveau service aux Fumis, sans même connaitre les termes de l'échange ? Maricée et Robert n'avaient pas encore rempli leur part du précédent marché. Mais Robert allait se noyer !

– D'accord ! cria-t-elle. Une faveur en échange d'une faveur !

Un tourbillon de fumée noire déferla vers elle en rampant à la surface de l'eau.

– Utilise le feu ! fit la voix de girouette.

« Le feu ? Mais l'eau ne brule pas. »

Au même instant, un porteur de chaise qui s'était faufilé entre les roseaux fut renversé par un jet d'eau et laissa tomber sa torche. La petite flamme luisait encore dans la pénombre.

Maricée se figea. L'eau ne brulait pas, c'est vrai. Mais que se passait-il quand elle était mélangée à de l'huile ? Dans un vieux livre de sa grand-mère, Maricée avait vu l'image d'un navire de guerre, incendié au cours d'une bataille. Il flambait avec une telle ardeur que la mer brulait autour de lui. Elle ramassa la torche. Sa flamme minuscule aurait à peine suffi à allumer une bougie.

Lady Westbourne-Tybourne regarda le lac, puis se tourna vers Maricée.

– Ne lui fais pas de mal, implora-t-elle. Ils l'ont réveillé. Il a été blessé.

Maricée souffla doucement sur la flamme pour l'attiser.

– Je n'ai pas d'autre choix... Mon ami risque de mourir, protesta-t-elle.

La fumée dépassa Lady Westbourne-Tybourne et enveloppa la jeune fille.

– Confie-moi le feu, commanda le Fumi.

Maricée tendit la mèche vacillante devant elle. La torche s'éteignit, et la fumée repartit en tourbillonnant vers la Serpentine.

Une seconde plus tard, le lac entra en éruption. Des flammes rouge vif traversèrent l'étendue d'eau tandis qu'un nuage écarlate se formait au-dessus. Le monstre poussa un hurlement de douleur. Un tentacule troua la surface et projeta Robert vers la berge. En voyant le corps du garçon tournoyer dans l'air, Maricée plaqua une main devant sa bouche, saisie d'effroi. Son ami se briserait le dos en atterrissant, s'il n'était pas déjà mort. Contre toute attente Robert s'arrêta soudain, comme suspendu à un fil invisible. Puis il descendit lentement, et se posa au pied d'un saule.

– Une faveur en échange d'une faveur ! cria une voix lointaine.

Le garçon boucher lâcha son pieu et détala sur le chemin, les yeux écarquillés. Tout autour de Maricée, les somnambules se réveillèrent et lâchèrent leurs armes, avant de filer sans demander leur reste.

Maricée et les Chads demeurèrent seuls au bord de la Serpentine. Les fils d'argent qui unissaient les esprits de l'eau se resserrèrent et s'entortillèrent pour former une sorte de bobine, qui parcourut le lac en tourbillonnant pour éteindre le feu. Elle s'amincit progressivement, et Lady Westbourne-Tybourne continua de planer au-dessus du lac.

– La Bergère est trop forte…, dit l'esprit.

– … trop forte, répéta son double en écho, avant de se dissoudre dans l'eau.

« Robert ! » se rappela soudain Maricée.

Son ami était-il blessé ? Ou pire…

Refusant d'imaginer qu'il était mort, elle courut vers le garçon. Une silhouette était accroupie près de lui. Une fille en robe bleue, coiffée d'un chapeau à large bord. Sûrement une somnambule arrachée à son rêve. Elle avait quelque chose d'étrange. Ce n'était pas un fantôme, mais elle n'était pas humaine non plus.

– Il est vivant ? lui demanda-t-elle. S'il vous plait, dites-moi qu'il est vivant !

La fille hocha la tête, se redressa et s'éloigna sans un mot.

Maricée tomba à genoux devant son ami et lui toucha le front. Dieu merci, il était tiède !

– Robert ?

Le garçon cligna les yeux et les ouvrit tout à fait.

– C'est moi ! Maricée ! dit-elle. Je t'ai cru mort.

– Je suis vivant ?

Il referma les yeux, et des larmes coulèrent sur son visage.

– Tu peux marcher ? lui demanda-t-elle doucement.

Robert essaya de s'assoir et grimaça.

– Je ne sais pas...

Un raclement de roues troubla soudain le silence du parc. Maricée sursauta, se releva brusquement et scruta le chemin. Un carrosse venait vers eux en bondissant sur les cailloux. La jeune fille reconnut l'attelage et courut à sa rencontre. C'était leur carrosse !

– Merci, Rhum Rouge ! dit-elle quand le cheval s'arrêta à sa hauteur. Merci !

L'animal frotta affectueusement son museau contre son cou.

– Peux-tu nous conduire à l'hospice des enfants trouvés ? demanda-t-elle.

Elle reçut une nouvelle caresse en guise de réponse. Peut-être le cheval parlait-il secrètement plusieurs langues, comme le sanglier de Fleet Ditch.

Robert frissonnait. Maricée l'aida à se lever et à monter dans la voiture. Puis elle ramassa deux lanternes abandonnées sur les rives du lac pour les éclairer durant le trajet et se hissa à côté de Robert. Le visage de son ami était couvert d'algues et il regardait fixement devant lui. Elle aurait voulu connaitre un moyen de le réconforter.

– Les rues sont désertes, dit-elle. On devrait arriver vite. Je connais Mr Jonas Hanway, un des directeurs de l'hospice des enfants trouvés. Il te donnera des vêtements secs, et l'infirmière en chef soignera tes blessures.

« Sauf s'ils sont tombés malades, eux aussi », ajouta-t-elle en pensée.

Robert ne répondit pas. Il semblait prostré au plus profond de lui-même. Maricée aurait peut-être réagi de la même manière si elle avait frôlé la mort, mais elle se sentait terriblement seule. La disparition de sa grand-mère avait laissé un grand vide dans sa vie. Et voilà que Robert était ailleurs, lui aussi.

Elle lui effleura la main.

– Je suis désolée que ce monstre t'ait fait du mal, murmura-t-elle. Je ne t'aurais jamais demandé de m'accompagner si j'avais pu prévoir tout ce qui allait se passer. À l'hospice, on apprendra qui était cette malheureuse enfant. Et on découvrira comment arrêter l'épidémie.

Robert ferma les yeux et détourna la tête. Maricée soupira.

– Je ne sais pas si je pourrai y arriver sans toi.

Dans la nuit noire, des lanternes éclairaient les portes closes des manoirs. Maricée se demanda si les riches propriétaires arpentaient leurs immenses demeures en essayant de réveiller leurs domestiques endormis. À moins qu'ils aient fui à la campagne, abandonnant leurs serviteurs à leur sort funeste.

Ils n'avaient pas croisé de somnambule depuis un bon moment. Maricée aurait dû se réjouir, mais elle avait plutôt tendance à s'en inquiéter. N'était-ce pas une ruse de la Bergère ? Un plan mystérieux ?

*

* *

Les maisons et les boutiques cédèrent la place à des champs. Maricée aurait tellement voulu que Rhum Rouge continue jusqu'à Clerkenwell. Que sa grand-mère l'attende là-bas, pour lui annoncer que tout était rentré dans l'ordre. Elles auraient dégusté un chocolat chaud avec des tartines à la confiture de prunes, et Mamie lui aurait raconté une histoire drôle sur les Chads. Mais la calèche bifurqua sur une route qui traversait des champs.

Maricée connaissait bien l'hospice des enfants trouvés. L'établissement avait ouvert un compte chez sa grand-mère peu après la construction de l'édifice, et on avait fait venir la vieille femme pour localiser les sources avant de creuser de nouveaux puits sur le terrain. Elle avait trouvé quelques petits esprits de l'eau, qui se faisaient discrets. Les sources plus importantes avaient été détournées des années auparavant, et leurs esprits étaient partis.

La voiture s'arrêta devant la grille. Maricée tapota l'épaule de Robert. Il avait toujours les yeux fermés, mais son corps était trop rigide pour être endormi. La jeune fille prit sa lanterne et se laissa glisser à terre.

– Robert ? On est arrivés.

Il ouvrit les yeux, s'étira, puis descendit de l'autre côté. Il avait perdu ses pantoufles au bord de la Serpentine, et ses bas étaient déchirés. Ses pieds devaient être glacés. Il serait bientôt au chaud et au sec. Maricée leva sa lanterne. Elle regardait entre les barreaux, quand Robert consentit enfin à parler.

– Les enfants doivent avoir une belle vie ici, dit-il.

L'hospice avait des allures de manoir, avec ses deux grandes ailes bâties de part et d'autre d'une chapelle. Des bougies brulaient derrière ses nombreuses fenêtres. Maricée se demanda si les gens à l'intérieur avaient contracté la maladie du sommeil. Elle espérait que non. Une grande allée bordée de pelouses menait à l'entrée et aux jardins situés derrière le bâtiment. Le dimanche, les gens riches venaient nombreux écouter les orphelins chanter dans la chapelle. On y donnait aussi parfois des concerts, mais Maricée n'y avait jamais assisté.

– Je suppose qu'ils vivent bien, confirma-t-elle. C'est mieux que d'être abandonné dans une maison de travail, ou de vivre à la rue. Ils envoient même les bébés dans des familles à la campagne pendant quelques années. C'est meilleur pour leur santé.

Maricée se garda d'ajouter qu'elle avait vu les petits pleurer à chaudes larmes, peu après leur retour à l'hospice. Ils étaient inconsolables d'avoir été séparés des seules familles qu'ils eussent connues. Elle caressa l'encolure de Rhum Rouge.

– Merci, lui dit-elle. Tu peux attendre ici ?

Le cheval leva la tête, tirant sur le harnais.

– Il doit être fatigué et affamé, devina Robert.

Il détacha le harnais, et Rhum Rouge partit au trot.

– Tu sais t'y prendre avec les chevaux, commenta Maricée.

Robert secoua la tête, une ébauche de sourire aux lèvres.

– Pas vraiment. Mais celui-ci est spécial.

Maricée lui sourit en retour. Son ami redevenait lui-même.

Elle ouvrit la grille. À l'instant où elle posait le pied sur les graviers, des ombres se détachèrent du mur. Les silhouettes ne portaient pas de lampes, mais la lanterne de Maricée lui révéla l'uniforme brun des enfants trouvés. C'étaient des garçons et filles qui avaient l'âge de partir en apprentissage. Leur haleine jaune tourbillonnait autour d'eux.

– Stop. N'allez pas plus loin !

Maricée fit la sourde oreille et continua d'avancer.

– Laissez-nous entrer. Vous êtes malades. On veut vous aider.

– N'allez pas plus loin !

Les enfants s'agglutinèrent autour de la grille. Une infirmière se fraya un chemin à l'avant du groupe. Elle tenait une poêle en cuivre, qu'elle cognait contre sa cuisse dans un bruit sourd. Comme elle, les enfants étaient équipés d'armes de fortune : ciseaux et bêches, maillets à viande et buches.

L'infirmière vint se planter devant Maricée, qui campa sur ses positions.

– Elle dit que vous ne pouvez pas entrer, affirma-t-elle.

– Mais je dois…

La femme cligna les yeux, recula brusquement le bras et cogna sa poêle contre le mur. Maricée fit un bond en arrière, mais Robert resta immobile. L'infirmière s'approcha de lui.

– Elle dit que tu veux le revoir, Robert Strong. Elle comprend…

Maricée regarda tour à tour l'infirmière et Robert. Son ami se précipita vers la femme, comme s'il était relié à elle par un fil invisible.

– *Marchez, mes agneaux*, chanta l'infirmière.

Les enfants s'entassèrent contre le portail, bloquant l'entrée.

– Ils l'ont envoyée à l'abattoir, Robert, dit l'infirmière. Il n'y aura plus d'agneaux.

Il se rapprocha brusquement de l'infirmière.

– Elle dit qu'il t'attend. Quand tu seras prêt.

Robert hocha la tête, telle une marionnette. Maricée le prit par les épaules et l'obligea à reculer. Elle avait laissé le monstre de la Serpentine s'emparer de son ami, mais elle le préserverait de la maladie, coute que coute.

Les enfants ouvrirent la bouche et inclinèrent le visage vers le ciel. Une douleur familière envahit la nuque de Maricée.

« Dix ans, dix larmes, qui coulent de mes yeux,
Dix ans, dix larmes, qui coulent de mes yeux,
Dix ans, dix larmes, qui coulent de mes yeux. »

Ils chantaient en rythme, mais leurs voix étaient mornes, dénuées d'émotion.

Et toujours ce refrain, en boucle : « Dix ans… »

Maricée sursauta. Dix ans ? C'était l'indice qui leur manquait pour découvrir l'identité de la fille ! Le drame qui l'avait frappée s'était produit dix ans plus tôt. Ils trouveraient leur réponse ici, elle en était certaine.

Robert se dégagea et fit un nouveau pas vers la grille. Si Maricée le laissait partir, elle le perdrait pour de bon. Il tenait à peine sur ses jambes. Ses vêtements étaient en lambeaux, son corps faible. Peut-être devrait-elle le laisser se perdre dans ses rêves.

Quand elle tendit le bras pour retenir son ami, les enfants trouvés se placèrent devant lui pour lui barrer le passage. Robert redressa la tête et écarquilla les yeux. Puis il leva son pied nu et grimaça. Il promena un regard alentour, fixa brièvement Maricée, tourna le dos à l'hospice et s'éloigna du portail. Ni l'infirmière ni les enfants ne firent le moindre geste pour le retenir. Les chants se turent, la femme claqua la grille, et les enfants regagnèrent l'ombre des murs.

Robert passa devant Maricée en boitant, sans lui accorder un regard.

– Que s'est-il passé ? lui demanda-t-elle. J'ai cru que tu allais te transformer en somnambule.

Robert continua sans répondre. Maricée courut derrière lui. C'était elle qui fourmillait de questions, à présent. À qui l'infirmière faisait-elle allusion quand elle avait dit : « Il t'attend, quand tu seras prêt ? » Les somnambules parlaient tous d'une promesse qu'« elle » leur avait faite. S'agissait-il de la Bergère ? La Bergère attendait-elle Robert ? Maricée ne comprenait pas. Elle était persuadée que le garçon était de son côté, jusqu'à ce que...

Que lui était-il arrivé au fond de ce lac ?

Elle aurait tellement voulu lui faire confiance ! Mais elle devait se rappeler les conseils de sa grand-mère, et rester sur ses gardes.

Le chemin devant elle était d'un noir d'encre, et la flamme de la lanterne éclairait à peine autour de ses pieds, mais une petite lumière était visible au loin. Probablement une lampe suspendue devant une maison. Maricée rattrapa Robert et calqua son pas sur le sien en se promettant de redoubler de prudence.

– Les gens qui vivent là-bas ont peut-être une échelle, dit-elle. Puisqu'on ne peut pas franchir le portail, essayons d'escalader le mur. Les somnambules ne peuvent pas être partout en même temps. Il y a certainement des vêtements secs à l'intérieur. Et des chaussures...

Son ami resta muet.

– Robert ?

Pas de réponse. Maricée n'entendait que le léger claquement de ses pieds nus sur les pierres du chemin. Elle prit une profonde inspiration et s'exprima d'une voix calme :

– Robert, comment veux-tu que je te fasse confiance si tu refuses de me parler ? Il s'est passé quelque chose à Hyde Park, n'est-ce pas ? Je sais que tu as été blessé, mais ce n'est pas seulement ça...

Il la regarda, puis se détourna.

– Je ne me souviens pas de grand-chose. C'était surtout des rêves.

– Étais-tu dans l'Éther ?

Robert s'arrêta enfin et se tourna vers Maricée. La lanterne projetait des ombres noires sous ses yeux. Il avait une égratignure au-dessus du sourcil, qu'elle n'avait pas remarquée avant.

– Oui, dit-il.

– Est-ce que tu as vu qui a causé cette maladie ? C'est la jeune fille abandonnée ? Elle t'a dit son nom ?

Maricée aurait dû se taire, mais c'était plus fort qu'elle.

– Que veut-elle faire avec la Liberté ? s'enquit-elle.

« Et Mamie ? se retint-elle de demander. A-t-elle parlé de ma grand-mère ? »

Robert attendit que le flot des questions se tarisse pour se remettre en marche. Ils s'approchaient de la source lumineuse.

– Était-elle dans l'Éther, Robert ? voulut savoir Maricée. As-tu vu la Bergère ?

– Oui.

Elle attendit qu'il ajoute quelque chose, mais il resta silencieux. Elle résista à l'envie de le houspiller. Elle prit le temps de se calmer.

– Je veux juste retrouver ma grand-mère, acheva-t-elle tout bas. Si tu sais ce qui se passe, dis-le-moi.

Robert soupira.

– Je pense qu'elle est triste, Maricée. Triste et en colère. C'est pour ça qu'elle veut changer les choses.

La jeune fille explosa :

– Elle va causer la mort de milliers de personnes parce qu'elle est triste et en colère ? Elle déteste tout le monde à Londres, et on dirait que tu as de la peine pour elle !

– Tu ne sais rien de moi ! s'étrangla Robert.

Maricée sentit la colère du garçon rivaliser avec la sienne.

– Je sais ce que c'est que de haïr les gens, enchaina-t-il. Je ne l'ai pas oublié. Avant même d'arriver à Londres, je haïssais Lord Hibbert, Mr Soothing, et tous les chefs de la plantation. Puis, alors que j'étais sûr de ne pas pouvoir les détester davantage, ils m'ont séparé de Maman et de mes sœurs, et ma haine a encore grandi.

Maricée détourna le regard. Mamie lui avait toujours dit que la haine était un terrible sentiment. Ce garçon calme et sérieux avait tellement de colère qu'il l'effrayait.

– Que faisais-tu dans cette plantation ? demanda-t-elle.

– Je suis né là-bas. Maman aussi. Sa grand-mère a été enlevée aux siens et envoyée à des milliers de kilomètres. Elle a raconté à Maman que toute sa famille avait été capturée et enfermée dans la cale d'un bateau. Il y avait des centaines de personnes à l'intérieur, entassées les unes sur les autres…

Maricée avait entendu parler de ces gens emmenés aux Antilles pour cultiver du sucre et du cacao. Mamie lui avait conseillé de se méfier quand elle se promenait dans les rues de Londres, pour le cas où quelqu'un aurait essayé de la kidnapper. Elle avait vu, placardés dans des cafés, des avis de recherche de jeunes filles à la peau noire, comme elle, qui s'étaient enfuies de maisons où on les maltraitait. On offrait des récompenses en échange de leur capture.

– Mr Soothing était le surveillant de la plantation, continua Robert. Il était encore plus cruel que Mrs Wandle, la cuisinière des Hibbert, qui déteste pourtant tout le monde. Mr Soothing battait ma sœur, qui n'avait que sept ans, avec la cravache en peau de lamantin de Lord Hibbert. C'était sa façon de punir ma mère qu'il accusait de ne pas travailler assez dur. Maman me manque. Je déteste être ici. Je ne crois pas que tu puisses le comprendre.

Arrivés devant l'auberge proche de l'hospice, les enfants trouvèrent la porte fermée. Maricée cogna sur le battant de toutes ses forces, et ce geste la réconforta un peu.

Un rideau remua derrière la fenêtre, mais la porte resta close. Maricée regarda des deux côtés de la route, où des maisons s'alignaient dans l'obscurité. Elle aurait voulu être assez courageuse pour casser une vitre et s'y introduire.

Quelques heures plus tôt, les somnambules avaient fait irruption dans la salle des pompes de sa grand-mère. Il s'était passé tant de choses depuis. Robert et elle avaient élucidé l'énigme d'un Dragon, échappé à la fureur de Lady Walbrook dans le Mithraeum et survécu à l'attaque d'un monstre à Hyde Park. Ils n'allaient pas abandonner maintenant !

De l'autre côté de ce mur se trouvait la réponse à toutes ses questions.

– Je vais jeter un coup d'œil derrière, annonça-t-elle. Au cas où il y aurait un autre moyen d'entrer.

Robert lui emboîta le pas. Alors qu'ils s'éloignaient, Maricée vit un rideau retomber à une fenêtre de l'étage.

À la place de ces gens, elle n'aurait probablement pas ouvert la porte à des inconnus, elle non plus.

Elle poussa le portillon d'un petit jardin. Sa lanterne éclaira quelques chaises, un jeu de quilles et... un puits.

Un frisson d'excitation la traversa.

Les puits s'enfonçaient profondément dans la terre, et sa grand-mère lui avait confié qu'autrefois, des cours d'eau traversaient ces champs. L'un d'eux pourrait-il la conduire au fond du puits de l'hospice ? Si elle ne pouvait pas y entrer par la porte, ni en escaladant le mur, peut-être trouverait-elle le moyen de se faufiler par-dessous.

Maricée se redressa. Il n'y avait qu'un moyen de le savoir : se jeter à l'eau.

Robert devrait l'attendre ici. Cette fois, Lady Turnmill ne serait pas là pour amortir sa chute. Et elle n'était pas sûre de vouloir de sa compagnie, de toute façon.

– J'ai trouvé une échelle, annonça le garçon, qui scrutait déjà l'intérieur du puits.

Maricée suspendit sa lampe au-dessus du vide pour éclairer le conduit. Elle distingua une échelle de corde fixée à la paroi, mais la faible lumière ne lui permit pas de voir s'il y avait de l'eau en bas.

Elle ramassa un caillou et le jeta dans le puits. Un silence plana, suivi par un léger bruit de percussion. La pierre avait atterri sur une surface solide.

– Le puits est à sec, affirma-t-elle.

– Il y a peut-être un tunnel au fond, suggéra Robert. Comme celui par lequel Lady Turnmill nous a fait passer. Descendons voir.

Sans lui laisser le temps de répondre, il s'engagea sur l'échelle et disparut dans l'obscurité. Maricée était bien obligée de le suivre. S'il y avait un tunnel, c'était le seul moyen d'entrer.

Elle attendit que l'échelle s'immobilise et ramassa la lanterne. La mèche était presque entièrement consumée, mais c'était mieux que rien. De l'autre main, elle empoigna la corde rugueuse. Descendre ce genre d'échelle était l'une des rares choses qu'il devait être plus commode de faire pieds nus. Ses bottes se cognaient contre les barreaux étroits, et les cordes se balançaient dangereusement. Encombrée par sa lanterne, elle progressait lentement, mais sûrement. Elle aurait de loin préféré sauter dans un puits plein d'eau.

Arrivée au dernier barreau, Maricée tendit la jambe derrière elle et poussa un soupir de soulagement quand son pied toucha le sol. L'instant d'après, elle se retrouva dans le noir complet. La mèche de la lanterne avait fini de bruler.

Un frottement métallique se fit entendre tout près d'elle, et une minuscule gerbe d'étincelles jaillit dans l'obscurité.

Maricée tâtonna devant elle et rencontra la surface arrondie et légèrement collante d'une chandelle. Elle la prit, redressa la mèche et la présenta à Robert, qui soufflait doucement sur un morceau d'amadou. Une petite flamme surgit.

– Maintenant, dit-il.

Maricée approcha la mèche du feu que Robert continuait d'attiser.

La flamme de la bougie se dressa en tremblotant. Robert alluma une seconde chandelle, qu'il plaça dans un petit candélabre en fer.

– J'ai trouvé plusieurs boîtes de bougies et des chandeliers, annonça-t-il en regardant autour de lui. Et une autre boîte d'amadou. L'aubergiste doit descendre ici souvent.

Maricée cala sa bougie dans le candélabre à côté de celle de Robert. Ils en allumèrent deux autres, ainsi qu'une nouvelle lanterne à moitié pleine d'huile. Les briques étaient sèches, dépourvues de mousse. Ce puits était à sec depuis longtemps. En revanche, des gens étaient passés par là. Un tunnel s'ouvrait dans la paroi, encombré de tonneaux et de caisses. Robert souleva le couvercle d'un baril et renifla son contenu.

– Du café, dit-il.

Il en flaira un second.

– Du charbon.

Les caisses portaient le nom de différents bateaux. Maricée et Robert en ouvrirent quelques-unes. Les deux premières contenaient respectivement des rouleaux de soie et des épices. Dans une troisième, sans étiquette, Maricée découvrit des coupons de l'épais tissu marron dont étaient faits les uniformes des enfants trouvés. Leurs extrémités étaient déchirées, comme si on les avait découpés à la va-vite. Une quatrième caisse abritait des pots de farine et des sacs d'avoine. Maricée souleva le couvercle d'une malle qui renfermait des robes et des pantalons marron, ainsi que des tabliers blancs et quelques paires de chaussures.

– L'aubergiste est un recéleur, dit-elle.

– C'est quoi, un recéleur ? demanda Robert en glissant les pieds dans des souliers.

– Quelqu'un qui garde des marchandises volées.

Maricée tapota le baril de charbon.

– Ça vient sûrement des bateaux qui naviguent sur la Tamise. Certains porteurs n'hésitent pas à se servir. Et une crapule doit voler les vêtements des orphelins de l'hospice. L'aubergiste stocke tout ici, avant de le revendre.

Elle prit un bonnet blanc. Ses attaches étaient si courtes qu'on n'aurait même pas pu les nouer sous le menton d'un petit enfant, et il était troué au sommet de la tête.

– On confectionne ces bonnets pour les orphelines, dit-elle. Mais c'est bizarre, aucun n'est terminé.

Elle haussa les épaules.

– C'est peut-être l'œuvre d'une apprentie couturière un peu maladroite, raisonna-t-elle.

Robert contempla les chaussures. Les lacets étaient trop courts et les talons inégaux, mais elles étaient à sa taille.

– Je ne veux pas voler les orphelins, hésita-t-il.

– Tu n'auras qu'à leur rendre après, suggéra-t-elle.

Robert acquiesça et déboutonna sa chemise mouillée. Maricée se détourna. Quand elle regarda à nouveau son ami, celui-ci portait plusieurs chemises superposées. Il manquait une manche à l'une, un col à l'autre.

– Aucune n'est complète, expliqua-t-il.

C'était curieux. Maricée savait que l'hospice des enfants trouvés conservait tous les vêtements, même les plus abimés, pour les raccommoder ou en fabriquer de nouveaux. Mr Jonas Hanway avait souvent confié à Mamie qu'ils comptaient le moindre sou.

Maricée scruta le tunnel. Autrefois, avant la construction de l'hospice, un ruisseau y avait peut-être élu domicile. Aujourd'hui, ce n'était plus qu'un entrepôt, qu'un malfrat utilisait pour voler les orphelins.

Elle récupéra sa lanterne et s'engagea dans le conduit.

Le tunnel était assez large pour permettre à Robert et Maricée d'avancer côte à côte. Les caisses et les tonneaux qu'on y avait trainés avaient laissé de profonds sillons dans le sol. Les murs d'argile étayés par des montants en bois laissèrent progressivement place à des parois de brique, mais à certains endroits, l'argile réapparaissait, comme si on avait ôté certaines briques pour créer un motif. Quelque chose dans cette disposition dérangeait Maricée, sans qu'elle sache vraiment quoi.

– Regarde ! dit soudain Robert. De la lumière.

Le tunnel se rétrécissait à l'horizon, barré par une petite arche derrière laquelle vacillait une lueur blanchâtre. Les deux amis s'arrêtèrent pour écouter.

– Je crois qu'il y a quelqu'un, chuchota Maricée.

– Évidemment ! répondit une voix. Nous sommes toujours là. Si vous voulez passer, vous devez nous payer. C'est la règle. La Gardienne le sait. L'aubergiste le sait. Vous devez le savoir aussi.

Les amis échangèrent un regard surpris.

– Qui êtes-vous ? cria Maricée.

– Vous arpentez nos tunnels et vous l'ignorez ? Honte à vous ! Approchez, qu'on vous regarde.

La voix qui avait parlé était étrange. Aigüe et cuivrée comme le son d'une trompette, elle ponctuait chaque phrase d'une sorte de grognement. Bien que Maricée n'eût aucune envie de rencontrer son propriétaire, elle se força à obéir.

L'arche s'ouvrait sur une pièce aux murs tapissés d'étagères, où s'alignaient des boîtes et des bocaux munis d'étiquettes soigneusement calligraphiées. Ce spectacle rappela à Maricée la salle des pompes de sa grand-mère. Le matin même, assise devant sa petite table, elle réfléchissait à ce qu'elle devait écrire sur les flacons d'eau. Ici aussi, il y avait une table, et un homme assis qui serrait dans sa main délicate une longue plume blanche. Il griffonnait dans un registre.

L'inconnu leva la tête. Des touffes de cheveux blancs jaillissaient autour de ses oreilles. Pourtant, son visage était sans ride, et ses sourcils aussi noirs que l'encre. Ses yeux bleus clignotaient dans l'étrange lumière vacillante. Une lanterne trônait sur son bureau ; d'autres étaient disposées çà et là sur les étagères. Toutes contenaient des bougies noires.

– Oh ! s'exclama l'homme d'une voix enjouée. Nous vous voyons !

Il repoussa sa chaise et se leva. Il n'était ni plus grand ni plus petit que la plupart des hommes que Maricée avait rencontrés jusque-là, mais il était différent à bien d'autres égards. Son cou, un peu plus long que la normale, ondulait étrangement quand il baissait et redressait la tête. Des yeux étaient peints au centre de ses ongles blancs. Mais c'est sa cape qui captiva l'attention de la jeune fille. Le vêtement, fait de cygnes dont on distinguait les têtes, les cous et les ailes, ondulait autour de lui comme s'il était doté d'une vie propre.

Maricée frissonna.

– Tu es la petite-fille de la Gardienne des Puits, dit l'homme.

Elle hocha la tête, la bouche trop sèche pour articuler un son. De combien de cygnes cette cape se composait-elle ? Une dizaine, au moins ! Alors que l'homme s'avançait vers Maricée, un bout d'aile émergea du plumage, puis disparut. Les cygnes se dévissèrent le cou pour fixer la jeune fille de leurs yeux vitreux.

– Du calme ! ordonna l'homme, et la cape retomba.

– Et toi, tu es le garçon de Bloomsbury, dit-il.

Robert hocha la tête.

– Co-comment le savez-vous ?

– Nous vous voyons. Nous voyons tout.

L'homme alla prendre deux bocaux sur une étagère. Lorsqu'il se hissa sur la pointe des pieds, Maricée aperçut ses bas jaune vif et ses grandes chaussures plates.

– Comment comptez-vous effectuer votre paiement ? s'enquit-il.

– Notre paiement ? répéta-t-elle, perplexe.

L'homme hocha la tête.

– La dime, bien sûr ! Je suis le maitre de la dime ! Même la Gardienne des Puits doit payer pour passer. Nous ne faisons aucune exception. Je dois prendre un dixième.

Maricée ne comprenait toujours pas.

– Un dixième de quoi ? Je n'ai aucun dixième de quoi que ce soit à vous donner.

– On trouve toujours quelque chose.

Le maitre de la dime promena sa lanterne clignotante dans la pièce et éclaira des caisses empilées dans un coin.

– Il y a les traditionnels charbon, laine et café prélevés sur les bateaux du grand fleuve. Parfois, nous avons des fruits. Nous ne détestons pas les figues. Nos maitres nous les laissent. Elles ne se conservent pas, et nous avons horreur du gaspillage. Les oiseaux et moi sommes friands de pommes et de figues, mais nous évitons les excès. On ne nourrit pas sans risques une cape de cygnes.

– Vos maitres ? répéta Robert.

L'homme hocha la tête.

– Ils voient tout. Et à la fin, tout leur revient. Je ne suis que leur percepteur.

« À la fin, tout leur revient. » Maricée avait déjà entendu cette phrase.

– Vos maitres sont les Magogs ?

Il manqua de s'étrangler.

– Du respect, je vous prie ! MM. Gog et Magog sont indisposés en ce moment, mais ils ont des yeux partout. Nous montons la garde en leur nom, et nous prélevons ce qui leur appartient.

– Et donc, pour passer, on doit payer un dixième de je-ne-sais-quoi ? résuma Maricée.

Le maitre de la dime hocha la tête, imité par ses cygnes.

– Un dixième d'une chose qui a de la valeur pour vous.

– Et si on n'a rien ? demanda Robert.

– On a toujours quelque chose…

Le maitre de la dime leva sa lanterne pour éclairer les étagères supérieures. Sur la dernière, tout en haut, s'alignaient des bocaux en verre. Tous semblaient vides.

– Certaines personnes me donnent des idées, dit-il.

– Vous prenez un dixième de leurs idées ? s'étonna Maricée.

– S'ils acceptent de me les donner, oui. Nous avons pris un dixième de souffle. Un dixième d'année…

Maricée aurait préféré que les bocaux de l'étagère du dessous ne soient pas transparents. L'un d'eux – grand, en forme de colonne – était à moitié plein d'un liquide sombre qui faisait penser à du sang. À côté, un bocal en forme de cloche contenait une petite forme boudinée terminée par un ongle. Un orteil ? La jeune fille sentit son estomac se révulser. Elle inspira et s'efforça de rester impassible.

Le maitre de la dime sourit. Sa bouche ressemblait à un bec ouvert.

– Les corps ont toujours des parties superflues, affirma-t-il.

– C'est quoi, là-dedans ? demanda Robert, debout près d'un grand vase qui lui arrivait à la poitrine.

Le bouchon en verre était scellé à la cire. Maricée crut d'abord que le vase scintillait. De plus près, elle constata qu'il était transparent et que son contenu sombre tourbillonnait, telle une spirale ascendante. Au milieu du gris, elle aperçut soudain une tache rose, semblable à un pétale.

« Une faveur en échange d'une faveur ? » Un pétale de rose dans un nuage de fumée… Le nom que seul un autre Fumi était capable de prononcer… Le Fumi du cimetière, convaincu que son ami était piégé sous la terre…

Robert fixait le bocal d'un air pensif. Maricée se demanda un court instant si son ami partageait ses soupçons. Puis elle chassa cette pensée. L'urgence était d'entrer dans l'hospice. Ils pourraient toujours revenir quand ils auraient retrouvé sa grand-mère.

Robert posa la main sur le bouchon et répéta sa question :

– Qu'est-ce qu'il y a, là-dedans ?

– Ce n'est pas l'affaire qui nous occupe aujourd'hui, répondit le maitre de la dime. Il était question de votre paiement.

Il se rassit à la table et prit sa plume blanche.

– Comment comptez-vous l'effectuer ?

Maricée contempla sa robe et ses bottes. Elle pourrait en perdre un dixième sans trop de regret.

Le maitre de la dime hocha lentement la tête, comme s'il lisait dans ses pensées.

– Robe, bottes, tablier, bonnet… Cela peut sembler beaucoup, mais il m'en faut davantage. Que peux-tu donner d'autre ? Une chose vraiment précieuse pour toi.

Maricée, perplexe, promena un nouveau regard dans la pièce. Elle vit un mannequin de couture vêtu de plusieurs vestes superposées auxquelles il manquait une manche. Derrière, sur une rangée de piquets coiffés de têtes en bois, s'alignaient des restes de perruques de tous les styles et de toutes les couleurs.

– Vous pouvez prendre mes cheveux, dit-elle. Un dixième de mes cheveux.

Le maitre de la dime se frotta les mains.

– Un dixième de tes cheveux ?

Maricée hocha la tête. Il lui avait fallu si longtemps pour aimer ses cheveux. Petite, elle rêvait de les avoir aussi longs que les autres filles du village. Plus tard, elle avait essayé de couper ses boucles avec le coupe-chandelles de Mamie. Aujourd'hui, elle aimait les tresser en nattes épaisses.

– Ils garniront agréablement notre nid, se réjouit le maitre de la dime.

Il ne fit pas un geste, et Maricée ne bougea pas non plus. Elle sentit simplement sa tête s'alléger. L'instant d'après, l'homme tenait une de ses tresses entre ses doigts. Il la laissa tomber dans un bocal.

– Ça va repousser ? demanda-t-elle.

– Oh non.

Le maitre de la dime griffonna une étiquette de la pointe de sa plume.

– Quelle serait la valeur de la dime, si ça repoussait ?

Maricée effleura son crâne, juste au-dessus de la nuque. Il ne restait plus qu'un léger duvet. « Ce ne sont que des cheveux, se rappela-t-elle. Une tresse, ce n'est pas un prix exorbitant à payer. »

– Tu peux passer, déclara le maitre de la dime. Mais pas le garçon. Il n'a rien donné.

Robert se mordit la lèvre. Maricée le regarda. Comment aurait-il pu payer quoi que ce soit ? Ses vêtements ne lui appartenaient pas. Ses cheveux, peut-être ? Mais ils étaient courts, et elle devinait que le maitre de la dime ne s'en contenterait pas. Était-ce ici que leurs chemins se séparaient ?

– Fais demi-tour, lui proposa-t-elle. Si j'arrive à m'introduire dans l'hospice, je te ferai entrer.

– Je t'accompagne ! dit-il. C'est important.

– Dans ce cas, tu dois payer ton dû, lui rappela le maitre de la dime.

– Vous arrive-t-il de prendre du souffle, des idées ou des années ? s'enquit Robert.

Le maitre de la dime hocha la tête avec trop d'empressement au gout de Maricée.

– Et des souvenirs ? demanda encore Robert. Pouvez-vous prendre un dixième de mes souvenirs ?

Le maitre de la dime se pencha en avant. Ses yeux bleus étincelaient.

– C'est un paiement tout à fait acceptable.

– Non ! protesta vivement Maricée. Robert, tu n'es pas obligé de m'accompagner !

– Je veux venir. Je n'ai pas beaucoup de souvenirs agréables.

– Mais il y en a forcément que tu veux garder.

Maricée se tourna vers le maitre de la dime.

– Peut-il choisir ceux qu'il vous cède ? Pouvez-vous prélever seulement les mauvais souvenirs ?

– Nous prenons un dixième ! s'exclama-t-il.

Il bondit de son siège. Les cygnes de sa cape s'agitèrent avec fébrilité.

– C'est la règle ! Si vous voulez passer, nous prenons un dixième. Les bons souvenirs comme les mauvais.

Il sourit à nouveau à Robert, et Maricée s'aperçut qu'il n'avait pas de dents.

– Tu es prêt ? demanda l'homme.

Le garçon désigna le grand vase au contenu nébuleux.

– Ce que vous conservez là-dedans n'est pas le dixième de quelque chose, n'est-ce pas ? C'est un tout, et vous n'avez pas le droit de le garder prisonnier.

Le maitre de la dime plissa les paupières. Ses yeux ressemblaient à deux lames tranchantes.

– Ce ne sont pas tes affaires. Il ne voulait pas payer. On ne passe pas sans s'acquitter de son dû. On ne s'attarde pas là où on est indésirable.

L'homme s'approcha de Robert. Les becs des cygnes s'ouvrirent et se refermèrent en claquant, menaçants.

– Tu as compris ? demanda-t-il à voix basse. Paie ta dette et va-t'en.

– J'ai compris, assura Robert en donnant un grand coup de pied dans le vase.

Le maitre de la dime voulut plonger pour le rattraper, mais il s'empêtra dans sa cape. Le vase se renversa et se brisa en mille morceaux. Un vent sombre se leva aussitôt, imprégné des effluves de la ville. L'odeur des fours à chaux et des brasseries, des fabricants de bougies et des forgerons. Le Fumi passa en trombe devant Maricée pour s'engouffrer dans le puits. Les deux amis détalèrent dans la direction opposée, faussant compagnie au maitre de la dime et à ses cygnes.

15

L'enfant trouvée

Robert vacilla, déstabilisé par la puissance du Fumi, et resta un instant étourdi. Une fatigue immense s'empara de lui. Il avançait en trainant les pieds et trébuchait sur le moindre obstacle avec ses chaussures aux talons dépareillés. Il aurait voulu réfléchir, mais son cerveau s'y refusait.

Maricée était persuadée qu'elle aurait des réponses à l'hospice des enfants trouvés. Si Robert pouvait s'emparer de la Liberté de Londres, qu'en ferait-il ? La Bergère avait raison : Londres était cruelle pour beaucoup de gens. Robert souhaitait y remédier, mais pouvait-il vraiment trahir Maricée ?

Le tunnel s'achevait sur une volée de marches et une petite porte. Maricée courut l'ouvrir et découvrit un escalier encore plus raide, menant à une seconde porte. Robert se hissa péniblement au sommet et aida son amie à pousser le battant. Ils se retrouvèrent dans une cuisine, beaucoup plus modeste que celle de Mansion House, mais tout de même plus grande que celle des Hibbert.

Tout y était démesuré : les marmites et les bouilloires gigantesques, les rangées de moules à pain et de tonneaux de grain. Des tasses de lait étaient alignées sur un plateau, prêtes à être distribuées.

– Combien d'orphelins vivent ici ? demanda Robert.

– Environ six-cents.

« Une armée de somnambules, pensa-t-il. Ou pire : des enfants qui resteront prisonniers de leurs rêves jusqu'à la mort. »

– Où va-t-on, maintenant ?

– Il faut trouver les registres, répondit Maricée. Cherchons le bureau de l'intendant. C'est lui qui consigne les informations importantes.

Ils traversèrent la cuisine et montèrent un nouvel escalier qui débouchait dans un petit couloir. Trois portes se dressaient devant eux. La première s'ouvrit sur une grande pièce carrée, pleine de tables et de bancs. Des portraits d'hommes au visage sérieux étaient accrochés aux murs, entre de hautes fenêtres qui donnaient sur une cour.

– Le réfectoire, dit Maricée.

« Si ce n'est que la salle où mangent les orphelins, le reste de l'hospice doit être un véritable palais ! songea

Robert. Et si la Bergère avait tort ? Et si Londres n'était pas aussi hostile qu'elle le prétend ? »

Maricée referma doucement la porte et s'approcha de la suivante. Elle déchiffra la plaque de cuivre vissée sur le battant et poussa une petite exclamation de triomphe :

– C'est là ! Il y a écrit « Bureau de l'intendant ».

« Un jour, j'apprendrai à lire ! » se promit Robert. Cela semblait si facile pour son amie.

Maricée tourna la poignée et entra dans la pièce. Robert la suivit avec une légère appréhension. Il avait souvent entrevu l'intérieur du bureau de Lord Hibbert à la Barbade. Ses murs étaient peints en blanc, et il était meublé d'un lourd bureau en bois, expédié spécialement depuis Bloomsbury. Plusieurs portraits de Lady Hibbert, délavés par le soleil, étaient accrochés aux murs lambrissés. Quand Lord Hibbert ne patrouillait pas dans ses plantations avec Mr Soothing, il était courbé au-dessus de son bureau, s'épongeait le front avec un mouchoir en pressant sa femme de chambre de l'éventer plus énergiquement.

Ce bureau-ci était également lambrissé de bois, et des tableaux ornaient ses murs. Ils représentaient des hommes blancs à l'air sérieux, des champs et des rivières. La gravure d'un blason trônait au-dessus de la fenêtre. On y voyait un bébé nu sur un bouclier, un agneau avec une brindille dépassant de la bouche, et une femme qui écartait sa cape pour dévoiler ses six seins.

– Ce sont les armoiries de l'hospice, expliqua Maricée. Ma grand-mère rougit chaque fois qu'elle les voit.

Robert aussi avait rougi.

Son amie ouvrit le tiroir supérieur d'un bureau, adossé au mur du fond. Elle en sortit un livre épais.

– Voilà ce qu'il nous faut !

– Qu'est-ce que c'est ?

– Les registres des admissions. Ils recensent les affaires des bébés abandonnés.

Maricée feuilleta le livre avant de le remettre dans le tiroir.

– Tu te rappelles la berceuse que chante la Bergère ?

Robert acquiesça. L'écho de la chanson résonnait encore dans sa tête, très léger.

« *Dix ans, dix larmes…* »

– Il s'est passé quelque chose de terrible il y a dix ans, raisonna Maricée. Et je pense que cette odieuse Mrs Broxbourne n'y est pas étrangère. Il y a dix ans…

Elle réfléchit.

– On était en 1754. Sous le règne de George II. Mettons que la Bergère soit entrée en apprentissage à l'âge de douze ou treize ans.

Elle ouvrit un autre tiroir.

– Elle serait donc née en 1741 ou 1742. Il faut trouver les registres de cette année-là. L'hospice n'avait pas encore déménagé ici. J'espère qu'ils ont apporté les anciens livres.

Elle se tourna vers son ami.

– Quel âge avait-elle, selon toi ?

– Plus de quatorze ans. Beaucoup plus.

– Les gens vieillissent-ils dans l'Éther ?

Robert vit en pensée un visage se rétrécir, une barbe envahir le menton de… quelqu'un… L'image s'effaça presque aussitôt. Ce devait être un tout petit fragment de rêve.

– Peut-être, dit-il.

Maricée sortit deux autres registres du tiroir et les posa sur le bureau. L'un d'eux s'ouvrit spontanément. Les lignes d'écriture noires étaient inintelligibles pour Robert, mais elles s'accompagnaient d'un morceau de tissu bleu pâle, et d'un petit paquet en papier collé à la cire noire.

– Qu'est-ce que c'est ? demanda-t-il.

– L'hospice découpe un morceau de tissu dans les vêtements des bébés qu'on leur apporte et le donne à ses parents, expliqua Maricée. Un autre morceau est placé ici, au cas où ils voudraient reprendre leur enfant. On compare les échantillons.

– Et dans le papier ?

– Il arrive que les parents attribuent des jetons à leurs bébés, pour la même raison. Pour pouvoir les retrouver.

– Pourquoi ne donnent-ils pas tout simplement le nom de leur enfant ?

Maricée reporta son attention sur le registre.

– Les bébés ne gardent pas le leur. On leur attribue un numéro et un nouveau nom. Par exemple, le bébé numéro 8073 était une fille. L'hospice l'a baptisée Desdemona Wilkinson.

Robert effleura du doigt le morceau de tissu bleu.

– Pourquoi leur prennent-ils leurs noms ?

– Pour les aider, je suppose, dit Maricée en fermant le registre. Pour leur épargner la honte…

– Ils les privent de ce qu'ils sont vraiment, souligna Robert. C'est ce qu'ils nous ont fait à la Barbade. Ils ont obligé Maman à m'appeler par le nom que Lord Hibbert m'avait donné. Robert Hibbert. Mais ce n'est pas le mien.

– Non, confirma Maricée. Tu t'appelles Robert Strong.

« C'est ça », pensa Robert. Mais n'avait-il pas un autre prénom ? Un nom spécial que lui avait donné quelqu'un qu'il aimait. Il ne se prénommait pas seulement Robert, il était… Ke…

Décidant soudain que c'était sans importance, il ferma le livre.

– Attends ! s'écria Maricée. Est-ce que tu peux retrouver la page ?

Robert rouvrit le registre et tourna les pages avec précaution. Toutes lui semblaient lourdes de secrets.

– Celle-là ? demanda-t-il.

Maricée préleva le petit paquet qui contenait un jeton, dans le livre qu'elle consultait.

– Regarde ce sceau.

Robert obéit. Le cachet était fait de la même cire rouge qu'on utilisait chez les Hibbert.

– Maintenant, regarde le tien, commanda Maricée.

La cire était noire.

– Le noir est la couleur du deuil, ajouta-t-elle.

Robert pinça le paquet entre ses doigts.

– On dirait qu'il est vide.

– Il contient peut-être un bout de papier, ou de dentelle.

Robert l'examina de plus près. Il découvrit des paillettes de cire rouge, comme si le sceau d'origine avait été brisé.

Peut-être avait-on retiré le jeton et refermé le paquet à la cire noire. De minuscules chiffres étaient inscrits dessous, ainsi que quelques lettres. Robert connaissait les chiffres, car il avait appris à compter les cabosses de cacao avec sa mère, quand il était petit. Ceux-là indiquaient des dates : 1741 et 1754.

– Je pense que c'est son année de naissance et celle de sa mort, dit Maricée.

Cette enfant aurait péri à l'âge de treize ans. L'âge qu'avait Robert aujourd'hui.

Il déposa le petit paquet plat sur sa paume.

– Est-ce qu'on l'ouvre pour regarder ?

Maricée hésita.

– Je crois que ce ne serait pas correct ? Qu'en penses-tu ?

– Je suis d'accord avec toi. Ces paquets sont privés. Ce serait mal de les déchirer.

– Je voudrais quand même voir le registre de plus près, dit Maricée.

Robert le lui remit.

– Le bébé était une fille, admise en 1741, alors que l'hospice se trouvait sur son ancien site de Hatton Gardens, lut-elle. On lui a attribué le numéro 33. Sa mère est morte en couches, et son père ne pouvait pas s'occuper d'elle.

Robert ne comprenait pas. La fillette n'avait-elle pas une tante ou une cousine qui aurait pu la recueillir ? Comment était-ce possible que personne ne se soit proposé ? La mort frappait souvent des familles à la plantation, mais il y avait toujours quelqu'un pour s'occuper des enfants.

– Comment s'appelait-elle ? demanda-t-il.

Maricée déchiffra les pattes de mouche, les yeux plissés.

– L'hospice lui a donné le nom de Sally Blake.

Elle leva la tête, les yeux brillants.

– Je crois qu'on a trouvé notre Bergère, Robert ! Les dates correspondent... Elle se nomme Sally Blake.

– Il pourrait y en avoir d'autres qui..., objecta-t-il.

Le garçon s'interrompit brusquement, alerté par un mouvement à l'entrée de la pièce. Le flou marron d'une manche d'uniforme de l'hospice... Un hurlement de rage fusa.

Des somnambules !

– Ils ne dorment pas ! cria quelqu'un. Ne les attaquez pas !

L'orphelin s'arrêta, l'arme levée. C'était une louche. L'homme adulte entré derrière lui était vêtu de sombre et portait une perruque blanche bouclée. Son souffle était clair, comme celui du garçon. Il lui toucha le bras.

– Retourne à la chapelle, Erasmus.

Celui-ci fusilla Robert du regard avant de s'éloigner en bombant le torse, la louche à bout de bras.

– Mister Hanway ! s'écria Maricée en se précipitant au-devant de l'homme.

– Miss Maricée Blackwell ?

L'homme avisa le registre ouvert sur le bureau et croisa les bras, l'air mécontent.

– Miss Blackwell ! Comment osez-vous vous immiscer dans les secrets de ces enfants ! Les temps sont désespérés, certes, mais ce n'est pas une excuse.

Il referma doucement les livres et fit signe à une personne restée dans le couloir.

– Mister Carper, conduisez-les à la chapelle !

Ce dernier, un véritable colosse, portait le long manteau sombre et le chapeau des gardiens de Bloomsbury. Il tenait un bâton dans une main et un tisonnier dans l'autre. Il les regarda d'un air renfrogné, en fronçant ses épais sourcils gris.

– Suivez-moi, ordonna-t-il. Et pas d'entourloupe !

Jusque-là, Robert n'était entré que dans un seul édifice religieux : l'église Saint-George de Bloomsbury. C'est là qu'on l'avait baptisé et qu'il accompagnait Lady Hibbert à la messe chaque dimanche, vêtu de son costume le plus tape-à-l'œil. C'est de son clocher qu'il avait vu sauter la licorne, et là aussi que la statue l'avait dévisagé. Aujourd'hui, il était plus que jamais convaincu d'avoir rêvé. Il effleura la bosse sur son front. La zone était toujours sensible, mais peut-être qu'il s'était cogné lui-même et ne s'en souvenait plus. La fatigue le rendait distrait.

La chapelle de l'hospice des enfants trouvés était abondamment éclairée par des dizaines de bougies, placées dans toutes sortes de récipients, depuis la soucoupe jusqu'à la vieille pelle, en passant par des pots en argile. Il n'y avait pas de statues, mais une grande chaire et des galeries en bois, semblables à celles de Saint-George. Robert imaginait les messieurs et les dames s'asseyant là-haut pour voir les orphelins chanter. Les bancs étaient remplis d'enfants. Certains portaient l'uniforme de l'hospice, d'autres étaient vêtus de haillons et couverts de crasse, comme des enfants des rues.

Une fillette au bonnet bleu vif était assise sur le sol. Elle avait une flute irlandaise aux lèvres, mais n'en jouait pas. Ses paupières papillotaient, et une bouffée de souffle jaune flottait devant sa bouche. Une fille plus âgée au doux visage circula entre les enfants pour leur adresser des paroles de réconfort. Elle tenait une grosse cloche à la main. Elle s'arrêta près de la fille au bonnet et fit tinter la cloche avec force. La fillette se réveilla en sursaut.

Robert contemplait un tableau accroché au-dessus de l'autel et étouffa une exclamation de surprise. Le personnage au premier plan n'était autre que lui-même. Il ferma les yeux et les rouvrit. Le personnage était toujours là. Robert s'en approcha. Il entendit vaguement Mr Carper le menacer et Maricée supplier Mr Hanway de les laisser partir, mais n'y prêta pas attention. Il était fasciné par le tableau.

De près, le personnage paraissait plus âgé que Robert, mais il avait la même peau noire. Il portait un turban blanc et un costume assorti, bordé de bleu. Des bijoux ornaient ses oreilles et son cou. Cet homme, qui offrait un calice en or à l'enfant Jésus, n'était pas un serviteur. On ne l'avait pas enlevé pour faire de lui un esclave. C'était un roi !

Robert en éprouva un élan de fierté. Maman lui avait souvent affirmé que leur peuple comptait des rois, des reines et des guerriers. Il ne demandait qu'à la croire, tout en la soupçonnant d'enjoliver la réalité. Mais aujourd'hui, dans ce palais des orphelins, il en avait la preuve. À une autre époque, dans un autre Londres peut-être, les gens comme lui pouvaient devenir des rois.

Il ne dépendait que de lui que cela se produise. S'il donnait la Liberté à la Bergère, ils œuvreraient ensemble à rendre Londres meilleure. Les pauvres gens n'auraient plus jamais froid ni faim. Ils ne subiraient plus de mauvais traitements. Et les riches, comme les Hibbert, connaitraient ce que lui-même avait enduré.

– Bergère, si tu m'entends… je ferai ce que tu m'as demandé, chuchota-t-il.

« *Merci, Robert* », répondit une voix douce et mélodieuse dans sa tête.

Il sentit soudain le sommeil engourdir ses membres. Ses paupières étaient lourdes et la berceuse résonna dans ses oreilles, entêtante :

– *Marchez, mes agneaux, marchez. Suivez les moutons…*

La mélodie emplit la chapelle, et tout le monde se tut.

– *Ouvrez les yeux, refermez-les. Dormez, mes agneaux. D'un profond sommeil…*

Plusieurs enfants avaient repris la berceuse en chœur. Leurs voix, haut perchées, accompagnaient celle de la Bergère, mélodieuse et apaisante. Quelqu'un battait la mesure avec des cymbales.

– *Dix ans, dix larmes. Te laisserai-je te réveiller ?*

– Verrouillez la porte ! cria Mr Hanway.

Trop tard ! La fille au bonnet bleu courut l'ouvrir en grand. Elle porta à ses lèvres la flute irlandaise, qui disparaissait presque dans un nuage d'haleine jaune. Les murs de la chapelle renvoyèrent en écho son chant strident.

– *Dix ans, dix larmes. Te laisserai-je te réveiller ?*

L'infirmière entra la première, frappant la casserole avec une pince de cheminée. Elle chantait à tue-tête, et une explosion de jaune accompagnait chacune de ses syllabes. Derrière elle, les enfants tapaient sur des ardoises d'écoliers avec des bâtons. Un garçon faisait claquer deux casseroles l'une contre l'autre. Une fille cognait sur un couvercle avec une fourche.

– *Dix ans, dix larmes, te laisserai-je te réveiller ?*

La Bergère fermait la marche. Robert aperçut d'abord le bleu glacé de sa robe, puis son gilet en lin crasseux. Elle avait troqué son chapeau de paille contre le bonnet blanc tout simple des enfants trouvés. Robert remarqua la broche en cuivre épinglée à son gilet et reconnut l'agneau gravé dessus, qui mâchonnait une brindille. La Bergère frappa le seuil de la chapelle de son bâton rouillé et le vacarme cessa.

– Dix ans, dix larmes, te laisserai-je te réveiller ? demanda-t-elle à Robert.

Elle avait parlé si bas que le garçon dut se pencher vers elle pour l'entendre. Il se pencha tant qu'il se sentit tomber. La somnolence l'envahit. Ses genoux cédèrent. Juste avant d'être emporté dans un tourbillon de rêves, il entendit les derniers mots de la berceuse.

« *Oui, mes chéris, réveillez-vous et écoutez…* »

– Qui a tué Sally Blake ? demanda la Bergère.

16

Le visage oublié

Maricée dévisagea la Bergère. Ainsi, c'était elle ! Elle n'était pas du tout telle qu'elle l'avait imaginée. Ses yeux étaient d'un vert vif, et Robert avait raison : elle avait beaucoup plus de treize ou quatorze ans. Peut-être une vingtaine d'années, même si son visage paraissait juvénile, encadré par son bonnet blanc.

Maricée se dit qu'elle oublierait instantanément les traits de la jeune femme si elle fermait les yeux. Sauf, peut-être, la marque rectangulaire et boursoufflée qu'elle avait au front, et qui ressemblait à une brulure.

« Mais oui ! » se rappela-t-elle soudain. Elle l'avait déjà vue. C'était la femme qui s'était penchée au-dessus de Robert, après que le monstre de la Serpentine l'avait éjecté du lac.

Son ami regardait attentivement la Bergère, comme si celle-ci lui adressait des mots qu'il était le seul à entendre. Maricée sentit son cœur se serrer. Pouvait-elle encore faire confiance à Robert ? La Bergère lui avait parlé en rêve, et il avait refusé de lui répéter ce qu'elle lui avait dit.

La voix de la jeune femme n'était plus qu'un murmure :

– Oui, mes chéris, réveillez-vous et écoutez. Qui a tué Sally Blake ?

Robert s'affala par terre et laissa échapper une bouffée d'air jaune. La Bergère leva une main.

– Réveillez-vous.

Robert ne broncha pas, mais les orphelins endormis lâchèrent leurs armes, qui atterrirent sur les dalles avec fracas. Ils regardèrent autour d'eux, les yeux écarquillés, avant de courir vers les bancs et de s'éparpiller dans la galerie.

Seule l'infirmière resta immobile. Elle avait lâché sa casserole et gardait les bras croisés, comme s'ils étaient entravés. Rien ne les attachait, pourtant. À moins que…

Maricée crut voir un mince fil d'argent mordre la peau de ses poignets. Était-ce une illusion créée par la lumière des bougies ?

Jonas Hanway fixait la Bergère.

– Mister Hanway ? tenta Maricée. Nous… nous cherchons qui a causé la maladie du sommeil. Nous pensons qu'il s'agit d'une jeune fille appelée Sally Blake. Ce nom vous rappelle-t-il quelque chose ?

– La pauvre Sally a été victime d'une terrible cruauté, répondit Jonas Hanway, sans quitter la Bergère des yeux. Elle a été assassinée, il y a dix ans de cela. Sa meurtrière a avoué avoir balancé la malheureuse enfant dans la rivière, la privant même d'un enterrement chrétien. On n'a jamais retrouvé son corps.

– La Bergère est-elle Sally Blake ? demanda Maricée.

Il secoua la tête.

– Non. C'est un démon bien pire. Je suis sûr de l'avoir connue autrefois. Elle n'a pas vieilli. Je l'avais oubliée, mais en la revoyant… C'est exactement la même. Elle est…

La Bergère frappa à nouveau le sol de son bâton. Des étincelles d'argent jaillirent de la pierre et formèrent des fils, qui s'entassèrent à ses pieds. Elle sourit à Mr Hanway, et ce sourire rappela à Maricée celui de Lou Lou, le fantôme de Hyde Park. La jeune femme qui, même après sa mort, restait convaincue d'être une princesse.

– Taisez-vous, Mister Hanway ! répliqua-t-elle sèchement. Je suis encore capable de parler, contrairement à Sally Blake. Et je suis venue raconter son histoire.

Elle tapota la chaussure de l'infirmière.

– N'hésitez pas à compléter mon récit.

La Bergère se tourna ensuite vers Mr Carper, le gardien.

– Vous aussi.

L'homme sursauta et se rua vers la porte de la chapelle, qui claqua derrière lui. La Bergère s'esclaffa.

– Il ne veut pas qu'on lui rappelle son rôle. Mais soyez sans crainte : son heure viendra.

– Je me souviens de Sally Blake, intervint Jonas Hanway. Mon cœur saigne encore quand je pense à ce qu'elle a enduré aux mains de la monstrueuse Mrs Broxbourne.

– Je vous ai demandé de vous taire, Mister Hanway ! rappela la Bergère.

Les fils d'argent frémirent.

– Le père de Sally Blake vous avait confié son enfant, dit-elle en tapotant sa broche. Il vous avait aussi laissé ce jeton de cuivre. Il comptait se remarier rapidement et espérait que sa nouvelle épouse accepterait de s'occuper de sa fille.

– Mais personne n'est venu la chercher, murmura Maricée.

– Ils ne sont pas venus, confirma Jonas Hanway. Pourtant, je crois que Sally était une enfant heureuse. Certains la trouvaient un peu sauvage et affirmaient qu'elle ne savait pas suivre les consignes.

La Bergère le fixait sans ciller. Mr Hanway détourna le regard.

– Bien sûr, dit-elle. Les administrateurs voudraient que tous les enfants se ressemblent. N'est-ce pas, Mister Hanway ? Les enfants trouvés doivent tous porter les mêmes vêtements. Obéir aux mêmes règles. Rester dans le rang. Mais peut-être souhaitez-vous nous dire pourquoi Sally Blake a quitté l'hospice ?

– Oui… Euh…

Jonas Hanway baissa la tête.

– Sally est entrée en apprentissage chez Mrs Broxbourne, une sage-femme. Nous ne la connaissions pas, mais elle nous avait été recommandée par…

Il s'interrompit.

– Ah, dit doucement la Bergère. Qui vous l'avait recommandée ?

L'infirmière tressaillit. Aux pieds de la Bergère, les fils d'argent frémirent de plus belle.

– Avez-vous quelque chose à dire, Mistress Page ? demanda-t-elle. Je ne vous ai pas encore donné la parole, mais n'hésitez pas à me corriger si je me trompe. Avec votre complice, Mr Carper, vous aviez l'habitude de voler cet établissement. Vous préleviez de la nourriture et des vêtements destinés aux enfants pour les vendre à l'aubergiste du village.

L'infirmière voulut protester, mais la Bergère secoua la tête.

– Vous avez vanté les mérites de votre amie, Mrs Broxbourne, auprès de la gouvernante. Vous lui avez assuré qu'elle s'occuperait bien de Sally. Et vous vous êtes bien gardée de lui révéler que Mrs Broxbourne avait déjà employé deux filles de la maison de travail de Clerkenwell qu'elle avait traitées avec cruauté. Après leur disparition, Mrs Broxbourne a affirmé qu'elles avaient fugué, et le juge l'a crue. Si Mr Carper était encore dans cette pièce, il pourrait raconter une autre histoire. Il connaissait déjà la maison en ruine de Chick Lane, avec sa trappe qui menait à la cave.

Jonas Hanway se couvrit le visage.

– Si j'avais su… Je suis tellement désolé.

– Et vous, Mistress Page ? Avez-vous signalé que Mrs Broxbourne vous avait versé cinq livres pour vous remercier de lui avoir trouvé une nouvelle apprentie ?

Jonas Hanway secoua la tête.

– La pauvre Sally a-t-elle été la seule victime de cette horrible femme ?

– La seule venant de cet hospice, répondit la Bergère.

Jonas Hanway soupira.

– Même une seule, c'est une de trop.

– Vous savez qui je suis, Mister Hanway, reprit la Bergère. Les fils d'argent se dressèrent, lancèrent des étincelles et s'enroulèrent à nouveau.

Jonas Hanway se frotta les yeux.

– Vous lui ressemblez comme deux gouttes d'eau. Elle s'appelait Caroline Lamb, mais vous devriez être plus âgée.

– C'était bien mon nom, confirma la Bergère avec un petit rire. Je vous ai affirmé que je le tenais de Mr Lamb, le constructeur du canal qui traverse ces champs. Mais est-ce la vérité ? Peut-être que les champs ont été nommés ainsi à cause de moi…

Jonas Hanway parut perplexe.

– Je croyais que vous veniez du village.

– J'étais ici *avant* le village, Mister Hanway. Avant que votre cher hospice soit construit sur ces terres.

Le bâton frappa une nouvelle fois le sol. Des étincelles jaillirent des dalles et rampèrent vers l'infirmière, emprisonnant ses pieds dans un cercle scintillant.

Jonas Hanway bomba le torse.

– Alors, qui êtes-vous ? demanda-t-il. Ou devrais-je dire « qu'êtes-vous » ?

La Bergère le regarda droit dans les yeux.

– Voulez-vous vraiment le savoir ?

– Nous sommes dans la maison de Dieu, répliqua-t-il. Je n'ai pas peur de vous.

« Vous devriez, pourtant », songea Maricée.

La lumière de la chandelle ne lui avait pas joué de tours. Les mains de l'infirmière étaient réellement entravées par un mince fil aqueux.

– Je sais ce que vous êtes, dit-elle en plongeant son regard dans les étranges yeux verts de la Bergère.

L'intéressée inclina la tête.

– Ce n'est pas trop tôt, Maricée Blackwell. Vous m'auriez reconnue bien avant si Lady Walbrook avait été plus attentive. Mais elle ne s'intéresse qu'aux grandes rivières. Elle veut retrouver sa liberté, afin de traverser Londres comme autrefois. Elle n'a jamais eu de temps à consacrer à nos petites sources. Elle a toujours pensé que nous sommes faibles et sans pouvoir.

– Je ne comprends pas, intervint Jonas Hanway en montrant la Bergère. Qu'est-ce que c'est ?

Maricée hésita. « Caroline Lamb n'est pas humaine, pensa-t-elle. C'est une Chad, un esprit élémentaire de l'eau. »

Mr Hanway l'aurait-il crue si elle avait prononcé ces mots à voix haute ?

Et ce n'était pas tout ! Caroline Lamb, alias la Bergère, était à l'origine de cette maladie du sommeil qui s'était abattue sur Londres. Et elle se tenait là, devant elle.

L'occasion était trop belle ; elle ne se représenterait peut-être pas. « Mais que faire ? » se demanda Maricée. Elle s'efforça de rester calme et se rappela les conseils de sa grand-mère. Avant tout, elle devait découvrir pourquoi la Bergère convoitait la Liberté. Alors, elle en saurait peut-être assez pour l'arrêter.

– Vous connaissiez Sally Blake ? demanda-t-elle.

– Sally était mon amie, répondit la Bergère.

– Comment avez-vous fait connaissance ? voulut encore savoir Maricée.

La Bergère se tourna vers les bancs. Les enfants la dévisageaient. Les plus grands, effrayés, tentaient de réconforter les petits, qui pleuraient. Son regard s'arrêta brièvement sur Robert, prostré près de l'autel.

– Un jour, j'ai remarqué une fillette, seule et effrayée, debout près du fil à linge. Elle revenait de la campagne et se languissait de la famille chez qui on l'avait placée. Je connais les tourments de la solitude.

La Bergère regarda à nouveau Robert.

– Lady Walbrook ne s'intéressait guère aux petits ruisseaux tranquilles, poursuivit-elle. Nous étions si nombreux à couler dans ces champs. Personne ne se souciait qu'on nous recouvre de dalles et de briques. Les puits se sont taris, on a bâti des maisons, des tavernes et cet hospice au-dessus de nous. Ma famille s'est éteinte, et je suis restée seule. Un petit filet d'eau coulant entre les ronces et les noyers, à l'orée du champ. Alors, quand j'ai vu cette fille, j'ai voulu devenir son amie.

La Bergère se tourna vers Jonas Hanway.

– Je n'avais encore jamais pris forme humaine. Je n'avais jamais pris aucune forme, j'étais invisible aux yeux de tous. Donc je suis devenue une orpheline. Je n'apparais pas dans vos registres, Mister Hanway. Je n'ai pas reçu de numéro ni de nouveau nom. Vêtue de la même robe marron que les autres filles, je passais inaperçue. J'ai toujours été douée pour cela.

Maricée dévisageait la jeune femme. Elle voulait tout savoir d'elle.

– Sally et moi étions comme des sœurs, continua la Bergère. Je me faufilais dans les vergers pour jouer avec elle. On discutait ensemble, assises dans la cour. Plus tard, je l'accompagnais au lavoir et je l'aidais à faire ses corvées.

– Puis Sally a été envoyée en apprentissage, dit Maricée.

La Bergère hocha la tête.

– Son départ m'a brisé le cœur. C'était si soudain. Je n'ai même pas pu lui dire au revoir. Mais j'ai cru le directeur qui affirmait qu'elle serait bien traitée. J'ai décidé de rester ici. Je m'y plaisais. J'espérais me faire de nouveaux amis.

Mr Hanway grogna, mais n'émit aucun commentaire.

– J'étais gentille avec les enfants, dit la Bergère. Je consolais les petits qui revenaient de la campagne. Je les berçais et je leur chantais des chansons, jusqu'à ce qu'ils s'habituent à leur nouvelle vie. J'ai même inventé une berceuse.

– *Marchez, mes agneaux, marchez...*

Maricée s'aperçut avec stupeur qu'elle chantait les paroles à voix basse. Elle pinça les lèvres. Comment le pouvoir de la Bergère pouvait-il s'infiltrer en elle, alors qu'elle était incapable de rêver ?

– Mistress Page, voulez-vous raconter la suite de l'histoire ? demanda la Bergère.

Ses yeux verts étaient devenus aussi noirs que le charbon.

L'infirmière secoua la tête. Le cercle d'argent se resserra autour de ses pieds.

La Bergère haussa les épaules.

– Je vais donc m'en charger. Sally dormait avec les cochons, dans une cabane, dans la cour de Mrs Broxbourne. Elle mangeait la même bouillie que les animaux. On vous a envoyée vérifier qu'elle était bien traitée, Mistress Page. Vous êtes revenue en affirmant que tout était parfait. Et vous avez empoché l'argent qu'on vous a donné en échange de votre silence.

Mrs Page plissa le nez avec dégout.

– J'avais mes propres enfants à nourrir. Croyez-vous qu'on gagne de quoi vivre, ici ?

– Une enfant a payé votre nourriture de sa vie, souligna Jonas Hanway.

L'infirmière cracha par terre.

– Ne me jugez pas. J'aimerais savoir ce que vous auriez fait à ma place.

– J'essaie chaque jour d'empêcher des enfants de mourir de faim, répliqua Jonas Hanway. C'est pourquoi je travaille ici.

– Vous n'avez rien fait pour Sally ! objecta la Bergère. Quand on l'a retrouvée inconsciente, Mrs Page a été appelée à la porcherie. Elle a demandé à Mr Carper de l'accompagner, car elle savait que personne n'interrogerait un gardien transportant une enfant malade dans la rue. N'est-ce pas ?

Jonas Hanway s'approcha de l'infirmière. Il joignit les mains pour maitriser ses tremblements.

– Quel acte terrible avez-vous commis ?

Mrs Page détourna la tête.

– Mr Carper et vous avez emmené Sally dans une maison de Chick Lane, continua la Bergère. Une maison avec une trappe secrète.

« Chick Lane. » Même Mamie ne traversait ce quartier malfamé qu'en plein jour, accompagnée de personnes qui le connaissaient bien.

– Et là, vous l'avez jetée dans la Fleet, enchaina la Bergère. Mais cette fois, le juge n'a pas cru à l'histoire de Mrs Broxbourne, qui prétendait que son apprentie avait fugué. Encore moins après que sa voisine, Mrs Lowrigg, a décrit les mauvais traitements dont Sally avait été victime.

– Le juge est venu ici, dit Jonas Hanway. Il a appris aux directeurs que Mrs Broxbourne avait avoué. Elle…

Mr Hanway gratta sa perruque.

– Je crois qu'elle a dénoncé Mrs Page et Mr Carper comme étant ses complices. Il n'y avait pas de témoins, et les directeurs ne l'ont pas crue. Nous nous sommes portés garants pour vous, Mistress Page, et pour Mr Carper. Nous avons assuré que vous étiez des gens honnêtes.

Jonas Hanway continua d'une voix calme :

– Le juge donnait souvent de l'argent à l'hospice. On ne voulait pas qu'il nous soupçonne de mauvais traitements. Nous avons tous estimé que Mrs Broxbourne mentait pour éviter la potence.

– Je sais, dit la Bergère. Je vous ai entendus vous chamailler dans la salle du comité pour savoir qui était responsable. Alors, j'ai pris le jeton de Sally et replié le billet vide, où j'ai apposé le tampon noir du deuil.

La Bergère tapota la broche ornée de l'agneau.

– Je le porte près de mon cœur.

Maricée imagina Caroline Lamb extrayant la broche du papier ciré et la fixant à son gilet. Quand le père de Sally avait laissé ce jeton, pressentait-il qu'il n'en aurait plus jamais besoin ?

– Erasmus ! appela Jonas Hanway. Enfermez Mrs Page dans le bureau du dimanche. Nous l'emmènerons au poste de garde demain. Mr Carper la rejoindra si on le retrouve.

La Bergère inclina la tête.

– On le retrouvera, dit-elle doucement.

– Erasmus ! cria Jonas Hanway. Erasmus ! Où es-tu ?

Le silence régnait dans la salle. Erasmus était blotti contre l'autel, avec trois autres orphelins. La jeune fille au bonnet bleu était affalée, les doigts à quelques centimètres de la flute irlandaise qui avait roulé par terre. Des enfants gisaient sur les bancs et à même le sol. Une vilaine couleur jaunâtre emplissait l'air.

– Non !

Jonas Hanway courut vers un petit garçon recroquevillé sur les marches de l'autel et le secoua.

– Réveillez-les ! Ayez pitié ! Ils ne vous ont rien fait !

Il prit la cloche d'une jeune fille endormie, allongée sur un banc. Elle souriait aux anges. Ils souriaient tous. Jonas Hanway fit sonner la cloche avec frénésie, mais aucun enfant ne réagit.

– S'il vous plait, réveillez-les ! cria Maricée à son tour. Ils n'ont fait de mal à personne.

La Bergère se pencha vers elle. Elle était si proche que Maricée ne distinguait plus ses traits. Elle voyait de l'eau ruisseler dans un champ, sentait le doux parfum du thym et la caresse légère du soleil printanier sur sa peau. Quand elle cligna les yeux, la Bergère redevint cette jeune femme vêtue de soie bleue, au visage si facile à oublier.

– Sally Blake n'avait fait de mal à personne, dit-elle. Pourtant, le monde l'a maltraitée. Imaginez qu'elle ait pu dormir en toute sécurité, d'un sommeil peuplé de rêves délicieux, et se réveiller dans un monde nouveau. Un monde où ses rêves seraient devenus réalité. Un monde où elle ne serait plus cette misérable apprentie, obligée de vivre dans une porcherie…

– Vous allez tuer ces enfants ! s'insurgea Maricée. Ils vont mourir de faim tout en rêvant.

Les yeux verts de la Bergère lancèrent des éclairs.

– Tu te trompes, petite-fille de la Gardienne des Puits. C'est toi qui vas les tuer, en t'obstinant à me cacher la Liberté. Donne-la-moi, et je les réveillerai.

– Je ne sais pas où elle est ! protesta Maricée.

– Ma patience a des limites ! prévint la Bergère.

Elle frappa le sol de son bâton. Une bulle d'eau s'éleva du sol et éclata.

– C'est ta grand-mère qui la détient. Tu finiras par la trouver, j'en suis certaine.

La Bergère reporta son attention sur Jonas Hanway et agita les mains. Les étincelles d'argent s'éloignèrent de l'infirmière en tourbillonnant pour former des fils, qu'elle enroula autour de ses doigts.

– Espériez-vous échapper à la justice ? murmura-t-elle.

Entre ses doigts, les fils s'agrégèrent pour former une corde épaisse.

Jonas Hanway, figé comme une statue, fixait les mains de la Bergère. Son visage ne trahissait aucune peur.

– Prenez-moi si vous voulez, dit-il. Mais épargnez les enfants. Réveillez-les. Ils sont innocents.

La corde, toujours plus épaisse, s'éleva tel un serpent. Elle se faufila entre les barreaux de la rambarde et tomba sur le sol. Maricée, stupéfaite, vit son extrémité se contracter et s'enrouler sur elle-même pour former un nœud coulant. Puis la corde se tendit et s'éleva dans les airs. Le nœud, menaçant, vint se balancer devant le visage de Jonas Hanway.

– Ce n'est pas juste ! s'écria Maricée.

Elle voulut attraper la corde, mais le fil aqueux se déroba.

– C'est ma justice, rétorqua la Bergère.

Le nœud coulant réapparut au-dessus de la tête de Mrs Page et s'élargit, telle une bouche béante. Il descendit lentement autour du cou de l'infirmière et se resserra peu à peu.

– Non, gémit cette dernière. Non, non, non !

Lorsqu'elle tenta de se libérer, la corde glissa entre ses doigts. Le nœud s'éleva.

– Pitié ! S'il vous plait ! cria-t-elle.

Elle se dressa sur la pointe des pieds. Encore quelques centimètres, et elle serait pendue.

Jonas Hanway se précipita vers elle et la souleva dans ses bras.

– Arrêtez ! hurla-t-il.

La Bergère rit.

– C'est ce qui est arrivé à Mrs Broxbourne, dit-elle. N'est-ce pas la justice ?

« Non ! » songea Maricée.

La jeune fille savait qu'elle ne se mêlerait jamais à la foule hilare qui se massait à Tyburn les jours d'exécution. Elle n'avait jamais voulu voir quiconque mourir. Elle courut rejoindre Jonas Hanway pour lui prêter mainforte en portant les jambes de Mrs Page. La corde se tendait toujours, comprimant le cou de l'infirmière, qui était de plus en plus faible.

Un bruit de détonation fit vibrer l'air. La porte de la chapelle venait de claquer contre le mur.

– La justice doit être rendue, mais il ne t'appartient pas de le faire ! fit une voix grave.

Lady Turnmill s'avança entre les bancs, flanquée du sanglier de Fleet Ditch et du renard de Sadler. Au même instant, une vague déferla sur la nef et éteignit les bougies. L'eau émettait sa propre lumière. Le nœud coulant s'évapora et Mrs Page dégringola. Jonas Hanway lui saisit le bras.

– La justice sera rendue, assura-t-il en la tirant vers la porte. Je m'y engage !

– Moi aussi ! s'exclama la Bergère.

Un fil d'argent jaillit de ses mains pour aller se prendre dans les cheveux de l'infirmière, dont la tête bascula violemment en arrière.

Le renard de Sadler fondit sur elle à la vitesse d'un faucon. Son corps était aussi lisse que l'onyx.

– Maricée !

La jeune fille tourna la tête et vit Lady Turnmill lui faire des signes pressants.

– Elle est trop forte ! Nous ne pourrons pas la retenir longtemps. Rhum Rouge t'attend. Sauve-toi, vite !

Maricée courut vers la porte en pataugeant.

– Pour aller où ? demanda-t-elle.

– Là où tout a commencé !

Lady Turnmill agita un doigt devant son visage. L'eau traversa la chapelle et déferla sur la Bergère. Le sanglier de Fleet Ditch poussa un grognement sinistre, découvrit les dents et se jeta dans la vague.

« Là où tout a commencé… » Maricée réfléchit. Tout avait commencé quand une fille prénommée Sally avait été jetée dans la Fleet, depuis une maison de Chick Lane.

– Mais Robert…, commença-t-elle.

Elle regarda autour d'elle. Son ami dormait, allongé dans une flaque d'eau.

– Pars ! insista Lady Turnmill. Sauve-toi !

17

Le piège

Robert flottait doucement d'avant en arrière, comme bercé par des mains délicates. Elles le firent basculer en position verticale et le maintinrent fermement, jusqu'à ce qu'il retrouve son équilibre. Il ouvrit les yeux. Cette fois, il n'était pas dans un salon de thé. Aucun arôme de viande ne flottait dans l'air, et il n'avait pas faim. Il était au milieu d'un champ à l'herbe si verte qu'elle lui faisait mal aux yeux. Et la Bergère était là, tout près. Il ne la voyait pas, mais il l'entendait chanter. Il décida de s'assoir pour l'attendre.

Le champ disparut, laissant la place à des maisons, une statue, un petit parc… Un homme en costume écossais passa devant Robert en courant, effectua un saut périlleux et se réceptionna en roulade avant. Il se remit debout et s'inclina devant le garçon.

– Salutations, maitre Robert Strong !

L'acrobate lui décocha un sourire avant de s'engouffrer dans la foule. « Une foule ? » s'étonna Robert. Mais oui ! Une foire battait son plein dans… Où était-ce ? Le lieu lui semblait familier. Il y était déjà venu en rêve. À Leicester Fields. Oui, exactement ! Il n'aurait qu'à profiter du spectacle en attendant.

Des acteurs se pavanaient sur une estrade et faisaient culbuter leurs voisins en les bousculant avec leurs jupes démesurées. Leurs perruques imposantes vacillaient au gré de leurs mouvements. Robert éclata de rire en se rappelant les amies de Lady Hibbert. Ces dernières entraient difficilement dans leurs chaises à porteurs avec leurs robes extravagantes, et leurs perruques dépassaient souvent du toit.

Autour de lui, les étals regorgeaient de fruits, de tartes et de toutes sortes de jouets. Une fillette prit un charriot miniature en bois, avec de véritables roues et un cheval à la queue de crin. Elle les agita sous le nez de Robert et s'enfuit en sautillant. Ici, on pouvait se servir sans payer. Les gens qui flânaient entre les stands s'écartaient tous sur le passage du garçon. Ils lui souriaient et l'appelaient par son nom.

Deux boxeurs s'affrontaient sur un ring improvisé. Le public n'applaudissait que lorsqu'ils manquaient leur coup. Les hommes le saluèrent en levant un poing.

– Tu as pris la bonne décision, Robert ! le félicitèrent-ils.

Il leur sourit et les salua en retour. Une clameur parcourut la foule. Robert se sentait parfaitement à sa place. Il effleura sa tempe et s'aperçut qu'il portait un nouveau turban. Mais celui-ci n'avait pas été confectionné par la couturière de Lady Hibbert. Il ressemblait à celui du roi qu'il avait vu en peinture. Il leva un bras. La manche de sa robe était blanche, bordée de bleu.

Robert ralentit en passant devant une table qui croulait sous les oranges. Aimait-il les oranges ? Il ne s'en souvenait pas. Le jeune homme qui se tenait derrière le héla. Il avait la peau noire, comme lui, et lui rappelait vaguement quelqu'un.

– Keke ! appela-t-il.

Keke ? Robert sursauta. Était-ce son surnom ? Connaissait-il cet homme ?

– C'est moi ! Zeke !

« Zeke ? » Une pensée prenait forme dans son cerveau, mais elle restait floue. Robert s'éloigna précipitamment de l'étal et regagna le champ. Mais où la Bergère était-elle passée ?

Une main lui effleura l'épaule.

– Tu as payé un prix pour arriver jusqu'ici, Robert.

La Bergère se tenait à ses côtés, appuyée sur son bâton. De près, il constata que son gilet n'était pas en lin. Il était taillé dans l'étoffe marron des uniformes de l'hospice.

– Tu n'as pas reconnu Zeke ? lui demanda-t-elle.

Zeke. Robert était certain d'avoir déjà entendu ce nom. Il tenta de se rappeler le visage qui allait avec. Le souvenir planait, hors d'atteinte.

Il secoua la tête.

– Non. Je ne le connais pas.

La Bergère lui toucha la tête. Il sentit ses doigts glacés dans ses cheveux.

– As-tu emprunté le tunnel qui passe sous le mur ?

– Oui.

– Alors, tu as rencontré le maitre de la dime. Il a pris ce que tu lui devais, dit-elle. Je suis désolée.

– Le maitre de la dime ? répéta Robert. Non, j'ai eu de la chance. Je lui ai proposé de prendre un dixième de mes souvenirs, mais je me suis sauvé sans payer.

La Bergère soupira.

– Si seulement c'était vrai.

Mais ça l'était ! Maricée et lui s'étaient enfuis juste à temps. Pourtant, Robert avait l'impression qu'il aurait dû savoir qui était Zeke. Pourquoi y avait-il un flou dans sa tête, comme si quelque chose avait été… effacé ?

La Bergère appuya un doigt contre sa tempe.

– Quand tu me donneras la Liberté, je ferai en sorte qu'on te rende tout ce que le maitre de la dime t'a pris.

Robert frotta sa peau à l'endroit où elle l'avait touché. La Bergère disait-elle la vérité ? Il se rappelait les Hibbert, Mrs Wandle et Lizzie. Il se souvenait aussi de Maman et de ses sœurs, et…

Il y avait quelque chose d'important. *Quelqu'un* d'important. Mais le souvenir était parti. Tous les souvenirs liés à cette personne avaient disparu, et Robert voulait qu'ils reviennent.

– Comment pourrais-je te donner la Liberté ? demanda-t-il. Je ne sais pas où elle est.

La Bergère éclata d'un petit rire joyeux, mais ses yeux étaient durs comme la pierre.

– Les Magogs ne sont pas les seuls à avoir des espions dans tout Londres, dit-elle. Mes somnambules m'apportent les nouvelles dans l'Éther. Madame Blackwell détient la Liberté, et je sais où elle se trouve.

Robert s'aperçut qu'il riait aussi.

– Vous le savez ?

Ses souhaits étaient-ils tout près de se réaliser ?

– Où est-elle ?

– La Liberté est là où je l'ai trouvée la première fois.

La Bergère releva le bord de son chapeau pour regarder Robert. Il vit plus distinctement la marque rectangulaire sur son front.

– Viens avec moi, proposa-t-elle. Je vais te montrer.

Robert prit la main qu'elle lui tendait. Ils étaient au carrefour de deux rues étroites, près des berges de Fleet Ditch. Une odeur infecte s'élevait de l'eau croupie, chargée d'immondices. La Bergère entraina le garçon dans une ruelle bordée de maisons de guingois. Les portes pendaient de travers sur leurs gonds, et la plupart des fenêtres étaient masquées par des volets fermés.

La Bergère poussa une porte et invita Robert à la suivre dans une pièce au plafond effondré. Seules les poutres étaient encore en place. Le sol disparaissait sous une épaisse couche de plâtre et de débris. Les murs étaient tachés de moisissures.

– C'est ici que l'infirmière et le gardien ont amené Sally, affirma-t-elle. Il y a des maisons identiques tout le long de Chick Lane, mais celle-ci est marquée.

Elle lui montra le mur, au-dessus d'une fenêtre sans carreaux. Un trou était percé dans la paroi, comme si les briques s'étaient effritées.

– Des voleurs les ont retirées, expliqua-t-elle. C'est le genre de maison où on étouffe les secrets.

Ils traversèrent la maison en ruine pour rejoindre un escalier, à l'arrière. La puanteur d'eau croupie y était plus forte. La rampe en bois était fendue et mouchetée de moisissure. La Bergère lâcha la main de Robert et s'engagea sur la première marche. Elle s'y arrêta, comme pour vérifier qu'elle supportait son poids. Robert savait que cet escalier menait vers l'eau et les ténèbres. Il n'avait pas envie de la suivre.

« Rien n'est réel dans les rêves », se rappela-t-il.

La Bergère disparut. Robert entendit le bois craquer, puis plus rien.

« Rien n'est réel dans les rêves. »

Il prit une profonde inspiration et descendit une marche après l'autre, en posant les pieds avec précaution sur le bois pourri. Ni lui ni la Bergère n'avaient de lanterne, mais une lueur argentée éclairait la scène. Il distinguait tout ce qui l'entourait, bien qu'il eût préféré ne rien voir.

Le sol de la cave, en brique, semblait plus solide que les murs et le toit de la maison. La Bergère se tenait près d'une trappe aménagée au milieu de la pièce.

– Sally Blake n'a jamais été retrouvée, dit-elle. Je l'ai longtemps cherchée. Mon cœur saignait quand je l'imaginais seule. J'ai écumé les tavernes et les prisons, épié des dizaines de conversations pour me renseigner sur les endroits secrets au bord de la rivière. Un jour, un aubergiste m'a glissé à l'oreille l'adresse de cette maison, à voix basse, pour qu'on ne l'entende pas. Il prétendait que cette trappe servait toujours. À marée basse, les voleurs l'utilisaient pour s'enfuir, ou cachaient leurs marchandises volées dans des caisses, en bas. Quand les flots montent, tout ce qu'on y jette est rapidement emporté.

Robert eut soudain envie de quitter cette cave sinistre et étouffante. La Bergère posa une main sur la trappe, et il la supplia en pensée de ne pas l'ouvrir. En bas, les ténèbres engloutiraient tout. Même en rêve.

– Je suis descendue dans l'eau, dit la Bergère.

Elle colla une joue contre la trappe, comme pour écouter les sons venus d'en bas.

– Elle n'était pas profonde. Il n'avait presque pas plu cet été-là, et les rivières étaient à leur niveau le plus bas. J'ai rampé dans la boue en criant le nom de Sally au milieu des rats. L'air était de plus en plus humide, comme s'il charriait la mort. Mais j'ai continué à crier. Et c'est là, Robert, que j'ai vu une boîte dorée briller dans l'obscurité. Elle était à moitié ensevelie, et j'ai dû creuser dans la boue pour la dégager. Je l'ai reconnue aussitôt. C'était la Liberté, perdue sous la terre, dans les sous-sols de Londres. Je l'ai approchée de mon visage pour sentir son pouvoir…

La Bergère toucha la bosse rectangulaire sur son front.

– Elle m'a marquée. Et à ce moment-là, j'ai compris que cette boîte pouvait tout changer. Je n'étais plus seulement l'esprit d'un petit ruisseau que personne ne remarquait, et dont personne ne se souciait. Je pouvais faire n'importe quoi. Aller n'importe où...

Elle se redressa.

– Mais j'étais si fatiguée soudain. Je me suis endormie, et je n'ai aucun souvenir de ce qui s'est passé ensuite. Je me suis réveillée dans l'Éther, les mains vides. Mais le pouvoir que la Liberté m'avait confié...

Son rire résonna dans la cave.

– L'Éther a surgi après la dernière bataille élémentaire de Londres. Il est toxique pour les élémentaires. Le mélange de reliquats de magie qu'il contient nous empoisonne. Et pourtant, c'est là que je me trouvais. C'est dire la puissance de la Liberté ! La magie des quatre éléments m'avait permis d'entrer dans le monde des rêves humains.

Elle agita un bras, et Robert se retrouva à Leicester Fields. La Bergère était toujours près de lui.

– Il m'a fallu un certain temps pour comprendre où je me trouvais, dit-elle. J'étais pleine de fureur. Je voulais revoir Sally, abattre le mur qui séparait mon monde du sien. Je voulais que toutes les âmes tristes, transies de froid et affamées retrouvent dans l'Éther ceux qu'elles avaient perdus, ceux qui les avaient aimées. Je l'ai désiré si fort que la Liberté a exaucé mon vœu.

Elle expira doucement.

– C'est pourquoi les Solides qui viennent ici ne veulent pas repartir. Pour eux, le monde extérieur n'est que souffrance et solitude.

Une fois encore, Robert sentit un souvenir affleurer. Le parfum des oranges. Le léger vrombissement d'un colibri. Il choisit de l'ignorer.

– J'ai passé dix ans ici, Robert, continua la Bergère. J'ai observé, attendu. J'ai développé mon pouvoir et échafaudé des plans. Et je n'ai jamais cessé de chercher Sally. Si les Solides peuvent retrouver dans l'Éther les êtres chers qu'ils ont perdus, pourquoi pas moi ?

– Mais vous ne l'avez pas trouvée, devina Robert.

Un homme cria derrière lui. Une table s'était renversée, éparpillant des gâteaux sur l'herbe. Une meute de chiens errants se jeta dessus, sourde aux protestations du forain qui tentait de les chasser. Un autre cri fusa de l'autre côté du champ. L'instant d'après, un boxeur dépassa Robert en titubant. Il avait une plaie au-dessus de l'œil.

– Je l'ai cherchée partout, en vain, confirma la Bergère. Peut-être s'est-elle enfuie si loin que plus personne ne peut l'atteindre. Mais vous étiez là, Robert. Toi et tous les autres, venus à l'Éther à travers vos rêves. Vous n'étiez pas seulement en quête de nourriture et de chaleur. Vous aviez besoin d'un bonheur véritable. D'éprouver à nouveau l'amour. Je vous les ai offerts.

– Et le maitre de la dime l'a repris, dit-il.

– Tu retrouveras tes souvenirs quand nous possèderons à nouveau la Liberté, Robert. Je l'ai tenue quelques secondes seulement, et malgré ce laps de temps si court, j'ai réussi à changer tout cela.

Elle ouvrit grand les bras.

– Imagine ce que je… ce que *nous* pourrions faire si la Liberté était à nous.

Ils s'étaient approchés d'une fontaine. L'eau jaillissait de la bouche de dix petits agneaux de pierre en formant des arcs-en-ciel. Elle s'éleva progressivement pour retomber en cascade autour de Robert.

– Rejoins la petite-fille de la Gardienne des Puits, ordonna la Bergère. Elle t'aidera à trouver sa grand-mère. Le moment venu, je m'assurerai que tu continues seul. Quand tu auras pris possession de la Liberté, appelle-moi.

– Si vous savez où est la Gardienne des Puits, pourquoi n'allez-vous pas la chercher vous-même ? demanda-t-il.

– La magie ne fonctionnera que si la personne qui détient la Liberté la cède de son plein gré. C'est une protection destinée à empêcher les élémentaires de s'en emparer. C'est pour cette raison que je n'ai pas pu l'emporter dans l'Éther. La magie la lie au monde solide, de sorte qu'aucun élémentaire ne puisse la cacher dans un endroit inaccessible aux autres. Maintenant, pars, Robert. Je te fais confiance. Je sais que tu peux me rendre ce service.

Les agneaux de pierre s'inclinèrent vers le garçon. Il ferma les yeux et sentit les jets d'eau s'alourdir, le frapper de plus en plus fort, jusqu'à ce que son corps lui-même se disperse en un millier de gouttelettes.

Il se réveilla debout sur le chemin, devant la chapelle de l'hospice. Un carrosse était stationné tout près, et il reconnut le cheval. C'était Rhum Rouge ! Et Maricée était assise sur le siège.

– Maricée ! Rhum Rouge ! Attendez-moi ! cria-t-il en voyant le véhicule s'ébranler.

Son amie ne se retourna pas, mais le cheval s'arrêta. Robert s'approcha du carrosse en titubant et se hissa sur le siège, près de Maricée.

– Tu allais partir sans moi ?

Elle lui lança un long regard.

– Tu dormais dans la chapelle. Comment as-tu réussi à te réveiller ?

Il haussa les épaules.

– L'eau, peut-être ? Je ne sais pas... Mais je suis là, c'est le principal.

Maricée hocha la tête.

– Où allons-nous ? demanda-t-il.

– À Chick Lane.

« Il y a des maisons identiques tout le long de Chick Lane », avait dit la Bergère. Robert se rappela qu'elle lui avait ordonné de rester auprès de Maricée jusqu'à nouvel ordre.

– À moins que tu aies vu en rêve l'endroit où on doit aller ? ajouta son amie.

– Non, dit-il. Je te suis.

Maricée ne fit pas d'autre commentaire et fixa le chemin tandis qu'ils roulaient vers Londres. Elle était étrangement silencieuse, mais Robert ne s'en formalisa pas. Il avait d'autres préoccupations.

À l'aube, le jour peinait à dissiper les ténèbres. Une brume jaunâtre planait au-dessus des champs. Une lanterne était allumée devant le poste de Holborn, mais un seul homme y montait la garde. De plus près, Robert et Maricée distinguèrent son visage.

– C'est Carper, le gardien de l'hospice ! s'exclama la jeune fille. Il est attaché au portail !

Robert regarda l'homme se démener pour tenter de se libérer. Il savait que ses liens ne cèderaient pas.

La porte s'ouvrit brusquement et une foule sombre se déversa dans la rue. Des femmes, des hommes et des enfants, armés de gourdins, de piques et de pelles, s'alignèrent contre le mur. Ils ignorèrent Carper, comme si des affaires plus pressantes les attendaient.

– Tu crois qu'on devrait l'aider ? demanda Maricée. Je sais qu'il a fait des choses terribles, mais j'ai peur que les somnambules s'en prennent à lui.

Robert secoua la tête. Il n'éprouvait aucune compassion pour cet homme qui avait jeté une enfant dans la rivière.

– Plus vite on trouvera la Liberté, moins il y aura de blessés, affirma-t-il.

– Cette vengeance cause trop de victimes…

Robert fixa ses genoux.

– Je te l'ai dit. Elle est triste et en colère.

– « Elle est triste et en colère » ? s'emporta Maricée. Tu ne sais rien de plus, vraiment ?

Robert sentit qu'elle le fusillait du regard.

– Elle était avec toi à Hyde Park, lui rappela-t-elle. Est-ce qu'elle t'a parlé en rêve quand tu dormais dans la chapelle ?

– Tu me l'as déjà demandé ! répliqua-t-il. C'est à toi qu'elle parlait, non ?

Robert se mordit la langue. Il devait faire attention à ce qu'il disait.

– Sinon, comment saurais-tu pour Chick Lane ? ajouta-t-il sur un ton moins offensif.

– Lady Turnmill me l'a dit.

Maricée détourna le regard, comme pour lui signifier que le sujet était clos.

– Je pense que les somnambules se dirigent vers Staples Inn. Le puits qui se trouve là-bas est un des préférés de Mamie.

– Pourquoi ? demanda Robert.

S'il lui posait des questions, Maricée arrêterait peut-être de l'interroger sur la Bergère.

– Staples Inn est une école d'avocats, dit-elle. Les ruisseaux y sont très respectueux des règles. Ça facilite la tâche de ma grand-mère.

Robert sentit à nouveau que son amie l'observait.

– Mamie me manque, avoua-t-elle. Je n'ai pas d'autre famille. Si on n'arrête pas la Bergère, je ne la reverrai jamais.

Robert se mordit la lèvre et fixa l'obscurité. Une odeur d'animaux flottait dans l'air.

– On arrive au marché de Smithfield, annonça Maricée. Chick Lane n'est pas loin.

Le carrosse s'arrêta. Rhum Rouge hennit et agita la tête d'un côté et de l'autre. Maricée se pencha vers l'extérieur.

– Tu entends ? demanda-t-elle.

Robert acquiesça. La ville, plongée dans le silence un instant plus tôt, résonnait d'un fracas de métal et de verre brisé. Une lueur orange apparut au bout de la route. Une armée de somnambules, équipés de torches et d'armes sommaires, les dépassa sans les voir. Robert se demanda si la Bergère avait volontairement détourné leur attention.

– Elle se sert des somnambules pour tout saccager, dit Maricée. Quand elle n'aura plus besoin d'eux, elle les laissera dormir jusqu'à ce qu'ils meurent. Il faut absolument l'arrêter.

Robert hocha imperceptiblement la tête. Il savait que, lorsque la Bergère contrôlerait la Liberté, elle ne laisserait pas les pauvres gens dépérir.

Rhum Rouge se remit en marche, mais il n'avançait plus qu'au pas. Il s'engagea dans une rue étroite et sombre, et s'arrêta à nouveau si brusquement que Maricée et Robert faillirent être éjectés de leur siège.

– Chick Lane ? demanda Maricée.

Robert hésita. Étaient-ils arrivés à l'endroit où la Bergère l'avait amené en rêve ? Il n'aurait su répondre, car la ruelle était barrée par un empilement de tonneaux. Ils sautèrent à terre pour examiner la barricade.

– On ne peut pas les déplacer, ils sont trop lourds, constata Maricée. Rebroussons chemin et essayons d'entrer dans la rue par l'autre bout.

– Impossible ! dit Robert. Les somnambules arrivent !

– Ils sont des centaines ! chuchota-t-elle.

Leur nombre était impressionnant, c'était vrai. Mais Robert savait qu'il ne risquait rien. Était-ce le moment dont parlait la Bergère ? Maricée l'avait conduit jusqu'à Chick Lane. Devait-il continuer seul, à présent ?

Une vieille femme sortit d'une maison en titubant. Elle portait les habits noirs d'une veuve et brandissait un tisonnier. Derrière elle se tenait un boucher au tablier maculé de sang. Des somnambules émergeaient de chaque porte : des femmes armées de bâtons ou de pinces à feu, des hommes avec des haches et de longues perches. Un vieil homme, si vouté qu'il parvenait à peine à marcher, trainait une épée derrière lui. Lorsqu'ils ouvraient la bouche, le brouillard jaune de la maladie se diffusait dans la ruelle.

« Marchez, mes agneaux, marchez. Suivez les moutons.

Fermez les yeux, ne vous réveillez pas, dormez, mes agneaux, dormez.

Dix ans, dix larmes, qui coulent de mes yeux,

La Liberté viendra avec le jour, quand mourra la Londres cruelle. »

Le boucher courut vers eux en agitant une scie.

– On coupe gratis ! s'écria-t-il.

Robert résista à une envie pressante de fuir.

« C'est le moment, Robert ! Va et empare-toi de la Liberté ! »

Était-ce la Bergère qui avait prononcé ces mots, ou était-ce son cerveau qui déraillait ?

– Robert ? appela Maricée d'une voix tremblante.

Elle s'était plaquée contre les barils et agitait frénétiquement les mains, comme si elle cherchait un objet pour se défendre. Le boucher était tout proche. Lorsqu'il s'arrêta devant eux, Rhum Rouge lui balança un coup de sabot dans la cuisse. L'homme s'effondra.

« *Maintenant ! Vas-y !* »

Robert avait l'impression que la Bergère criait à l'intérieur de sa tête. C'était le signe qu'il attendait, certainement.

Il lorgna Maricée qui le regardait, les yeux pleins de terreur. Pouvait-il l'abandonner ? S'il continuait seul, Madame Blackwell se méfierait. Elle lui demanderait des nouvelles de sa petite-fille. Non, Robert avait besoin de Maricée. Il devait la sauver pour obtenir la Liberté… Mais… Quelle mouche l'avait piqué ? Maricée Blackwell était son amie ! C'était pour cette raison, et pour aucune autre, qu'il devait la sauver !

Un jeune homme à la culotte déchirée et à la perruque de travers enjamba maladroitement le boucher et ramassa le crochet à viande. Ses lèvres remuèrent.

« *Marchez, mes agneaux, marchez. Suivez les moutons, Fermez les yeux, ne vous réveillez pas. Dormez, mes agneaux, dormez.* »

Les autres somnambules chantèrent avec lui. Ce n'était plus une berceuse. C'était la clameur d'une foule regardant un condamné marcher vers la potence.

« *Marchez, mes agneaux, marchez…* »

De nouveaux somnambules rejoignirent les premiers : une longue file d'êtres misérables, vêtus de haillons. Puis la foule s'écarta pour laisser passer le vieillard, qui trainait toujours son épée. De l'autre main, il portait un fouet en cuir tressé, qui claquait par terre en soulevant des gerbes de boue. Robert sentit sa gorge se serrer au souvenir de la cravache en peau de lamantin.

Le vieil homme se redressa brusquement, comme tracté par une poulie, et se lécha les lèvres. Son haleine infecte charriait des relents de maladie, de pourriture et de sang. Il leva son fouet.

Robert s'interposa entre Maricée et lui et le repoussa brutalement.

– Sauve-toi ! cria-t-il à son amie.

L'épée tomba à terre. La veuve la ramassa, mais le boucher avait déjà pris la place du vieil homme. Leurs acolytes se déployèrent en éventail autour de Robert et Maricée, leur barrant le passage. Ils étaient coincés entre les barils et l'armée de somnambules.

– On tranche gratis ! brailla le boucher.

– Ils sont trop nombreux, gémit Maricée. Il nous faut de l'aide.

« De l'aide ? » Robert réfléchit. Pouvait-il envoyer Rhum Rouge chercher des secours ? Mais qui ? Il y avait forcément quelqu'un, quelque chose…

« Oui ! » se rappela-t-il soudain. Il articula une prière muette : « S'il vous plait, faites que ça marche ! » Puis il se redressa et cria :

– Une faveur en échange d'une faveur ! Je t'ai libéré. À ton tour de m'aider !

Le silence retomba tandis qu'une rafale s'engouffrait dans la rue, charriant la fumée du charbon et l'arôme du malt chaud. L'obscurité prenait vie, l'air hurlait. Des taches roses apparurent dans la fumée. Le Fumi que Robert avait libéré dans l'antre du maitre de la dime criait son nom.

Un tonneau explosa, comme frappé par un poing invisible, et des flots de bière se déversèrent sur la chaussée. Des échardes de bois jaillirent en direction des somnambules. La veuve cria et se protégea les yeux. Un deuxième tonneau s'éleva brusquement dans les airs, avant de fondre sur la foule. Il atteignit le jeune homme à la perruque en pleine poitrine. En tombant, celui-ci renversa plusieurs personnes derrière lui. Le Fumi enveloppa le boucher. L'homme toussa et continua de crier « on tranche gratis ! » entre deux halètements. Il finit par lâcher ses armes.

– Une faveur en échange d'une faveur ! cria le Fumi. Faveur accordée. Mais dépêchez-vous !

Les somnambules se relevaient déjà et cherchaient leurs armes.

– Sauve-toi, Rhum Rouge ! cria Maricée.

Le cheval partit au trot en tirant le carrosse qui tanguait dangereusement.

Robert et Maricée s'élancèrent dans la boue de Chick Lane en slalomant entre les morceaux de bois brisé. Personne ne chercha à les arrêter. Derrière le mur de tonneaux, les tavernes et les maisons étaient sombres et silencieuses. Ils aperçurent bientôt la maison en ruine. Le trou au-dessus de la fenêtre était toujours là, même si le mur était en partie écroulé. La porte délabrée était entrouverte, et le toit avait presque entièrement disparu.

« Marchez, mes agneaux, marchez. Suivez les moutons... »

Le jeune homme à la perruque de travers enjambait les débris de tonneau pour rejoindre Robert et Maricée, suivi par un musicien qui s'obstinait à manier l'archet au-dessus de son violon au manche brisé.

« Fermez les yeux, ne vous réveillez pas. Dormez, mes agneaux, dormez. »

– Par ici ! cria Robert.

Il courut vers la porte et entra dans les vestiges d'un petit salon. Il y avait un escalier dans un coin. Monter était impensable : le plancher pourri était partiellement défoncé. Ne restait que le sous-sol. Robert savait d'avance ce qu'il y trouverait. Comme dans son rêve, il redoutait d'y aller.

Maricée courut vers l'escalier.

– Descendons !

Robert la suivit avec précaution, en se retenant au mur. La puanteur qui montait de la cave lui donnait envie de vomir, mais il se força à avancer. L'obscurité était totale à présent. Il entendit Maricée trébucher. L'escalier ne devait pas compter plus d'une vingtaine de marches, mais Robert avait l'impression d'en avoir descendu plus de cent quand il posa enfin le pied sur les briques. Maricée respirait bruyamment près de lui.

– Je ne vois rien, dit-elle.

Les lames du plancher craquèrent au-dessus d'eux. Une lumière vacilla sur le mur, au pied des marches. Des pas résonnèrent dans la cage d'escalier.

« *Dix larmes…* »

– Elle est au milieu de la pièce, dit Robert.

– Quoi ?

– La trappe.

– Comment sais-tu que…

– Il faut la trouver. Aide-moi !

Le garçon s'agenouilla et épousseta le sol d'une main. Il sentit des morceaux de briques et de clous, et d'autres choses qu'il préférait ne pas imaginer. Il entendit Maricée faire de même. Ses doigts effleurèrent un panneau de bois.

– Ici ! dit-il. Je l'ai trouvée !

Alors qu'il cherchait une prise à tâtons, une faible lumière éclaira la cave. Le musicien apparut, une lanterne dans une main. Dans l'autre, il tenait son violon brisé comme une massue.

– Voulez-vous que je vous joue un air ? demanda-t-il dans un souffle. Elle m'a demandé de le jouer spécialement pour vous.

Robert ouvrit la trappe d'un coup sec. Une odeur de pourriture emplit la pièce. Il regarda dans le trou, mais ne vit que des ténèbres.

Il secoua la tête.

– Je ne vais pas pouvoir…

La torche du musicien éclaira Maricée, toujours à quatre pattes au-dessus de l'ouverture. Elle se redressa et décocha un petit sourire à Robert.

– Si, affirma-t-elle. Il y a une échelle. Je passe la première, cette fois.

La jeune fille s'engagea dans le trou. Le musicien attendit que sa tête ait disparu pour s'approcher de Robert d'un pas trainant. Il se pencha au-dessus de lui et chuchota :

– Tu as fait une promesse à la Bergère. Elle compte sur toi.

Il lui tendit la lanterne avant d'ajouter :

– Elle attend.

Robert prit la lanterne et agrippa l'échelle.

18

La traque

Maricée attendit, plongée dans l'eau jusqu'aux épaules. Ses pieds glissaient sur la vase gluante, et l'eau froide lui comprimait les côtes. L'obscurité, l'eau, l'air vicié l'empêchaient de respirer correctement. Robert allait-il la rejoindre ? Pourquoi doutait-elle de lui ? Pourquoi craignait-elle de voir la trappe se refermer au-dessus de sa tête ? Tout à l'heure, alors qu'ils étaient acculés contre les barils, elle l'avait cru prêt à filer en la laissant à la merci des somnambules. Mais il était resté et l'avait aidée à s'échapper.

Elle perçut soudain un mouvement au-dessus d'elle et vit un éclair de lumière. L'instant d'après, Robert quitta l'échelle et entra dans l'eau à ses côtés. Le froid le fit haleter. Il tenait une lanterne. Maricée s'en réjouit, mais elle ne se souvenait pas d'en avoir vu une dans la cave.

Le garçon agita les bras en sentant le sol se dérober sous ses pieds. Elle lui saisit le poignet pour l'aider à se stabiliser, et espéra qu'il tenait fermement la lanterne. S'il la lâchait, ils seraient dans le noir complet.

Quand Robert eut retrouvé l'équilibre, ils regardèrent autour d'eux. Maricée distingua des murs sombres, faits de briques cassées. Des planches de bois traversaient le plafond en tous sens. La boue suintait de partout.

– Lady Turnmill n'est pas là pour nous transporter, cette fois, soupira Maricée.

Elle avait parlé sur un ton léger, mais pressentait que la Bergère avait survécu au combat dans la chapelle. Sans quoi, comment aurait-elle pu contrôler les somnambules ? Où était Lady Turnmill ? Et le sanglier de Fleet Ditch ? Avaient-ils survécu, eux aussi ?

– S'il vous plait, murmura-t-elle pour elle-même. Faites qu'elle ne nous trouve pas !

Alors qu'elle avançait en pataugeant, Robert sur ses talons, Maricée glissa et se retint à un poteau de bois fiché dans la vase. Probablement les fondations d'une maison. La jeune fille pensa malgré elle au poids de tous ces bâtiments au-dessus de sa tête et se sentit oppressée. Elle voulut faire un pas de plus, mais ses jambes s'y refusèrent. L'obscurité, la vase qui emplissait ses bottes et coulait entre ses orteils, ses muscles douloureux… c'était trop. Elle aurait voulu rebrousser chemin, mais cela aussi, c'était impossible. Elle ne pouvait plus bouger d'un millimètre.

Robert lui toucha l'épaule.

– Maricée ? On devrait continuer. J'ai entendu du bruit derrière nous.

La jeune fille, envahie par la lassitude, songea que ça lui était égal.

– Maricée ? insista Robert.

Elle laissa échapper une plainte aigüe. Elle s'accrocha au pilier en sanglotant.

– Pourquoi ? demanda-t-elle entre deux sanglots. On ne peut pas gagner ! On a trouvé la Bergère, mais ça n'a rien changé. Je ne sais pas comment l'arrêter et…

Elle hoqueta.

– Et je ne sais pas si je reverrai ma grand-mère un jour !

– On peut gagner, insista Robert. Il faut continuer.

– Pourquoi ?

– Parce que… Pendant que je dormais, j'ai rêvé de la Bergère. Elle m'a emmené ici, dans cette maison.

Un nouveau sanglot secoua la poitrine de Maricée.

– Pourquoi tu ne m'en as pas parlé avant ?

– Tu étais déjà en route pour venir ici.

Pensait-il vraiment qu'elle allait se satisfaire de cette réponse ?

– Sally Blake a été jetée dans l'eau par cette trappe, continua Robert. Caroline Lamb est venue ici dans l'espoir de la retrouver, mais elle a trouvé la Liberté à sa place.

Cette maison est la clé de notre énigme, Maricée. Voilà pourquoi il faut continuer.

– Elle t'a dit tout ça en rêve ?

– Oui.

– As-tu autre chose d'utile à me confier ?

– Ce n'est pas le moment…

– Si ! cria-t-elle. Comment veux-tu que je te fasse confiance si tu me caches des choses ? De quoi d'autre as-tu parlé avec la Bergère ?

– Les petits agneaux savent-ils nager ? fit une voix de femme, qui semblait émaner des murs. Leurs petites pattes peuvent-elles pagayer dans l'eau profonde ?

La colère de Maricée retomba instantanément.

– C'est elle ! dit-elle. La Bergère est dans le tunnel.

Mais était-elle devant eux, ou derrière ?

– Je te l'avais dit, chuchota-t-elle. J'étais sûre qu'on ne pouvait pas gagner.

– Bien sûr que si !

Robert lui prit la main.

– Continuons d'avancer. L'eau monte.

Il avait raison. Maricée était transie de froid et chaque pas lui coutait, comme si elle devait gravir une montagne. Sous ses pieds, la vase céda la place à un sol de pierre. Elle n'entendait plus que le clapotis de l'eau et la respiration de Robert. Elle sursauta soudain, alertée par la voix de la Bergère :

– Pagayez, mes agneaux, pagayez ! La Bergère vient vous chercher !

Où était-elle ? S'était-elle rapprochée d'eux, ou éloignée ?

L'eau continuait de monter. Elle éclaboussa le menton de Maricée.

– Tu vois quelque chose, Robert ?

– Oui ! répondit-il en levant sa lanterne. On y est presque !

La jeune fille scruta les ténèbres qui se dissipaient peu à peu. Devant eux, le tunnel se divisait en deux. La branche de droite semblait descendre, et l'eau y était aussi paisible que celle d'un étang. Celle de gauche montait. Ils n'avaient pas le choix.

Robert lâcha la main de Maricée. Il lui parut étonnamment grand, mais elle comprit aussitôt qu'il montait des marches. Il sortit de l'eau et continua sur un chemin de brique. Maricée le suivit tant bien que mal, empêtrée dans sa jupe trempée. Les parois du tunnel étaient tapissées de planches de bois clouées entre des piliers de brique, ornés de cercles de pierre. Elle en examina un de plus près. Un visage familier, toujours le même, était gravé dans les cercles. Celui de Lady Fleet.

À une dizaine de mètres de là, le tunnel tournait brusquement. Robert s'approchait de l'angle, et sa lanterne était toujours bien visible. Maricée fixa le sol accidenté à ses pieds et sourit.

– Robert ! J'ai besoin de la lumière.

– Il faut se dépêcher, Maricée ! S'il te plait !

Il revint vers elle à contrecœur. Elle prit la lampe et la posa sur le sol.

– Regarde ! dit-elle. Des traces de pas.

– Ce sont les miennes, affirma-t-il d'un ton impatient.

– Non, le détrompa-t-elle avec un grand sourire. Tes pieds sont beaucoup plus petits. Je reconnaitrais ces empreintes entre mille. Ce sont les bottes de Mamie ! Elle est vivante, et elle est passée par ici récemment !

– Tant mieux.

Elle entendit le sourire dans la voix de Robert.

– C'est la preuve qu'on va dans la bonne direction.

Le garçon ramassa la lanterne et repartit d'un pas pressé. Il tourna à l'angle du couloir sans attendre Maricée, qui se retrouva dans le noir. Son sourire s'effaça. Ils allaient effectivement dans la bonne direction pour retrouver sa grand-mère. Mais si la Bergère était dans le tunnel, ils la mèneraient tout droit à la Liberté. Que disait Mamie dans sa lettre, déjà ?

« Nous écarterons cette menace ensemble, afin de protéger Londres. »

Sa grand-mère avait fait ce qu'elle devait. Désormais, c'était au tour de Maricée d'agir. En entrainant la Bergère sur une fausse piste, par exemple…

– Robert !

Le nouveau tunnel était d'une construction plus sommaire, et si étroit qu'elle fut obligée de baisser la tête pour avancer. La lanterne du garçon éclairait des objets éparpillés sur le chemin. Une rame cassée, la voile d'un moulin à vent… Maricée sauta par-dessus pour le rejoindre.

– Robert ! Pas par ici ! On mène la Bergère à Mamie et à la Liberté !

Il continua comme si de rien n'était.

– Commençons par rejoindre ta grand-mère, dit-il. On la préviendra du danger.

Il parlait d'une voix calme, déterminée. Comme si rien ne pouvait le faire changer d'avis.

– Robert ?

– Oui ?

Maricée hésita à lui poser la question qui lui brulait les lèvres : « Est-ce que tu aides la Bergère ? »

Finalement, elle se contenta de lui demander :

– Si la Bergère essaie de me faire du mal, tu me défendras ?

Il lui répondit sans s'arrêter, sans même se retourner :

– Tu en doutes ? Pourquoi ?

– Parce que tu la conduis droit à la Liberté, dit-elle.

Robert s'arrêta enfin, et Maricée vit son visage.

– Je ferai tout mon possible pour empêcher que tu sois blessée, affirma-t-il en la regardant dans les yeux.

Puis il se retourna et repartit dans le tunnel.

Maricée resta immobile un long moment. Elle aurait préféré un « oui » plus franc. Robert se cachait derrière des mots. Pouvait-elle encore se fier à lui ? Elle regretta soudain que Rhum Rouge se soit arrêté pour l'attendre devant l'hospice des enfants trouvés. Mais que faire ? Elle était seule avec lui, au fond d'un tunnel.

Et c'était Robert qui tenait la lanterne. Elle ne viendrait en aide à personne en pataugeant seule dans le noir, dans ce boyau plein d'eau. Pire : elle risquerait de tomber sur la Bergère ou ses somnambules.

Maricée rattrapa Robert et s'appliqua à suivre l'ombre du garçon. Le chemin était de plus en plus encombré. Elle contourna les restes fissurés d'une meule géante et l'épave d'une barque. Un mannequin de tailleur gisait sur le côté, drapé dans les lambeaux d'une cape. À côté, elle vit un petit bonnet blanc, roulé en boule comme un hérisson, et une robe marron en coton grossier, pliée avec soin. Les manches croisées sur le devant laissaient apparaitre des poignets blancs, et le col était orné d'une bande rouge.

Maricée prit la lanterne des mains de Robert et se pencha pour examiner les vêtements.

– C'est l'uniforme de l'hospice des enfants trouvés, dit-elle.

Elle ramassa encore une pèlerine, puis un tablier, et leva la lanterne, en proie à une légère excitation.

– Elle devait porter des bottes, supposa-t-elle.

Maricée éclaira le mur et découvrit dans un renfoncement une paire de bottes à lacets, soigneusement rangées, comme si une femme de chambre les avait posées là. Elle se releva brusquement. Ces vêtements pouvaient appartenir à n'importe quelle orpheline de l'hospice qui aurait eu la malchance de s'égarer dans ce tunnel. Ils étaient étonnamment propres et bien pliés, comme si quelque chose ou quelqu'un les avait protégés.

Il existait un moyen infaillible de savoir à qui ils avaient appartenu. Maricée déplia le bonnet et trouva aussitôt ce qu'elle cherchait. Elle déroula la chaine et approcha l'étiquette de la lanterne. La lumière lui révéla deux chiffres identiques.

– Numéro 33, articula-t-elle d'une voix enrouée.

– Sally Blake, dit Robert. C'est le numéro qu'on lui a attribué à son admission, n'est-ce pas ?

– C'est ça.

Maricée était au comble de l'excitation, mais elle se rappela qu'elle ne pouvait pas faire confiance à Robert.

– Qu'est-ce que ça signifie ? s'enquit-il.

« C'est ici que s'entassent les choses perdues, les objets charriés parle fleuve, songea Maricée. Pourtant, les vêtements de Sally Blake sont ici, soigneusement conservés. »

– Je ne sais pas..., répondit-elle d'une voix neutre.

Robert et elle échangèrent un long regard. Le garçon lui parut un peu triste, mais peut-être se faisait-elle des idées. « Et moi, est-ce que j'ai l'air triste ? » se demanda Maricée. Elle aurait aimé connaitre les pensées de son ami et lui confier les siennes. Elle remit les vêtements à l'endroit où elle les avait trouvés, mais passa la chaine avec le numéro à son cou. Il lui semblait important de porter sur elle un objet ayant appartenu à Sally.

Robert et Maricée se remirent en route sans ajouter un mot.

Maricée avait besoin d'un plan. Elle prit une profonde inspiration pour calmer son esprit. L'odeur était moins forte ici... ou s'y était-elle habituée ? Son excitation retomba, et elle y vit plus clair. Jusqu'à maintenant, elle avait surtout cherché à identifier les causes de la maladie. Elle savait désormais que la Bergère était une Chad, déterminée à venger son amie humaine des mauvais traitements qu'elle avait subis. Maricée effleura l'étiquette. Et si Sally n'avait pas connu le sort funeste qu'on supposait ? Et si sa terrible aventure s'était bien terminée ? Sally était peut-être ici, dans ce tunnel… Et Mamie ? C'était trop gros pour être une simple coïncidence.

– Pourquoi tu secoues la tête ? lui demanda Robert.

Maricée ne s'était pas aperçue qu'il la regardait. Elle cherchait quoi lui répondre, quand une lumière apparut derrière le garçon. Une lanterne ! Maricée vit d'abord une silhouette sombre, puis un bras, une main, l'extrémité dentelée d'un violon cassé.

– Je vais vous jouer un air, dit le musicien en s'approchant. Chantez avec moi, mes petits agneaux.

« *Marchez, mes agneaux, marchez…* », ajouta une voix fluette.

Le jeune homme à la perruque de travers surgit à son tour et empoigna l'épaule du musicien. Le crochet à viande qu'il tenait à la main frappa la poitrine de son compère.

« *Ouvrez les yeux, fermez les yeux…* », enchaina une voix féminine.

Robert battit des paupières.

« *Dix ans, dix larmes, qui coulent de mes yeux.* »

Maricée était incapable de bouger. Elle aurait voulu toucher la chaine qui pendait à son cou, mais elle était trop lasse, trop triste, trop somnolente pour faire le moindre geste. Cette chaine était importante. Elle devait absolument la montrer à la Bergère. Pourtant, cela lui était devenu parfaitement indifférent. Elle avait passé la journée à fuir. Elle pouvait enfin se reposer…

Sa mère lui avait-elle chanté des berceuses comme celle-ci, quand elle était bébé ? Maricée ne pouvait pas rêver, mais dormir un peu lui ferait du bien. Elle était si fatiguée.

La dernière chose qu'elle vit avant de fermer les paupières fut le visage de Robert, qui lui chantait une berceuse, la bouche ouverte comme un enfant de chœur.

19

Le sauvetage

– Arrête ça immédiatement !

Robert connaissait cette voix ! C'était celle de Lady Turnmill. Elle venait les sauver !

Une explosion argentée l'arracha à ses pensées. Il ne se contenta pas de la voir à travers ses paupières ; il la sentit dans tout son corps. Elle déferla telle une vague et chassa la somnolence qui avait envahi ses membres. Il ouvrit les yeux. Un voile d'argent scintilla un instant devant lui, avant de se diviser en une infinité de fils.

– Par ici ! cria Lady Turnmill.

Robert entendit un grognement et un couinement derrière lui. Avant même de se retourner, il sentit qu'on le trainait dans le tunnel. Des points brillants dansaient devant ses yeux. Ils lui rappelèrent les lucioles et quelqu'un... Quelqu'un qui s'asseyait à côté de lui pour compter les petits points lumineux dans le ciel, au crépuscule.

Encore un souvenir imprécis. Robert le chassa, conscient qu'il devait mettre son corps en mouvement. Il avait l'impression d'être un automate. Comme si ses jambes raides étaient actionnées par de petits moteurs, qui faisaient monter et descendre ses pieds. Il pressa le pas, se mit à courir et se sentit progressivement revenir à lui. Il retrouvait des sensations familières dans ses genoux, ses pieds, sa colonne vertébrale...

Où était-il ? Et Maricée ? Il se trouvait toujours dans un tunnel, au plafond trop bas pour qu'il puisse se redresser.

– Prêt ! cria encore la voix.

« Prêt pour quoi... ? »

Les gouttes d'argent enflèrent, se cognèrent les unes contre les autres et fusionnèrent, avant de se précipiter vers lui et de le renverser comme une quille. Quand Robert ouvrit la bouche pour crier, elle se remplit d'eau. Une eau douce et caressante, comme si des milliers de mains aqueuses le portaient.

– Lady Turnmill ?

– Qui veux-tu que ce soit ? Accroche-toi. On arrive bientôt !

Ils passèrent sous une arche de pierre. Robert glissa sur le sol et s'arrêta *in extremis* au pied d'un pilier. Deux rangées de bougies éclairaient la salle. Le garçon crut d'abord qu'il était de retour dans une cave, mais il n'y avait ni barils ni bocaux. Le plafond vouté était en pierre. Les dalles du sol étaient fissurées.

Robert regarda autour de lui et tressaillit. Derrière un amas de boue adossé au mur se dressait un tas d'os enchevêtrés. Des os humains !

– Tu n'as rien à craindre, lui dit une femme en s'accroupissant près de lui.

Elle avait l'âge qu'aurait eu sa grand-mère si elle avait vécu, et ses cheveux étaient tressés en nattes épaisses, enroulées autour de sa tête. Son visage large et ses sourcils arqués rappelèrent à Robert ceux de Maricée. Elle portait de lourdes bottes de soldat et une cape à la doublure scintillante.

– Ce lieu est un caveau où on entrepose les ossements des morts.

Elle rit.

– Il y avait même des moines parmi eux, mais n'aie pas peur : aucun n'est devenu un fantôme. Maricée m'a dit que vous aviez rencontré les morts de Hyde Park...

Robert la dévorait des yeux.

– Vous êtes Madame Blackwell ? demanda-t-il.

– C'est bien moi.

Elle tendit la main pour l'aider à se lever.

– Laisse-moi t'aider, Mamie ! s'exclama Maricée en s'accrochant à son bras.

– Merci, ma chérie !

Madame Blackwell l'enlaça et posa la tête sur son épaule. Maricée agrippa la cape de sa grand-mère, comme pour la retenir auprès d'elle. Robert songea avec tristesse que personne en Angleterre ne l'étreindrait jamais ainsi.

– Je suis si fière de toi ! ajouta Madame Blackwell d'une voix légèrement étouffée. Je te promets de ne plus jamais te faire de cachoteries !

Elle s'esclaffa.

– Enfin, presque plus, ajouta-t-elle.

Elle caressa la tempe de sa petite-fille.

– Qu'est-il arrivé à tes cheveux ?

Maricée se tortilla pour se libérer.

– Je te raconterai plus tard. Le temps presse, Mamie ! Il faut filer si on ne veut pas qu'elle nous trouve ici.

– Je te l'ai déjà dit, ma chérie. Je ne peux pas partir. Lady Turnmill ?

Cette dernière sortit de l'ombre, une main dans la poche de son pantalon, l'autre sur la défense du sanglier de Fleet Ditch. Son bras formait un angle bizarre, et elle titubait, comme si garder sa forme humaine lui demandait trop d'efforts. Le sanglier avait le flanc ouvert et un œil fermé.

– Emmène les enfants ! commanda Madame Blackwell. Protège-les aussi longtemps que tu le pourras.

Lady Turnmill secoua la tête.

– Je ne partirai pas tant que nous n'aurons pas emmené tous les enfants, déclara-t-elle.

Le sanglier racla le sol de ses sabots, soulevant une gerbe d'étincelles.

– Lui non plus, ajouta Lady Turnmill.

– Qu'entendez-vous par « tous » les enfants ? demanda Maricée.

Le garçon l'écoutait distraitement. Ils avaient enfin retrouvé Madame Blackwell ! La femme qui détenait la Liberté de Londres était là, devant lui ! Cette chose assez puissante pour transformer la ville était peut-être cachée sous sa cape. La Bergère arrivait. Il sentait son chant flotter dans le tunnel. Que ferait-il alors ?

Madame Blackwell inclina la tête.

– Elle se rapproche, affirma-t-elle. Lady Turnmill, tu n'es pas au mieux de ta forme, et certainement pas de taille à l'affronter. Pars.

– Après avoir attendu dix ans ? Il n'en est pas question !

Lady Turnmill se redressa.

– Je reste ici.

« Marchez, mes agneaux, marchez. Suivez les moutons.
Fermez les yeux, ne vous réveillez pas.
Dormez, mes agneaux, dormez.
Dix ans, dix larmes, qui coulent de mes yeux,
La Liberté viendra si Robert est courageux, et cette Londres cruelle mourra. »

Robert scruta les visages des autres. Était-il le seul à entendre cette chanson ? Il avait promis à la Bergère de l'aider, mais pouvait-il tenir parole ? Lui aussi désirait une ville où les gens seraient bien nourris et dormiraient au chaud. Où personne ne serait victime d'injustice ni de cruauté. C'était la Londres que souhaitait la Bergère. C'était la Londres qu'il voulait.

– Prends-la ! dit Madame Blackwell. Et file !

Robert écarquilla les yeux. Elle lui tendait une petite boîte en or à la surface terne et piquetée, munie d'une charnière en fer ordinaire. La boîte n'avait pas de serrure, mais son couvercle était si parfaitement scellé qu'on ne le distinguait pas du reste. C'était elle ! La Liberté ! Il n'avait qu'à tendre la main pour s'en emparer.

Maricée fut plus rapide et confisqua la boîte d'un geste vif. Robert eut l'impression qu'elle évitait son regard. « Elle doit savoir », songea-t-il.

– Personne n'est obligé de partir ! affirma-t-elle. Je connais un moyen d'arrêter la Bergère.

Elle sortit l'étiquette de son col.

– J'ai ramassé ça dans le tunnel. C'était le numéro de Sally Blake. On a trouvé ses vêtements. Je crois qu'elle est ici, quelque part, Mamie. Lady Turnmill ?

Maricée se tourna vers l'esprit des eaux.

– Savez-vous où elle se trouve ? Il suffirait que la Bergère la voie, et...

– C'est hors de question ! l'interrompit Madame Blackwell.

Maricée sursauta. Elle semblait surprise, comme si elle n'avait jamais entendu sa grand-mère parler sur ce ton. Madame Blackwell soupira et lui caressa la joue.

– Pardonne-moi, ma chérie. Mon cœur saigne quand j'imagine les souffrances qu'elle a endurées. Quand ce méchant homme l'a jetée par la trappe, Lady Fleet a tenté de la protéger, puis Lady Turnmill l'a cachée.

Celle-ci fit une petite révérence, la mine grave.

– Et Fleet Ditch a veillé sur elle, ajouta-t-elle.

Le sanglier grogna.

– Ils ont employé une magie douce pour la maintenir en vie, continua Madame Blackwell. Ce n'est qu'une enfant. Elle ne doit pas être utilisée comme arme contre la Bergère.

– Comment peut-elle être une enfant ? objecta Maricée. Elle est ici depuis dix ans ! Il faut dire à la Bergère qu'elle est en vie, parce que…

Robert, captivé par la berceuse, n'entendit pas la suite. La chanson semblait suinter des murs, s'élever du sol et descendre du plafond pour l'envelopper tout entier. Elle envahit ses poumons et l'emplit du désir de chanter à tue-tête. Il avait les paupières lourdes, mais se sentait parfaitement éveillé. Et son souffle était clair.

« Dix ans, dix larmes, qui coulent de mes yeux,

La Liberté viendra si Robert est courageux, et cette Londres cruelle mourra. »

Elle arrivait.

« La Liberté viendra si Robert est courageux, et cette Londres cruelle mourra. »

Elle était là.

Le musicien passa le premier sous l'arcade, armé de la scie à os. Il frotta sa lame contre le bois du violon cassé. Le jeune homme vint se poster près de lui en brandissant son crochet à viande noirci, dégoulinant d'eau. La Bergère arriva derrière eux. Elle s'approcha du tas de boue adossé au muret frappa le sol de son bâton. Ses yeux verts lançaient des éclairs.

Lady Turnmill fit jaillir des fils d'argent de ses mains et les projeta vers la Bergère, qui les repoussa en balançant son bâton. Le sanglier de Fleet Ditch poussa un cri de rage mi-animal, mi-humain, avant de charger. Le bâton l'atteignit aux pattes, et il s'écroula en silence. Un rictus de douleur découvrait ses dents.

Le musicien s'accroupit au-dessus de lui et posa la scie à os sur son encolure.

– Ne bouge pas ! siffla-t-il. Elle a fabriqué cet outil exprès pour trancher la chair des rivières.

Un halo argenté enveloppa Lady Turnmill. La Bergère la regarda en souriant. Elle releva le bord de son chapeau et découvrit son front. Sa cicatrice rectangulaire scintillait comme l'or.

– J'ai fait surgir le monstre des épidémies de la Serpentine, dit-elle. Et vous croyez toujours pouvoir me battre ?

Elle pivota brusquement vers Madame Blackwell, le bâton levé. Aussitôt, le sol se fissura. Des éclats de pierre ancienne jaillirent et zébrèrent l'air des lieux. Maricée poussa un cri quand un fragment de dalle lui heurta la joue. De l'eau jaillit des fissures en fines colonnes, qui brillaient comme des flammes. Une par une, elles s'élevèrent autour de Madame Blackwell, tels les barreaux d'une cage.

– Tu ne peux pas la blesser ! cria Lady Turnmill. C'est la Gardienne des Puits !

Le jeune homme à la perruque se déplaçait rapidement, même s'il semblait toujours sur le point de s'emmêler les jambes. Robert songea à ses propres jambes, qui lui avaient momentanément paru étrangères, et se demanda si la Bergère lui avait conféré des pouvoirs particuliers pour accomplir sa mission.

Le jeune homme se rua vers Lady Turnmill, lui tordit un bras dans le dos et plaqua le crochet à viande sur sa gorge. La peau de Lady Turnmill se tacha de sable au contact du métal.

Maricée courut vers sa grand-mère en tirant sur la chaine avec le numéro du bébé, qu'elle portait toujours autour du cou.

– S'il te plait, Mamie ! Laisse-moi lui montrer ça !

– Non, Maricée !

Les traits de Madame Blackwell étaient figés par la colère.

– Je te le défends !

Maricée se tourna vers son ami, le visage ruisselant de larmes.

– Robert ! On ne peut pas la laisser prendre la Liberté !

Il secoua la tête.

– Tu as raison, admit-il.

Mais Maricée ne savait pas ce qu'on ressentait en voyant souffrir des êtres chers. Il avait vu des enfants se faire fouetter, des hommes tomber à terre, à bout de forces, épuisés par le travail. Et son propre... son propre quoi ? Quelqu'un qu'il connaissait avait... Le souvenir se brouilla.

La cage d'eau qui s'était formée autour de Madame Blackwell rappelait à Robert les cages en fer où on exposait les pirates. Sauf que l'eau était en mouvement constant. Elle lui liait les chevilles, faisait onduler sa cape, et finit par former un nœud coulant au-dessus de sa tête.

Maricée attrapa Robert par les épaules.

– Elle a fait la même chose à l'infirmière dans la chapelle de l'hospice ! s'écria-t-elle. Elle l'a pendue avec une corde en eau. Mrs Page serait morte si Lady Turnmill n'était pas arrivée à temps. Aide-moi !

– Ta grand-mère a le pouvoir de m'arrêter facilement, signala la Bergère. Il lui suffit de me donner la Liberté.

– Jamais ! répliqua Madame Blackwell. Elle n'est pas à vous.

Le nœud coulant s'abaissa autour de son cou. Elle haleta.

Maricée secoua son ami.

– Robert !

– Robert ? répéta une voix beaucoup plus calme.

Le garçon sursauta. Il croyait que la Bergère l'avait oublié, mais il sentit soudain son pouvoir se concentrer sur lui.

– Est-ce que tu hésites, Robert ?

– Robert ! cria Maricée.

Il se boucha les oreilles. Quand cesserait-elle de le houspiller ?

– Si tu lui obéis, elle contrôlera Londres ! Elle transformera tous les gens en somnambules et...

La Bergère frappa le sol de son bâton. Un jet d'eau jaillit d'entre les pierres à côté de Maricée. Il s'enroula autour d'elle et la fit tomber. La jeune fille cria de douleur quand des fils argentés lièrent ses poignets et ses chevilles. Robert courut vers elle, mais la Bergère se mit en travers de son chemin.

Sa tête s'emplit de l'odeur de la terre humide. Il pensa aux sabots des chevaux qui labouraient les chemins de Hyde Park. Il avait l'esprit confus. Le monde réel lui semblait lointain, vertigineux.

– Il y avait un garçon..., dit la Bergère.

Ses mots se mêlèrent au clapotis de l'eau.

– C'était un garçon effrayé, maltraité.

Robert ferma les yeux malgré lui. Il était debout sous un oranger couvert de fruits. Pourquoi ? Aimait-il les oranges ? Oui, certainement, mais il ne se rappelait pas pourquoi. Leur souvenir l'emplissait de tristesse. Elles lui évoquaient Maman et...

Les arbres se changèrent en brume. L'instant d'après, il était de retour dans le caveau.

– Tu as beaucoup de souvenirs.

La Bergère était toujours entre Maricée et lui.

– Le maitre de la dime a reçu son dû. Tu as un frère qui s'appelle Zeke. Il te réconfortait quand tu étais effrayé, et puis tu l'as perdu.

Robert avait-il un frère ? La Bergère disait la vérité, il en était sûr. Zeke. Robert ne se rappelait ni son prénom ni son visage, mais il y avait un compagnon à la Barbade. Quelqu'un qui lui racontait des histoires et comptait des lucioles avec lui. Et qui parfois, quand le monde était plein de terreur, se contentait de le serrer dans ses bras.

Il regarda Madame Blackwell dans sa prison aqueuse et Maricée, étendue sur le sol.

– Aide-nous, Robert ! murmura-t-elle. S'il te plait.

Lady Turnmill et le sanglier le regardaient, eux aussi.

– La fille ne comprend pas, dit la Bergère. Elle a une maison, sa grand-mère et tous ses souvenirs. Tu n'as que les Hibbert et leur cruauté. Rappelle-toi le tableau dans la chapelle, Robert. Le roi.

Le roi qui lui ressemblait.

– Tu te souviens de lui, n'est-ce pas ? poursuivit la Bergère. Donne-moi la Liberté et je changerai le monde pour que tu deviennes un roi, Robert.

Il ne serait plus obligé de dormir dans un coin de la cuisine. Il ne subirait plus les coups de Mrs Wandle et ne paraderait plus devant les amis de Lady Hibbert dans cet accoutrement ridicule.

– Et Lizzie ? demanda-t-il. Et Maricée et Madame Blackwell ?

– Tu as le pouvoir de choisir ce qu'il adviendra d'elles.

– Elles ne seront pas blessées ?

– C'est ton choix.

Robert pouvait les protéger. Il pouvait même se montrer clément envers les pauvres villageois qui avaient été contraints de les attaquer. Il ne verrait plus de familles dormir dans les entrées des magasins ou mendier pour s'acheter à manger. Il obligerait les Hibbert à quitter leur manoir et ouvrirait ses innombrables pièces à tous ceux qui auraient besoin d'un toit.

Robert s'agenouilla près de Maricée sur la pierre humide.

– Nous pouvons rendre Londres meilleure, dit-il.

La jeune fille essaya de se libérer.

– Ne l'écoute pas ! Demande-toi à qui tu peux faire confiance ! Elle ou moi ?

Robert soupira. Pourquoi son amie refusait-elle de comprendre ? Il la montra du doigt.

– C'est elle qui a la Liberté, dit-il. Elle est dans sa main.

Les liens qui entravaient les poignets de Maricée se resserrèrent. Elle cria et ouvrit la main. La boîte en or tomba aux pieds de Robert, qui la ramassa et s'approcha de la Bergère.

Robert entendit des voix fuser autour de lui. Celles de Maricée, de Madame Blackwell, de Lady Turnmill, et même la voix humaine du sanglier de Fleet Ditch.

– Non ! crièrent-ils à l'unisson.

Comment osaient-ils lui donner des ordres ? Ils ne le connaissaient pas. La Bergère en savait plus sur lui qu'ils n'en apprendraient jamais. La boîte en or était légère, mais il la portait comme si elle abritait une créature sauvage.

– Tenez, dit-il.

La Bergère la lui arracha des mains. Puis, elle sourit et ferma les yeux.

– Merci, Robert.

Elle rouvrit les paupières. Le vert de ses iris était aussi tranchant que des lames de couteau. Alors, seulement, Robert comprit. La Bergère l'avait manipulé, et ce qu'elle lui avait promis n'était qu'une illusion. Elle n'avait jamais eu l'intention de lui donner aucun pouvoir.

Elle hocha la tête et sourit, comme si elle lisait dans ses pensées.

– Non ! s'écria-t-il.

Il se jeta sur elle pour reprendre la Liberté, mais elle se détourna et abattit son bâton sur le sol.

– Faites de beaux rêves ! dit-elle.

Robert voulut crier, mais un épais nuage jaune étouffa ses mots. Il vit le musicien, puis le jeune homme s'effondrer. Il essaya de résister, en vain.

Le monde s'écroula autour de lui et l'obscurité l'envahit.

20

L'enfant

Maricée tremblait. Elle était transie de froid, trempée et effrayée.

– Viens !

Sa grand-mère l'aida à se relever. Ses liens avaient disparu.

Maricée n'avait qu'un désir : se blottir derrière le tas d'ossements et y rester jusqu'à la mort.

Madame Blackwell prit le visage de sa petite-fille entre ses mains et lui embrassa le front.

– Ce n'est pas ta faute, ma chérie, lui dit-elle.

– C'est faux !

Maricée n'avait encore jamais parlé sur ce ton à sa grand-mère. Elle s'en voulut aussitôt, et tenta de se justifier :

– J'ai laissé Robert prendre la Liberté ! Je l'ai conduit jusqu'ici, alors que je n'étais pas sûre de pouvoir lui faire confiance !

Elle jeta un bref regard au garçon. Quand la Bergère avait disparu avec la Liberté, il s'était effondré, et il était toujours immobile. La brume jaune flottait autour de lui, mais, contrairement au musicien endormi et au jeune homme, Robert ne souriait pas. Qui sait où ses rêves l'avaient conduit ? Ils ne le comblaient pas de bonheur, en tout cas. Tant mieux !

Maricée sentit des larmes lui piquer les yeux. Elle ravala sa fureur, prit la main de sa grand-mère et se leva.

– J'imagine qu'il ne se réveillera jamais, dit-elle. Sauf si la Bergère veut lui faire détruire quelque chose.

Elle haussa les épaules.

– C'est tout ce qu'il mérite.

– Non, ma chérie, dit doucement Mamie. Il ne méritait pas ça. Ce garçon a commis une erreur, mais il croyait bien faire.

– Peu importe ce qu'il croyait ! Il a donné la Liberté à la Bergère. Tous les gens qu'on connait vont s'endormir pour toujours.

– Peut-être pas..., dit Mamie avec un sourire énigmatique.

Maricée renifla et regarda fixement sa grand-mère.

– Encore un de tes secrets ?

– Madame Blackwell !

Lady Turnmill se penchait vers le tas de boue, près du mur.

– Je crois que le moment est venu !

Mamie courut la rejoindre. Les bords du monticule s'effritaient dans une flaque d'eau. Le sanglier reniflait le sol comme pour chercher un objet perdu. Mamie se mit à genoux et colla une oreille au sol.

– Tu as raison ! dit-elle.

Maricée regarda sa grand-mère avec des yeux ronds. Pourquoi s'intéressait-elle à un tas de terre, alors que, d'un instant à l'autre, le monde qu'elles connaissaient risquait de disparaitre ?

Mamie l'attira près d'elle.

– Écoute ! dit-elle.

Maricée avait séché ses larmes et bouillait de colère. Elles n'avaient pas de temps à perdre avec ces bêtises !

– Mamie ! Il faut retrouver la Bergère et...

Sa grand-mère ne l'écoutait pas. Elle avait fermé les yeux et affichait un sourire béat. On aurait dit une somnambule !

– Cela ne se reproduira peut-être plus jamais de votre vivant ! dit-elle en rouvrant les yeux. Écoute.

Maricée décida d'obéir, juste un instant, pour faire plaisir à sa grand-mère. Ensuite, elle lui dirait ce qu'elle pensait. Elle colla une joue contre la terre. L'argile était étonnamment chaude et douce, comme de la peau.

– Il est temps, chuchota Mamie. Tu peux sortir maintenant. Tu es prête.

Maricée écarquilla les yeux.

– À qui tu parles ? demanda-t-elle. Qu'est-ce qu'il y a là-dedans ?

La vieille femme posa un doigt sur ses lèvres. Maricée hocha la tête.

La fille sortit de son sommeil. La boue glissa sur sa peau. L'eau caressa ses yeux et son nez.

« Il est temps. »

Elle se pelotonna à nouveau dans son cocon tiède. Elle devait ouvrir les yeux, à présent. Elle était dans l'obscurité depuis longtemps, mais elle avait entendu ces voix qui l'appelaient tout bas. « Tu ne risques rien, Sally. Tu es en sécurité. »

Elle les entendait parler.

« Tu peux sortir, maintenant. »

Elle devait s'étirer lentement.

Dégourdir ses doigts, ses orteils, ses pieds, ses bras…

« Il est temps. »

… Briser la croute de gravier et d'argile qui l'enveloppait. Elle sentirait sa peau s'assécher. Elle sentirait le froid, puis le chaud. Elle ne serait plus la même. Elle voulut ouvrir les paupières, mais le sable pesait trop lourd sur ses cils. Elle n'insista pas. Elle était heureuse, ici.

« Tu es prête. »

Des souvenirs se frayaient parfois un chemin dans son sommeil. Des bribes d'évènements cruels, mais lointains. Elle était déjà en sécurité. Pourquoi aurait-elle voulu se réveiller ? Parce qu'on l'appelait…

« C'est l'heure, Sally. »

La terre bourdonnait. L'eau murmurait à ses oreilles.

Il était temps, en effet.

Elle rassembla ses forces et se força à ouvrir les yeux, mais ne vit rien. Elle était toujours dans les ténèbres. Elle battit des cils, referma ses paupières trop lourdes. Sa gorge était pleine de sable. Elle fléchit les doigts et s'attaqua à sa carapace de terre. Elle serra le poing.

« C'est l'heure ! »

Elle abattit le poing contre la terre, qui trembla et se dispersa en mottes humides. Des bras puissants l'attrapèrent et la libérèrent.

Maricée regarda fixement la jeune fille étendue sur le monticule de boue et de gravier. Elle avait à peu près son âge et était enveloppée dans une épaisse couverture, d'où dépassaient seulement ses orteils nus. Son front était maculé de boue. Elle avait les yeux fermés, mais sa poitrine bougeait, comme si elle respirait. Comment était-ce possible ?

– Sally Blake.

Maricée secoua la tête, estomaquée.

– Elle était là, depuis tout ce temps ?

– Lady Fleet a réussi à la transporter jusqu'au caveau des objets perdus, mais elle était trop faible pour aller plus loin, expliqua Lady Turnmill. C'est là-bas que j'ai trouvé Sally qui flottait entre la vie et la mort. Je ne pensais pas qu'elle survivrait. Je l'ai soignée, habillée et amenée ici. C'est un lieu paisible.

Elle soupira.

– Sauf quand un esprit de l'eau furieux s'y déchaine, bien sûr. J'avais prévu de veiller sur les derniers instants de Sally. Personne ne devrait mourir seul.

– Mais elle n'est pas morte.

Madame Blackwell caressa la main de Sally Blake.

– Il s'est passé quelque chose…

Lady Turnmill hocha la tête.

– Quand sa peau a pris une teinte grise, j'ai cru que sa dernière heure était venue. Je me trompais, fort heureusement. La magie de Lady Fleet lui avait créé une coquille, qui s'est épaissie de jour en jour, jusqu'à ce que Sally ne puisse plus en sortir. Nous ne savions pas ce qui arriverait ensuite, alors nous avons attendu.

Maricée se demanda si Sally Blake avait compris ce qui lui arrivait. Avait-elle dormi pendant tout ce temps, ou s'était-elle éveillée dans l'obscurité ?

– Depuis combien de temps le sais-tu, Mamie ? demanda-t-elle.

– Depuis hier seulement. Après avoir frappé à notre porte, Lady Turnmill m'a escortée jusqu'ici, en sécurité. Je n'avais pas besoin d'être prévenue avant.

– Moins nous étions à le savoir, mieux c'était, dit Lady Turnmill.

– Je n'aurais probablement pas prêté attention à la boue entassée contre le mur, poursuivit Madame Blackwell. Mais ce matin, quand Lady Turnmill l'a touchée, elle a senti la chaleur qui s'en dégageait. Elle m'a parlé de Sally. Elle était sûre qu'il se passerait quelque chose bientôt.

– Lady Walbrook est-elle au courant ? s'enquit Maricée.

Fleet Ditch grogna si fort qu'une motte de terre dégringola du monticule.

– Nous avons préféré garder cela pour nous, dit Lady Turnmill. Lady Walbrook n'aurait pas laissé Sally se reposer. Tout ce qu'elle ne comprend pas lui semble être une menace pour les Chads.

– Elle n'avait pas complètement tort, souligna Madame Blackwell. La menace existait réellement.

Elle indiqua d'un geste les dalles brisées et les flaques d'eau.

– Quand j'ai rendu visite à Lady Walbrook vendredi matin, elle m'a confié qu'elle avait un mauvais pressentiment. Je ne sais pas si elle se doutait que les ennuis viendraient d'un autre Chad. Lady Walbrook n'a pas coutume de dénigrer les siens, mais elle avait posté un guetteur, pour me prévenir d'un éventuel danger.

– Pauvre Sadler, murmura Maricée. Il ne méritait pas ce qui lui est arrivé.

Elle revit le poney terrifié se changer en sable. C'était une vision qu'elle n'était pas près d'oublier.

Sa grand-mère parut confuse. Elle ne savait pas, bien sûr ! La jeune fille et Lady Turnmill échangèrent un regard entendu. Elles lui en parleraient plus tard.

– Mais tu as disparu, ajouta Maricée. Tu m'as envoyée chercher de la marmelade et, à mon retour, tu étais partie en me laissant un simple message.

– C'est ma faute, reconnut Lady Turnmill. Cette berceuse… J'ai senti sa redoutable magie flotter dans l'air. J'ai sorti la tête du puits pour regarder dehors, et j'ai vu les somnambules rassemblés sur la pelouse du village. J'ai compris qu'ils venaient chercher ta grand-mère et la Liberté.

Madame Blackwell serra Maricée dans ses bras.

– Je suis désolée de t'avoir quittée aussi précipitamment, ma chérie.

Maricée renifla. Elle ne voulait pas pleurer !

– Je m'inquiétais depuis longtemps, avoua sa grand-mère, mais je n'ai rien fait. J'ai eu des soupçons en voyant le chiffonnier et les pigeons. Mais quand j'ai entendu cette berceuse et senti son pouvoir, j'ai compris que je devais partir. Lady Turnmill m'a conduite ici, dans l'endroit le plus sûr qu'elle connaissait.

Maricée se dégagea de son étreinte.

– Qu'est-ce que ça change ? Maintenant, la Bergère a la Liberté… C'est fichu.

– Non, ma chérie. Pas encore, objecta Madame Blackwell. Il nous reste du temps.

– Mais la boîte en or ?

– Ce n'est qu'une boîte vide… Elle a contenu la Liberté, autrefois. Ce n'est plus le cas.

Maricée regarda sa grand-mère, puis Lady Turnmill.

– Mais alors… où est-elle ?

La vieille femme sourit.

– Il est parfois préférable de cacher les choses à la vue de tous. La boîte n'était que le contenant. La vraie magie de la Liberté est dans le mélange des quatre éléments : le feu des Dragons, l'eau des Chads…

– L'argile des Magogs et l'air des Fumis, acheva Maricée.

Elle fixa sa grand-mère, bouche bée.

– Est-ce que c'est… ?

– Sally se réveille ! annonça Lady Turnmill.

Madame Blackwell prit la main de Maricée. Elles s'accroupirent ensemble près de la jeune fille.

Sally Blake ouvrit les yeux. Ils étaient étranges, d'un brun profond, sans blanc autour des iris. Quand elle remua les lèvres, aucun son n'en sortit. Sally gargouilla, puis toussa.

– Merci, dit-elle d'une voix rauque, mal assurée.

Elle s'assit. Ses bras étaient fins, son visage étroit. Ses cheveux, ses sourcils et même ses cils étaient couverts de boue. Elle se pelotonna dans la couverture.

– Je ne comprends pas, dit Maricée. Est-elle... comme moi ? Une fille humaine ? A-t-elle dormi pendant dix ans ?

– Non, dit Mamie. Enfin, si. C'était une fille, et peut-être l'est-elle encore. Mais nous pensons que la magie de Lady Fleet l'a transformée.

De toute évidence, Sally Blake n'était pas une jeune fille comme les autres. Sous les yeux de Maricée, son visage s'arrondit. Elle secoua la tête pour débarrasser ses cheveux de la terre. En touchant le sol, les morceaux de boue se dispersèrent comme des gouttes de pluie. Quand elle claqua des doigts, une étincelle d'argent jaillit de sa paume.

Lady Turnmill plaqua une main devant sa bouche.

– Elle est des nôtres !

Elle rit.

– Enfin, presque. Londres se transforme. On recouvre nos rivières les unes après les autres. Nous coulerons bientôt plus souvent sous la surface qu'à ciel ouvert.

Nous recrutons de nouveaux esprits pour prendre soin de nos rivières souterraines. Sally est peut-être la première d'une longue série.

Sally Blake sortit de la boue. Elle se déplaçait lentement, avec des gestes fluides. Rien n'indiquait qu'elle était restée immobile pendant dix ans. Elle s'avança vers Robert en silence, les pieds nus sur les dalles.

– Qui est-ce ? demanda-t-elle.

Maricée haussa les épaules. Ses poignets la brulaient encore, même si les liens avaient disparu. Pourrait-elle un jour pardonner à Robert d'avoir donné la boîte à la Bergère ? Il était convaincu de lui remettre la Liberté.

– Il s'appelle Robert Strong, répondit sa grand-mère.

Le garçon soupira dans son rêve.

– Elle ne gagnera pas, marmonna-t-il. Je vais l'arrêter.

Puis il poussa un cri de douleur. Maricée grimaça. Robert l'avait trahie. Il les avait tous trahis, mais il lui avait sauvé la vie. Une première fois dans la salle des pompes, et une seconde en élucidant l'énigme du Dragon. Il s'était lancé dans cette aventure pour aider son amie Lizzie. Devrait-elle lui pardonner ?

– On peut le réveiller, Mamie ? demanda-t-elle.

La vieille femme secoua la tête.

– Je ne sais pas comment. Lady Turnmill ?

– Non, trancha celle-ci. La Bergère le retient dans l'Éther. Il ne se réveillera que lorsqu'elle le permettra.

Robert leva les mains, comme pour parer un coup.

– Qui combat-il ? s'enquit Sally.

– Une méchante personne, répondit Maricée. Elle se fait appeler la Bergère, mais son vrai nom est Caroline Lamb, et...

– Maricée ! Non ! s'écria sa grand-mère.

La jeune fille plaqua une main devant sa bouche. Le silence plana. Maricée se mordit les lèvres. Avait-elle fait ressurgir tous les terribles souvenirs de Sally ?

Celle-ci sourit.

– Caroline Lamb n'est pas méchante, affirma-t-elle. C'est mon amie. Je veux la voir.

– C'est impensable, mon enfant, dit Lady Turnmill. Elle est allée dans un lieu où aucun de nous ne peut la suivre.

Un fil d'argent s'entortilla autour des doigts de Sally Blake.

– Je suis sûre qu'elle voudra me voir ! Elle doit s'inquiéter pour moi !

– Nous soupçonnons Caroline d'avoir fait du mal à ce garçon, dit Mamie. Ce n'est plus l'amie dont tu te souviens.

Sally Blake croisa les bras.

– Je peux l'arrêter, affirma-t-elle.

– Caroline te cherchait, dit Maricée, ignorant le regard furieux de sa grand-mère.

Elle retira la chaine autour de son cou et la lui tendit. Sally l'examina avec intérêt.

– Ça te rappelle quelque chose ? lui demanda Maricée.

Sally frotta l'étiquette entre ses doigts, comme si les chiffres racontaient une histoire.

– Le bébé 33, dit-elle. J'étais le bébé 33.

Ses étranges yeux bruns se posèrent sur Maricée.

– Caroline Lamb était mon amie, répéta-t-elle. Elle m'a manqué.

Sally Blake souleva la tête de Robert d'une main. De l'autre, elle passa la chaine autour de sa tête. Puis elle s'allongea après de lui. Le bout de ses doigts touchait les siens.

– Guide-moi jusqu'à elle, Robert, murmura-t-elle.

21

Dupée

Les murs de pierre s'étaient volatilisés et Robert était seul à Leicester Fields. L'instant d'après, il contemplait le roi sur la peinture de la chapelle. Quand il tendit la main vers le tableau, il bascula dans une trappe et dégringola dans une eau noire, sans fond. Une petite broche flottait devant lui. L'image d'un agneau mâchonnant une brindille y était gravée. Robert voulut l'attraper, mais un colibri descendit en piqué et la saisit dans son bec. Ses ailes formaient un halo chatoyant autour de lui.

L'oiseau disparut et Robert se retrouva dans un caniveau, au bord d'une rue animée. C'était étrange : il entendait les bruits de la circulation et le brouhaha des passants, mais ne voyait personne. De l'autre côté de la rue, il aperçut un salon de thé.

La porte de la boutique s'ouvrit à la volée. Robert se leva et huma l'air. Des tourtes fumantes au mouton, aux pommes de terre et au poulet étaient posées sur le comptoir. On aurait dit qu'elles l'attendaient. Robert avait une faim de loup. Depuis quand n'avait-il pas mangé ?

Il traversa la rue et entra dans l'échoppe. Une silhouette allait et venait dans l'arrière-boutique, mais personne ne vint l'accueillir. Robert cassa un morceau de croute et le fourra dans sa bouche. Il avait un gout de poussière. De plus près, il s'aperçut que la tourte était garnie de viande avariée.

Une chanson s'échappait de l'arrière-salle.

« Marchez, mes agneaux, marchez. Tu as suivi les moutons, Robert.
Souris, mon agneau, car jamais tu ne te réveilleras. »

La boutique disparut. Robert se tenait à présent dans une prairie d'un vert éclatant. Il était seul avec la Bergère, qui portait son bâton rouillé sur un bras. La boîte dorée était posée sur sa main. La cicatrice qu'elle avait au front était rouge et palpitait.

– Tu m'as trompée, siffla-t-elle.

Elle inclina la main et la boîte tomba sur l'herbe. Le couvercle s'ouvrit. Elle était vide.

– Où est la Liberté ?

– Vous m'avez dit que vous ne pouviez pas l'emporter dans l'Éther, rappela Robert. Peut-être qu'elle a perdu son pouvoir.

– Ne me provoque pas !

La Bergère donna un coup de pied dans la boîte dorée.

– Quand tu me l'as remise, j'ai senti les traces de son pouvoir. Elle contenait les quatre éléments, mais ils ont disparu.

Elle fit un pas vers lui.

– Je te pose une dernière fois la question : où est la Liberté ?

Robert regarda la boîte vide. On l'avait trompé, lui aussi. Il éclata de rire.

– Madame Blackwell savait que vous viendriez la chercher, dit-il. Elle a dû la cacher ailleurs.

La Bergère tapa doucement le sol de son bâton. Autour du garçon, les brins d'herbe frémirent, puis fondirent pour former une petite mare.

– Dis-moi où elle est, Robert !

– Je ne sais pas.

– Je ne te crois pas !

L'eau se mit à bouillonner. Un tentacule argenté s'enroula autour des jambes du garçon, qui cria de douleur quand le bout pointu traversa sa chemise.

– J'ai le pouvoir de te garder dans l'Éther, lui rappela la Bergère. Mais n'espère pas y trouver des vêtements somptueux ni des tartes savoureuses. Tous les rêves que tu feras jusqu'à ta mort seront remplis de terreur.

– Non !

Robert voulut repousser le tentacule, en vain. La surface de l'eau bouillonnait de plus belle. Il respirait avec difficulté et s'aperçut qu'il ne pouvait plus bouger. Des pustules apparurent sur le tentacule, pulsant tels des cœurs minuscules. De petites créatures sautaient à l'intérieur.

– C'est un rêve ! cria-t-il. Ce n'est pas réel !

– C'est réel pour toi, objecta la Bergère. Tout ce qui t'arrive dans l'Éther est réel jusqu'à ce que tu te réveilles.

Un deuxième tentacule sortit de l'eau. Robert leva les mains pour le repousser. « Ce n'est qu'un cauchemar, se rappela-t-il. Je n'ai pas vraiment de l'eau jusqu'aux chevilles. Il n'y a pas de monstre sous la surface. »

Le sol gronda soudain sous ses pieds et l'eau engloutit ses genoux. Le tentacule se balançait paresseusement dans l'air, comme s'il prenait son temps, comme s'il savait que Robert resterait ici jusqu'à la fin de sa vie.

– Tu ne te réveilleras jamais, dit la Bergère. Sauf si tu me dis où se trouve la Liberté.

– Je n'en sais rien !

Un nouveau grondement fit trembler le sol. Un tentacule s'enroula autour de la taille de Robert. Les pustules s'enfoncèrent dans sa peau à travers sa chemise humide. L'eau ondula. Robert aperçut le crâne du monstre, sa peau craquelée...

– Je ne sais pas où est la Liberté ! s'étrangla-t-il. Vous aurez beau me faire tout ce que vous voudrez, je ne pourrai pas vous le dire !

– C'est dommage, répondit la Bergère. Dans ce cas...

Elle tapa doucement le sol de sa crosse.

– Je connais *tes* monstres, Robert.

La tête sortit de l'eau. Les yeux vides, l'os du nez… Cette fois, le monstre n'avait pas de bec, mais une bouche, qui s'ouvrit en grand. Elle était pleine de dents humaines.

– Tu m'as laissé mourir, Robert.

Cette voix ! C'était celle de Lizzie !

– Tu m'as laissé mourir, répéta-t-elle. Tu avais promis de me sauver !

Lizzie ! Oh, Lizzie !

Non, ce n'était pas réel ! Son amie était endormie, et elle l'attendait en rêvant de sa petite sœur. Il pouvait encore la sauver.

Le tentacule lui serrait les jambes à les broyer. Robert tituba et fit un effort surhumain pour rester debout. Dans la panique, il porta une main à son cou et attrapa quelque chose. Une chaine. Une chaine avec une petite médaille en métal…

33

Elle appartenait au bébé 33. C'était le numéro de Sally Blake.

Depuis quand la portait-il autour du cou ?

– J'avais tellement faim, gémit le monstre Lizzie. Mais je ne pouvais pas me réveiller pour manger. Tu m'as laissé mourir, Robert.

Le garçon saisit la médaille et prit une profonde inspiration.

– Ils ont retrouvé Sally Blake ! cria-t-il. Arrêtez ! S'il vous plait !

Le monstre ouvrit et referma la gueule. Les dents humaines grincèrent.

– N'essaie pas de me tromper à nouveau ! hurla la Bergère. Je connais tes monstres, Robert ! J'ai le pouvoir de te torturer jusqu'à la mort !

– Je ne vous trompe pas ! protesta-t-il en lui montrant la médaille. Sally Blake portait le numéro 33 à l'hospice. Vous le savez. On a trouvé ses vêtements dans le tunnel, et...

Et quoi ? La médaille ne faisait-elle pas partie du rêve, petit fragment d'espoir au milieu de l'effroi ? Alors qu'il se posait cette question, les chiffres se nimbèrent d'une lueur argentée, et il comprit que c'était réel. Au-delà de l'Éther, quelqu'un essayait de l'aider.

– Elle est en vie, affirma-t-il. Je vous le promets ! Sally Blake est saine et sauve !

La Bergère s'approcha de lui. La lumière argentée gagna l'extrémité de son bâton et recouvrit le métal rouillé. Le manche se mit à briller. Le tentacule se resserra encore, et Robert crut que ses côtes allaient se briser. Il ne pouvait plus respirer. Sa vue se brouilla.

Le bâton s'abattit sur le sol.

22

La séparation

– Robert ?

Quelqu'un serrait sa main.

– Robert ? Parle-nous ! Tu es blessé ?

Il sentit le contact de la pierre froide, humide sur sa joue. Il devina qu'il était étendu sur les dalles, mais n'osa ouvrir les yeux, de peur d'être déçu.

Un bruit de pas résonna près de lui.

– Non, Ditch ! Laisse-les partir ! cria une autre voix. Ils étaient ensorcelés. Ils ne sont pas responsables de ce qu'ils ont fait.

– Robert ?

La voix ressemblait à celle de Madame Blackwell. Le garçon entrouvrit les yeux et aperçut un violon cassé et une scie à os, qui trainaient par terre. Puis des bottes de soldat. Les pas s'approchèrent et Madame Blackwell lui empoigna l'épaule. Son contact était tiède, rassurant.

– N'aie pas peur, lui dit-elle. Les somnambules sont partis.

Robert grimaça quand elle l'aida à se lever. Tout son corps était douloureux.

– Viens, dit-elle. Je veux te présenter quelqu'un.

La vieille femme le soutint pour l'aider à traverser la pièce. Il croisa le regard de Maricée, qui se détourna aussitôt. Il devait s'excuser, s'expliquer. Il voulait qu'elle redevienne son amie.

– Regarde, dit Madame Blackwell.

Robert vit la Bergère, debout dans le caveau, qui serrait sur sa poitrine l'inutile boîte en or. Sa robe de soie et son bâton avaient disparu, remplacés par la robe marron de l'hospice des enfants trouvés. Elle fixait une jeune fille, qui la regardait en retour. Ce devait être Sally Blake. Le bébé numéro 33.

– Te souviens-tu de moi, Sally ? demanda la Bergère.

Elle paraissait toute petite. Le vert de ses yeux s'était estompé. Son visage semblait presque aussi jeune que celui de Sally Blake.

– J'étais Caroline, ton amie.

Sally hocha lentement la tête.

– Je sais. Je te reconnais. Je n'avais pas d'autre amie que toi.

– Je chantais pour toi quand tu étais seule.

– Je m'en souviens.

Sally Blake sourit.

– Et on courait ensemble dans les champs ! Les infirmières me grondaient. Elles voulaient que je sois discrète et effacée, comme les autres filles.

– On grimpait dans le noisetier !

La Bergère sourit à son tour, d'un sourire plein de nostalgie.

– On bombardait les infirmières de noisettes. Elles étaient furieuses.

Sally Blake secoua la tête.

– Et puis… on m'a envoyée loin d'ici, et il m'est arrivé malheur.

La Bergère posa un doigt sur ses lèvres.

– Chut ! N'y pense plus.

Elle pivota lentement vers le tunnel. Robert suivit son regard et vit Lady Walbrook, qui la fixait, aussi immobile qu'une statue.

– Je dois y aller, Sally, dit la Bergère.

– Oh non, s'il te plait ! Recommençons à grimper aux arbres, à courir dans les champs…

La Bergère secoua la tête.

– Je t'ai cherchée partout, Sally. J'ai remué ciel et terre pendant dix ans. Je pensais ne jamais te revoir, mais tu as survécu.

– Lady Fleet l'a sauvée, signala Lady Turnmill.

Elle s'approcha de Sally et passa un bras autour de ses épaules.

– Et nous avons pris soin d'elle pendant toutes ces années, ajouta-t-elle. C'est la preuve que la bonté existe en ce monde, Caroline.

– Mais la cruauté est tellement plus répandue…

La Bergère se tourna vers Lady Walbrook.

– Qui protège les âmes solitaires et effrayées, Walbrook ? Qui procure aux petits ruisseaux autant de soin qu'aux vieilles et puissantes rivières ?

L'uniforme marron de l'hospice disparut soudain, et la Bergère retrouva sa robe de soie pâle, d'un bleu si vif qu'il faisait mal aux yeux. Elle fit tourner le bâton.

– Ce n'est pas vous, Walbrook. Assurément.

La Bergère frappa le sol. Des étincelles d'argent jaillirent entre les pierres.

– Caroline ? Qu'est-ce que tu fais ? demanda Sally.

Elle voulut s'approcher de la Bergère, mais Lady Turnmill la retint.

– Attends !

– Je pensais qu'il me suffirait de te retrouver, Sally…

La Bergère continua de frapper le sol. À chaque impact, la gerbe d'étincelles grossissait, se tordait et se tortillait, comme pour se libérer.

– Mais je me trompais ! J'ai un grand pouvoir, désormais. Je peux transformer le monde solide, le rendre meilleur. Les riches n'ont pas besoin de l'Éther, je ne peux pas les retenir là-bas. Mais dans ce monde-ci, ils ne font pas le poids face à mon armée de somnambules.

Elle sortit un pied de sous sa jupe.

– Je vais exiger du plus riche seigneur de Londres qu'il cire mes bottes.

C'est le moment que Lady Walbrook choisit pour frapper. Un faisceau de fils argentés jaillit devant elle et se déploya tel un filet pour emprisonner la Bergère. Celle-ci l'intercepta avec son bâton. Les fils s'enroulèrent autour du manche comme une toile d'araignée et fondirent à son contact.

– Tu es vieille et tu manques d'entrainement, Walbrook ! se moqua la Bergère.

De la pointe de son bâton, elle toucha la boule d'étincelles qui se mit à tournoyer comme une bobine sur un rouet. Un fil s'en détacha, si fin qu'il était à peine visible. Lady Walbrook ouvrit la bouche. Robert crut qu'elle voulait avaler le fil, ou contrer l'attaque avec sa propre magie, mais elle n'en fit rien. La Bergère fondit sur elle et la renversa d'un coup de bâton.

Lady Walbrook atterrit sur le dos sans un bruit. Au même instant, la boule d'étincelles explosa, tel un feu d'artifice, et des mèches d'argent se collèrent sur les mains et le visage de Lady Walbrook. Cette dernière se griffa la joue qui s'effrita comme du sable.

La Bergère s'avança vers elle, le bâton levé.

– Il est temps que les Chads se choisissent une nouvelle cheffe, déclara-t-elle. Une cheffe qui s'intéresse à tous.

Sally Blake courut vers son amie.

– Caroline ! Ne lui fais pas de mal ! s'écria-t-elle. Ne blesse personne, s'il te plait !

La Bergère se tourna vers elle. Lady Walbrook en profita pour se relever.

– Non ! cria Lady Turnmill. Vous n'êtes pas obligée de…

Lady Walbrook ouvrit à nouveau la bouche. Des fils d'argent s'en échappèrent en tourbillonnant et formèrent une cape chatoyante, qui s'étira en longueur et en largeur avant de fondre sur la Bergère. Emprisonnée du cou jusqu'aux pieds, elle cria et essaya de s'en dépêtrer, sans succès. Son bâton tomba sur le sol. Le manche se détacha de l'extrémité rouillée.

– Ne lui faites pas de mal ! implora Madame Blackwell.

Lady Walbrook fixait la Bergère en silence. Quand cette dernière parvint enfin à se retourner, son visage était strié de sable. Au prix d'un ultime effort, elle passa un bras au travers de la cape, déposa un baiser au bout de ses doigts et leva la main.

– Adieu, Sally.

– Caroline ! cria Sally, une main tendue.

La Bergère soupira.

– Prends soin d'elle, Lady Turnmill.

Puis la cape se froissa, laissant la place à un petit tas de sable noir, sillonné de fines trainées brillantes.

– Vous n'étiez pas obligée ! protesta Lady Turnmill d'une voix lourde de reproches.

– Elle était trop forte, trop pleine de fureur, argumenta Lady Walbrook. Elle serait revenue chercher la Liberté. Tu le sais.

Robert fixa le bâton brisé. Lady Walbrook avait raison. La Bergère serait revenue, inlassablement. Mais était-ce si grave de désirer un monde plus juste ?

– Vous êtes venue seulement pour la tuer ? demanda Maricée, le visage ruisselant de larmes.

– Non, répondit Lady Walbrook. J'accompagne ma sœur.

Lady Fleet se tenait derrière elle. Elle était petite, à peine plus grande que Robert. Ses cheveux s'étaient épaissis, assombris. Son visage était lisse comme celui d'une enfant.

Madame Blackwell se frotta les yeux.

– Elle retourne à la source, devina-t-elle.

Lady Fleet hocha la tête.

– Je m'en réjouis. Je suis malade depuis si longtemps…

Sa voix aussi avait rajeuni. Elle fit signe à Sally Blake de la rejoindre et prit ses mains dans les siennes.

– Ce n'est pas par hasard si je t'ai trouvée, lui dit-elle. Je comprends, à présent. Il faut que quelqu'un prenne le relai.

Sally hocha la tête.

– Elle est à toi maintenant, conclut Lady Fleet.

– J'en prendrai soin, promit Sally.

– Merci.

Lady Fleet soupira, se détourna et disparut dans le tunnel.

Robert baissa la tête. Il aurait aimé trouver les mots qu'il fallait, mais la mort le laissait toujours sans voix.

23

Enfin

Une clameur envahit les rues de Londres, où régnait la plus grande confusion.

Tous les somnambules s'étaient réveillés, et la plupart se trouvaient fort loin de chez eux. Madame Blackwell affirma en riant que les troubadours devaient déjà composer des chansons sur la grande épidémie de sommeil de Londres. Robert avait en tête des poèmes plus tristes, qui parlaient d'êtres chers retrouvés et perdus à nouveau. Il essaya de calmer son tumulte intérieur et se creusa la cervelle. Il avait eu un frère prénommé Zeke. N'y avait-il pas une bribe de souvenir là-dedans, un petit fil à tirer ?

Ils étaient devant la porte de l'église Saint-Barthélemy. Maricée et sa grand-mère prendraient bientôt la route de Clerkenwell, au nord, tandis que Robert se dirigerait vers Bloomsbury, à l'ouest.

– Viens avec nous, si tu veux, lui proposa Madame Blackwell. Rien ne t'oblige à retourner chez les Hibbert.

– Ce sont mes propriétaires, objecta-t-il.

Robert détestait ce mot. Maman lui avait souvent dit que les propriétaires de plantations croyaient posséder son corps, mais que son esprit était libre. Il aurait voulu être libre tout entier.

– Je ne peux les quitter que s'ils m'affranchissent, expliqua-t-il. Les Hibbert sont riches et puissants. Ils vous accuseront de m'avoir volé et vous réclameront de l'argent.

– Ils t'ont acheté ? s'étonna Maricée. Et ils peuvent te vendre comme… comme une paire de chaussures ?

Robert acquiesça, même si ce n'était pas tout à fait exact. Lord Hibbert traitait ses chaussures bien mieux que les amis et la famille de Robert à la plantation !

– Raison de plus pour que tu viennes vivre avec nous ! s'écria-t-elle.

Elle le regardait à nouveau gentiment. Sa colère semblait oubliée. Mais il lui faudrait certainement davantage de temps pour oublier qu'il l'avait trahie.

– Je suis désolé, dit-il. Je regrette d'avoir donné la Liberté à la Bergère.

Il fronça les sourcils et se reprit :

– Enfin… ce que je pensais être la Liberté. Je ne voulais faire de mal à personne. Juste améliorer les choses.

Madame Blackwell se pencha pour l'embrasser sur le front.

– Je comprends, dit-elle.

Elle regarda sa petite-fille.

– Et toi, ma chérie ?

Maricée hocha la tête, presque imperceptiblement.

– Moi aussi, soupira-t-elle. J'aimerais que tu ne sois pas obligé de vivre avec ces gens horribles. Il faut trouver un moyen de te sortir de là.

– On trouvera, murmura sa grand-mère.

Ils restèrent encore un peu ensemble, tous les trois. L'aube était proche. Robert savait que Maricée et Madame Blackwell ne voulaient pas le laisser seul. C'était à lui de partir le premier.

– Je voudrais juste savoir…, demanda-t-il. La vraie Liberté est-elle à l'abri ?

Madame Blackwell sortit la boîte en or des plis de sa cape.

– Voici la boîte qui l'abritait, dit-elle en la levant bien haut. De quoi duper un voleur décidé à s'en emparer. Mais le plus important, c'était son contenu, n'est-ce pas ? Et lui, il est en sécurité, Robert. Ne t'inquiète pas.

La vieille femme lui tendit la boîte.

– Prends-la ! L'or a son utilité dans cette ville. Vends-la si nécessaire.

À l'intention de sa petite-fille, elle ajouta :

– Lady Turnmill a proposé de nous ramener chez nous, mais j'en ai assez d'être sous terre. Essayons de trouver un fiacre.

Maricée acquiesça et tapota le bras de sa grand-mère.

– Je pense qu'on devrait dire à Robert où se trouve la vraie Liberté.

Madame Blackwell haussa les sourcils. Maricée se tourna vers le garçon.

– Peut-on te faire confiance ? lui demanda-t-elle.

– Oui.

Robert hocha vigoureusement la tête. Madame Blackwell s'esclaffa.

– Je te le révèlerai quand tu viendras nous rendre visite. J'allumerai le feu avec ma jarre rouge, je ferai bouillir de l'eau dans ma bouilloire qui ne se vide jamais, je monterai à l'échelle et je tartinerai du beurre conservé dans le plat d'argile, qui le garde à la bonne consistance quelle que soit la température de la pièce. Oh, regarde, Maricée ! Un fiacre gratuit !

Madame Blackwell courut vers la voiture, qui ralentissait déjà.

– Viens nous voir, lança Maricée à son ami. Je te montrerai tout ça, promis !

Sur ces mots, elle fila rejoindre sa grand-mère. Elles montèrent dans le carrosse et lui firent des signes d'adieu avant de disparaitre au détour d'un virage.

Robert ne se décidait pas à partir. Pourtant, il ne s'était jamais senti aussi seul. Un pigeon se posa à ses pieds et picora quelque chose. Il se déplaçait lentement, comme s'il était à bout de forces. Robert se demanda si les oiseaux qu'il avait déplacés à Hyde Park le mardi s'étaient réveillés. Il observa celui-ci pendant quelque temps, le vit reprendre des forces peu à peu. Un autre le rejoignit, puis un troisième. Londres était sauvée. Il fallait s'en réjouir.

Robert entama le long chemin du retour vers Bloomsbury. Avec un peu de chance, Lady Hibbert ferait la sieste à son arrivée, et il pourrait se faufiler discrètement dans la cuisine. Hélas, la connaissant, il était plus probable qu'elle soit en train d'arpenter le manoir en aboyant des ordres à ses serviteurs. Ils devaient tous être réveillés à présent. Dans la pagaille, peut-être que personne ne remarquerait son retour. Si Lizzie le voyait la première, elle l'aiderait. Robert sourit en lui-même. Il avait promis à son amie de l'aider, et il avait tenu parole.

Il faudrait qu'il commence par se changer. Les gens se poseraient des questions s'ils le voyaient porter l'uniforme de l'hospice. Et Lady Hibbert serait furieuse qu'il ait perdu sa tenue en soie ! Surtout qu'il ne pourrait jamais lui expliquer comment c'était arrivé.

En arrivant à Bloomsbury Square, Robert leva la tête pour contempler l'église Saint-George. La licorne et le lion étaient blottis contre le clocher, et la statue du roi en toge était parfaitement immobile. Avaient-ils réellement bougé, ou était-ce son cerveau embrumé qui lui avait joué des tours ? Robert se toucha le front. Il avait encore une bosse douloureuse à l'endroit où la corne l'avait cogné. Il n'avait donc pas rêvé ! Qui sait si les statues n'étaient pas en train de l'observer en ce moment même ? Il pressa le pas.

Robert entendit le vacarme des écuries avant d'arriver. La cour était en pleine effervescence. Les palefreniers et les garçons d'écurie couraient de tous côtés avec des seaux, des balles de foin et des couvertures. Personne ne fit attention à lui. Il contourna discrètement le tas de bois et entra dans la cuisine, où un feu brulait déjà.

Lizzie accourut à sa rencontre.

– Robert ! Tu es vivant !

– Toi aussi ! s'exclama-t-il, ravi.

La face du monstre à tentacules hanterait longtemps ses cauchemars, mais il savait qu'il n'était pas réel. Lizzie était vivante !

– Mais j'ai une mauvaise nouvelle à t'annoncer, dit-elle.

Robert entra dans la pièce, fixa la longue table de la cuisine et comprit aussitôt.

Un fouet était posé dessus. Sa poignée en cuir rouge était usée. La dernière fois qu'il l'avait vu, ce fouet zébrait l'air, à la Barbade.

– Lord Hibbert est revenu ? chuchota-t-il.

Alors que son amie acquiesçait, le maitre entra dans la cuisine.

– Robert ! Je suis content de te voir en si bonne forme, s'exclama-t-il. L'air de Londres te réussit !

Le garçon recula machinalement vers la porte.

– Mon cousin a une nouvelle affaire en Jamaïque, continua Lord Hibbert. Il a besoin d'un garçon sain et travailleur comme toi.

Robert regarda l'homme massif, au visage buriné. Il avisa le fouet sur la table.

– Non, dit-il. Je n'irai pas.

Il rassembla toutes les forces qu'il lui restait et détala. Le rugissement de colère qui fusa dans son sillage ne fit qu'accroitre sa détermination. C'était maintenant ou jamais !

Robert traversa les écuries en courant, slaloma entre les palefreniers surpris et sortit dans la rue. L'air froid du petit matin le revigora. Il courut à perdre haleine, passa devant le nouveau musée et descendit les ruelles sombres et sinueuses de Saint-Giles. Son cœur battait à tout rompre, mais il souriait. C'était sa Liberté à lui, et il s'y accrocherait le plus longtemps possible.

C'était la promesse d'une nouvelle aventure.

Dix faits étranges qui ont inspiré ce livre

1. Je me suis procuré une vieille carte de Londres, datant des années 1740, que j'ai souvent consultée durant l'écriture de ce livre. Sur les rives de la Fleet, au nord de la ville de Londres, se trouve un endroit du nom de Black Mary's Hole ou Black Mary's Well. Personne ne sait vraiment d'où il tient ce nom, mais j'ai trouvé une référence à une femme noire prénommée Mary, qui vivait là dans les années 1760. Dans mon esprit, elle est aussitôt devenue Madame Mary-Ah Blackwell, Gardienne des Puits de Londres.

2. Sur la même carte, près du mur nord de Hyde Park, un lieu porte l'annotation : « Où sont tués les soldats ». J'ai donc décidé d'y placer des fantômes de soldats.

3. De l'autre côté du mur se dressait le gibet de Tyburn. Henri VIII y fit exécuter plusieurs moines qui refusaient d'abjurer leur religion. J'y ai tout naturellement installé un fantôme de moine irascible, souffrant de maux d'estomac.

4. En février et mars 1750, Londres a connu deux tremblements de terre. De nombreux Londoniens, qui s'attendaient à ce qu'un troisième survienne en avril, ont fui leurs maisons. Ces séismes étaient-ils l'œuvre des silencieux Magogs qui testaient leur pouvoir ?

5. Une histoire raconte qu'en 1736, un sanglier vivant s'est échappé de la cour d'un boucher. On l'a vu sortir de Fleet Ditch cinq mois plus tard, en pleine forme et bien nourri. Je devais le mettre dans mon roman.

6. Mon Dragon est inspiré des tardigrades, ces étranges animaux microscopiques à huit pattes qui peuvent vivre presque partout et résister à des températures extrêmes. Imaginez qu'un Dragon puisse se fragmenter et se reconstituer à volonté…

7. Le clocher de l'église Saint-George de Bloomsbury est surmonté d'une statue géante. (Vous pouvez la voir dans le célèbre tableau de William Hogarth, *Gin Lane.*) Celle-ci représente le roi George Ier en costume romain. Des lions et des licornes en pierre semblent se poursuivre autour de la base du clocher. Et s'ils prenaient vie ?

8. La pierre de Londres existe vraiment et faisait autrefois partie d'un édifice oublié. Elle a été exposée dans différentes parties de la ville de Londres depuis au moins mille ans. Shakespeare la mentionne même dans une de ses pièces ! Aujourd'hui, vous pouvez encore la voir, encastrée dans le mur d'un magasin.

9. Le maitre de la dime et son manteau de cygnes vivants m'ont été inspirés par une histoire de 1811 qui évoquait la disparition de cygnes de la Serpentine. Un homme les avait volés et fait fabriquer des décorations de Noël avec leur plumage. Je préférais que mes cygnes soient bien vivants !

10. Les ruines du Mithraeum – ou temple de Mithra – ont été découvertes en 1954, à Londres, lors des travaux de reconstruction d'un site détruit par un bombardement. Tout le monde voulait le voir ! Des queues de trente-mille personnes se sont étirées devant l'entrée, deux semaines durant. Les Romains l'ont construit sur les berges de la rivière Walbrook.

Et :

11. Saviez-vous que le compositeur Amadeus Mozart avait visité l'Angleterre à l'âge de huit ans, à l'occasion d'une tournée européenne ? Et si…

Vous découvrirez la suite dans le prochain livre.

Qui est le véritable Robert Strong ?

Je réfléchis depuis longtemps aux *Gardiens des éléments*. Il y a quelques années, on m'a demandé de concevoir et d'organiser une promenade pour le mois de l'Histoire des Noirs à Hackney, dans l'est de Londres. Je suis tombée sur la biographie de Jonathan Strong, un adolescent réduit en esclavage, et baptisé en 1765 à l'église Saint-Leonard de Shoreditch.

Comme celle de tous les esclaves, sa vie a été façonnée par la violence et l'exploitation. Après avoir amené Jonathan à Londres, son maitre, David Lisle, l'a si violemment battu qu'il a fini par le considérer comme inutile et le jeter à la rue, entre la vie et la mort. William et Granville Sharp ont recueilli le garçon et l'ont fait soigner à l'hôpital, à leurs frais. À sa sortie, ils lui ont trouvé un emploi.

Lisle a retrouvé Jonathan dans la rue et l'a vendu à James Kerr, un propriétaire de plantation, qui l'a enlevé et expédié en Jamaïque. Quand il l'a appris, Granville Sharp a saisi la justice et obtenu sa libération.

Jonathan est mort à l'âge de vingt-cinq ans, probablement des suites de ses blessures.

Granville Sharp a joué un rôle très important dans le mouvement pour l'abolition de l'esclavage. Il est entré dans l'histoire, et on peut voir sa tombe dans le All Saints Churchyard, à Fulham, dans l'ouest de Londres. Jonathan, lui, a été oublié. Personne ne sait où il est enterré. Je voulais trouver un moyen d'honorer sa mémoire.

Les enfants esclaves faisaient partie de la société anglaise, et on les voit souvent apparaitre dans les portraits de la noblesse peints au dix-huitième siècle. Je voulais trouver un moyen de donner la parole aux jeunes enfants volés comme Jonathan. J'ai emprunté des éléments de la vie de Jonathan pour les donner à Robert.

J'espère que vous avez aimé cette histoire, mais s'il vous plait, renseignez-vous aussi sur Jonathan Strong !

Remerciements

Ce livre n'aurait jamais vu le jour si des auteurs comme Catherine Johnson et S. I. Martin ne m'avaient ouvert la voie en écrivant des récits historiques britanniques avec des protagonistes noirs, qui sont devenus des classiques de la littérature pour la jeunesse.

Un grand merci à mon agente, Caroline Sheldon, qui m'a persuadée de garder intact mon désir d'écrire sur Jonathan Strong jusqu'à ce que je trouve une histoire digne de lui.

Merci à la Society of Authors pour la subvention qui m'a permis de faire des recherches et d'acheter de nombreux livres d'occasion.

Merci à Lauren Fortune, de Scholastic, qui a vu le potentiel de ce texte et exercé une magie élémentaire de thérapeute éditoriale pour m'aider à l'améliorer.

J'adore la superbe couverture originale de Paul Kellam, la carte de Luke Ashforth et les illustrations des chapitres d'Amanda Quartey. Merci également à Aimee Stewart pour sa merveilleuse maquette, à Gen Herr, Julia Sanderson et Sarah Dutton pour leurs talents de rédacteurs, à Tracey Cunnell pour le design. Merci à Harriet Dunlea, Hannah Griffiths, Ella Probert, Ellen Thomson, Michelle Herlihy, Penelope Daukes et Rachel Partridge pour le marketing et la publicité, et à Georgina Russell pour la fabrication.

Une mention spéciale à Julia, la guide de Mansion House, qui a répondu à mes questions sur les cuisines du lord-maire de Londres et m'a conseillée sur le meilleur endroit où placer un Dragon. J'ai apprécié sa disponibilité et son sens du détail.

Merci à tous les musées londoniens qui font l'effort de rester gratuits.

Et enfin, merci à ma mère de m'avoir communiqué la passion de l'histoire, grâce à nos innombrables visites de manoirs et châteaux.

Cet ouvrage a été mis en pages
par Nord Compo à Villeneuve-d'Ascq

Imprimé en Italie par Grafica Veneta
en mars 2025
pour le compte des Éditions Bayard